아더왕과
각탁의 기사

THE KNIGHTS OF SQUARE

아더왕과 각탁의 기사 1

흥정훈 판타지 장편 소설

초판 1쇄 찍은 날 § 2012년 3월 6일
초판 1쇄 펴낸 날 § 2012년 3월 13일

지은이 § 홍정훈
펴낸이 § 서경석

편집부장 § 권태완
편집 § 주소영 · 박우진 · 어정원
본문 디자인 § 이혜정

펴낸곳 § 도서출판 청어람
등록번호 § 제1081-1-89호
등록일자 § 1999. 5. 31
어람번호 § 제1-1348호

주소 § 경기도 부천시 원미구 심곡2동 163-2 서경B/D 3F (우) 420―822
전화 § 032-656-4452 팩스 § 032-656-4453
http://www.chungeoram.com
E-mail § chungeoram@chungeoram.com

ISBN 978-89-251-2795-8 04810
ISBN 978-89-251-2794-1 (세트)

아더왕과 각탁의 기사

1

얼스터의 반역자
THE KNIGHTS OF SQUARE

홍정훈 판타지 장편 소설

ConTents

케찰코아틀과 테스카틀리포카.

아즈텍의 태양신.

태양의 자리를 두고 경쟁하던 두 신의 싸움은 테스카틀리포카의 암습에 상처 입은 케찰코아틀이 물러나면서 끝이 났다.

케찰코아틀은 아즈텍을 떠나고 사람들은 사악한 새 태양신 테스카틀리포카를 달래기 위해 인간의 가슴을 쪼개 심장을 뽑아 태양의 제단에 올렸다.

신앙을 위해, 신을 위해 인간은 인간을 죽이고 희생시켰다. 그 끔찍한 희생의 굴레 속에서 사람들은 언젠가 케찰코아틀이 돌아오기를 기다렸다.

케찰코아틀이 돌아오는 그날, 태양은 노쇠하지 않고 인간의 심장 대신 꽃을 제물로 받으리라. 위대한 태양신은 악의 치세를 끝내고 인신공양의 악습으로부터 백성들을 해방시킬 것이다.

신이 그대들을 신에게서 해방시켜 주리라.

그러한 약속만을 남긴 채 케찰코아틀은 아직 오지 않았다.

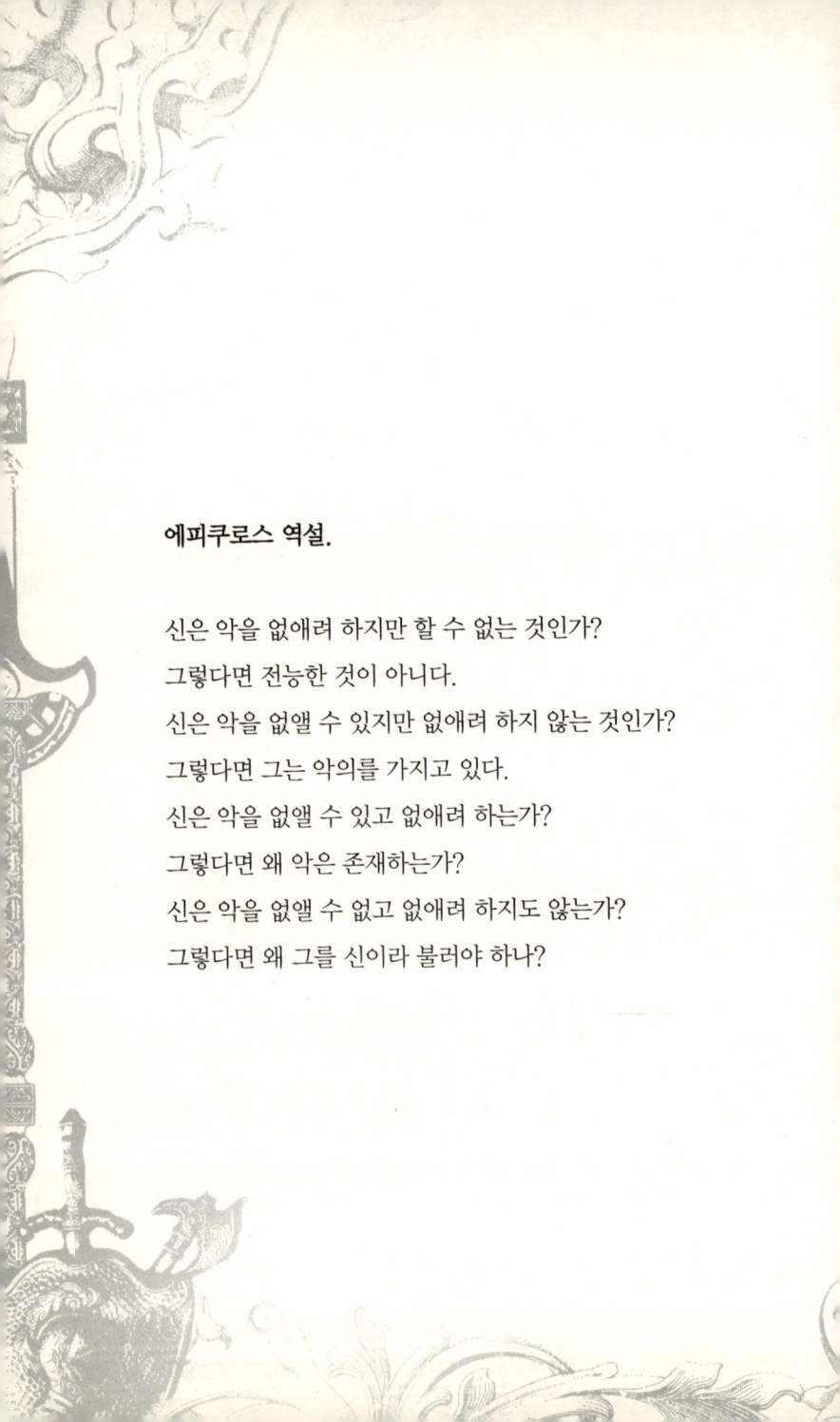

에피쿠로스 역설.

신은 악을 없애려 하지만 할 수 없는 것인가?
그렇다면 전능한 것이 아니다.
신은 악을 없앨 수 있지만 없애려 하지 않는 것인가?
그렇다면 그는 악의를 가지고 있다.
신은 악을 없앨 수 있고 없애려 하는가?
그렇다면 왜 악은 존재하는가?
신은 악을 없앨 수 없고 없애려 하지도 않는가?
그렇다면 왜 그를 신이라 불러야 하나?

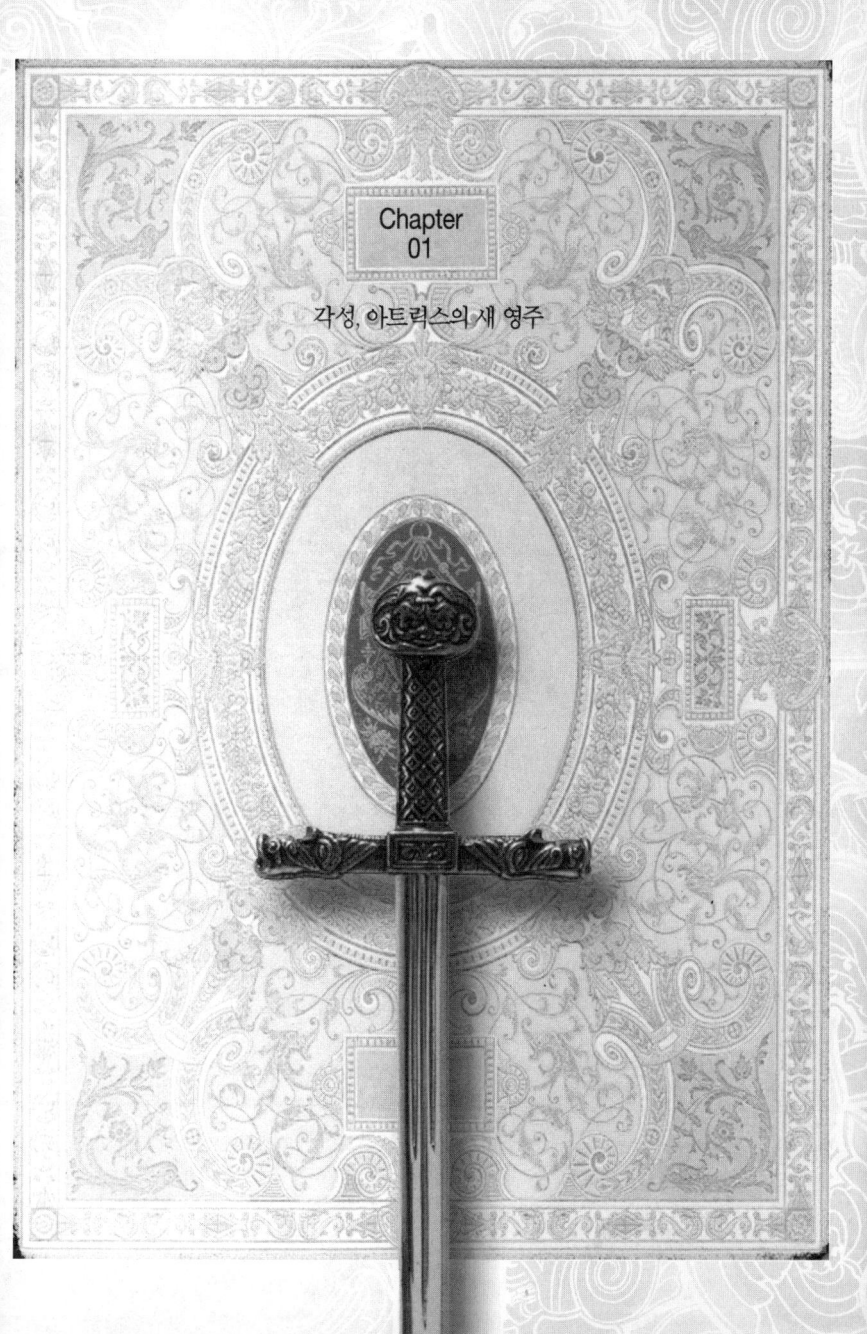

Chapter
01

각성, 아트럭스의 새 영주

아더왕과
각탁의 기사
THE KNIGHTS OF SQUARE

　안개가 자욱한 봄의 아침, 돌을 쌓아 만든 수도원의 윤곽이 안개 속에서 천천히 떠오르고 있었다. 북 에이레, 통칭 얼스터라고 부르는 지방에 위치한 이 수도원은 대서양으로부터 불어오는 습기를 머금은 바람 때문에 사시사철 안개가 자욱하게 끼었다.

　안개 속에서 보이는 석조건물의 모습은 마치 거대한 용이나 괴물처럼 보여서 사람들의 상상력을 자극하고 있었다. 하지만 오늘 수도원의 아침을 자극하는 것은 그들의 상상력이 아니라 오랜만에 찾아온 수도원의 방문객 때문이었다.

수도원의 문 입구에는 바로 그 방문객이 서 있었다. 사슬에 천을 덮어서 만든 마갑을 두른 말 위에 탄 이 방문객은 마치 은과 금을 섞어서 만든 엘렉트럼 합금으로 빚은 것 같은 아름다운 머리칼을 가진 젊은 여성이었다. 거무튀튀한 사슬갑옷을 입고 검을 차고 있는 것으로 보아 그녀가 무사 계급이라는 걸 알 수 있었는데, 이 시대에 여성이 검을 차고 갑옷을 입는 것은 지극히 이례적인 일이었다. 경건한 생활을 하는 수도사들도 여자가 검을 차고 갑옷을 입은 것에 대해서 멸시하는 표정을 감추지 못했으니 다른 사람들은 오죽할까?

하지만 그녀는 자신에 대한 멸시의 시선을 알면서도 오만하고 도도하게 고개를 들고 수도원의 문 앞에 섰다.

"아트릭스 영주의 명으로 마이아 서레드가 수도원장님을 뵙고자 합니다."

그녀가 외치자 수도원의 육중한 문의 창이 열렸다. 사람의 눈높이로 열려진 창에는 수도사치고는 야비한 눈초리를 가진 중년 남자의 얼굴이 있었다.

"여기는 여인의 출입을 금하는 청정한 곳이오. 무슨 용무로 오셨소?"

"그럴 줄 알고 편지를 가져왔으니 수도원장님께 전해주시지요."

그녀는 창 안으로 편지를 넣어주었다. 중년의 수도사는 그것을 받아 들고 총총걸음으로 안으로 사라졌다.

수도원장은 원래 귀족의 자녀로, 막대한 돈을 들여 콘월 지방의 주교 자리를 노리고 있었다. 비옥한 들판을 가진 콘월은 부유한 땅이었고, 그 지역의 주교는 부와 권력을 한 몸에 누릴 수 있는 자리였다.

하지만 그가 돈을 들여 구축한 인맥이 숙청당하고 그도 암살 위협에 처하게 되었을 때, 그는 더 이상의 영달을 포기했다. 지금에 와서 그가 추구하는 것은 중앙의 교구 다툼이 아니라 어디까지나 주어진 영역 안에서 최대한의 수익을 올리는 것뿐이었다. 농지를 개량하고 질 좋은 술과 치즈를 만들어 자신은 무리더라도 자신의 사생아들은 안정적인 미래를 보장해 주는 것, 그것이 수도원장이 바라는 모든 것이었다.

그는 아침부터 어떻게 하면 인근의 무능한 농민들을 이용해 이 땅의 수익을 극대화할까 고민하고 있었다. 그런데 수도사 한 명이 종종걸음으로 다가오더니 편지를 전해주는 게 아닌가?

"정문에 아트릭스 영주의 사절이라고 주장하는 여인이 있습니다. 그녀가 이 편지를 전해주라고 하더군요."

"아트릭스?"

수도원장은 잠시 그 이름을 입에 올려보았다. 아주 오래전에 한번 들어본 이름인데 기억이 가물가물하다. 잠시 탁자에 손가락을 두들기면서 생각을 정리하던 그는 결국 기억을 떠올리지 못하고 편지를 뜯어보았다.

"아!"

편지를 뜯고 그 안의 내용을 읽고 나자 수도원장은 그제야 아트릭스가 어떤 곳인지, 그들이 무슨 용무로 온 것인지 알게 되었다.

"이것 참, 골치 아프게 되었군."

"무슨 일입니까?"

"아트릭스 영주 일가가 대가 끊겼으니 수도원에 들여보낸 사생아를 환속시켜 달라는 요청이구만."

"그런 사람이 있었습니까?"

"아주 오래전에 홍역으로 죽었네."

그러면 죽었다고 이야기하면 될 것이다. 그러나 수도원장이 난처해하는 걸 보면 그는 사생아의 죽음을 아트릭스에 알리지 않고 아트릭스 영지에서 꼬박꼬박 뭔가를 받아먹었음에 틀림이 없었다.

"어쩌지요?"

"흠. 아트릭스 자작에게 자식이 죽었다고 알리는 것은 너무나도 가슴 아픈 일이구먼그래."

그동안 착복한 양육비를 토해내기 싫다는 말을 이렇게 우아하게 표현할 수 있는 것도 일종의 재능이리라. 하지만 수도원장은 진심으로 애석해하고 있었다.

"그래서 말인데, 최근 올디아에서 온 젊은 수도사가 있지 않은가? 그를 아트릭스 자작의 후손이라고 하고 환속시키면 어떨까? 나이도 맞고 괜찮을 것 같은데."

"아트릭스는 가난하고 척박한 땅입니다. 게다가 최근에는 강성한 주변 영주로부터 위협을 받고 있다고 하더군요. 귀족의 부침(浮沈)이 심한 시대다 보니 귀족으로 죽기보단 수도사로 사는 게 더 나은 경우가 있지요. 아트릭스 자작령이 바로 그런 꼴입니다."

수도사는 신중하게 말했다. 아트릭스 영지가 엉망진창이라는 것은 이 일대의 모두가 다 알고 있는 사실이다. 그에 반해 수도사는 안정된 직업이었다. 몸과 마음을 항상 청정히 해야 하는 의무가 있지만 그런 의무를 다하는 수도사는 별로 없었으니 속된 쾌락도 마음껏 즐길 수 있었다. 누가 이런 자리를 버리고 다 망해가는 땅의 영주 아들이 된단 말인가?

그러나 수도원장은 피식 웃었다.

"그래서 더욱더 교황청에서 온 사람이라면 이 일대의 자세한 사정을 모를 게 아닌가? 교황청에서 파견했을 정도의 유능한 젊은이를 아트릭스에 보낸다면 아트릭스에도 복이 될 것이네. 우리는 온 백성을 두루 굽어 살펴야 하는 성직자가 아닌가?"

"그렇군요."

수도사도 수도원장도 손뼉이 짝짝 맞는다. 교황청 출신의 젊은 수도사는 어쩌면 그들을 감시하기 위해 교황이 보낸 시찰단일 수도 있었다.

그런 이를 환속시켜 제거하겠다는 것은 지방 수도원장의 권한을 벗어나는 짓이었지만 이들의 마음은 이미 정해져 있었다.

젊은 수도사의 이름은 특이하게도 '요타(Iι, 그리스어 아홉 번째 알파벳)'라 했다.

보기 드문 짙은 흑발과 푸른 눈을 가진 그는 아나톨리아인으로도, 그리스인으로도, 혹은 라티나인으로도 보였다. 인종을 분간하기 힘든 그의 모습이었지만 수려하면서도 어딘가 경박해 보이는 젊은이라는 건 모두가 동감하는 바였다.

"이렇게 은밀히 절 부르시다니 무슨 일입니까?"

요타는 밤안개가 짙게 낀 창문을 닫으며 수도원장을 돌아보았다.

수도원장은 빠르게 본론에 들어갔다.

"요타 자네, 환속할 생각 없는가?"

"환속? 절 환속시켜 주시겠다는 겁니까?"

성직자의 신분이 높은 지금의 시대에 대책없는 환속은 추방이나 다름없었다. 수도원에선 먹고 마실 것이 나왔지만 수도원에서 갑자기 환속당하면 대체 무슨 일을 하란 말인가? 하지만 요타는 환속이란 단어를 듣는 순간 뭔가 근질근질한 것이 뇌 안을 기어가는 것 같은 느낌을 받았다.

'각성의 때가 왔다.'

머릿속에서 누군가의 목소리가 들린다. 웅성거리는 목소리, 파리가 윙윙거리는 듯한 소리를 느끼며 요타는 쓴웃음을 지었다. 수도원장은 그런 요타의 표정을 빈정거림이나 거부로 알았는지 얼른 자세를 바꿨다. 누가 듣지도 않을 텐데 귓속말을 하듯 몸을 앞으로 기울여 소리를 죽인다.

"물론이지. 원래 자네가 중앙 종단 소속인 걸 알고 있지만… 마침 좋은 이야기가 있어서 말일세. 설마 자네가 갈 곳도 만들어놓지 않고 환속시키려 하겠나? 응?"

수도원장은 자신의 비리를 털어놓으며 요타의 눈치를 살폈다.

사실 수도원장이 이 수도사를 환속시키는 건 큰 문제가 될 소지가 있었다. 저 멀리 교황청에서 파견 나온 수도사를 여기서 환속시키는 것은 함부로 할 일이 아니다. 그가 이 수도원으로 파견이 되어 교적을 수도원장에게 맡기긴 했지만 수도원장이 멋대로 환속시키는 것은 권한 남용이라고밖에는 표현할 길이 없었다. 그러나 이 껄끄러운 젊은 수도사를 치워 버리기 위해, 그리고 자신의 문제를 해결하기 위해 수도원장은 특단의 조치를 취했다.

"실은 우리 수도원에는 원래 킬워드라는 수도사가 있었네."

"네?"

여기서 생활한 지 반년이지만 그런 인물이 있었다는 이

야기는 금시초문이다. 요타가 의아해하자 수도원장이 히죽 웃었다.

"얼스터 지방에 아트릭스라는 땅이 있는데 그 영주의 사생아였지. 아트릭스 영주는 신교로 개종하진 않았지만 자신의 사생아를 신교로 만들기 위해 우리 수도원에 맡긴 걸세. 그 아이가 바로 킬워드야."

"하지만 이 수도원에 그런 이름의 수사는 없잖습니까?"

"실은 어린 나이에 홍역으로 죽었네만… 깜빡 잊고 연락을 못했지 뭔가."

정확히 말하자면 사생아는 어린 나이에 홍역으로 죽어버렸지만 이 수도원장은 그 사실을 숨기고 매년 아트릭스 영지로부터 소정의 후원금을 받고 있었다. 그런 뜻이리라.

'어휴, 양육비나 착복하고 있었냐. 정말 생긴 대로 노는군.'

요타가 대놓고 수도원장에 대해 혐오의 감정을 드러냈지만 수도원장은 그저 생글생글 웃을 뿐이었다. 인간의 껍질을 뒤집어쓴 파충류가 아닐까 하는 생각까지 들었다.

"그런데 최근 아트릭스 영주 일가에 불미스러운 사고가 생겨서 일족의 대가 끊기게 되었네. 사생아라도 환속해서 자신들의 영지를 이끌어주길 바란다고 연락이 왔네. 아마 곧 있으면 아트릭스 자작의 사절이 오게 될 거야."

"즉, 저보고 그 킬워드가 되어라 이겁니까?"

"그렇지! 자네는 귀족이 되는 거야! 여기서 성직자로 썩고 있을 인물이 아니지 않은가!"

턱도 없는 사기극이다. 만약 걸릴 경우 암살당해도 할 말이 없다. 아니, 그게 아니더라도 암살의 위험이 있는 자리다. 그러나 요타는 기이한 미소를 짓고 있었다.

"받아들이지요."

요타는 그렇게 답했다.

수도원장의 일 처리는 전광석화 같았다. 일단 결정되자마자 그는 바로 요타를 수도원 밖으로 내쫓다시피 했다. 수도원 입구에서 말과 마차를 가져와 기다리고 있던 젊은 여기사가 수도원 밖으로 나온 요타를 맞이했다.

"안녕하십니까, 킬워드님? 저는 마이아 서레드. 아트릭스의 가신입니다."

그렇게 말하는 그녀의 눈은 싸늘하기 이를 데 없었다. 연한 금발에 서늘한 청회색 눈동자, 혈색 좋은 하얀 피부를 가진 미녀이지만 나이는 아직 젊은지 어린 시절의 주근깨 흔적이 아주 연하게 남아 있다. 그러나 그건 요타, 아니, 이제는 킬워드가 된 그의 눈이 엄청나게 좋기 때문에 보이는 거지 보통 사람들은 인지하지 못할 것이다.

"화사한 미소로 맞아주길 원한 건 아니지만 싸늘하군. 애써 미인으로 태어났는데 인상을 좀 부드럽게 하는 건 어떨까?"

킬워드는 방금 전까지 수도사였다고는 믿기 힘든 유연

하고 능글맞은 태도로 그녀에게 농을 걸었다. 그러나 그녀의 표정은 마치 조각상처럼 변화가 없었다.

"미친년처럼 웃고 있을 상황이 아니라서요. 가면서 설명하겠습니다. 타시지요."

그녀 자신은 기마에 올라타고 킬워드에겐 수레의 뒷좌석을 안내한다. 가신이라고 해도 킬워드에게 충성심을 가지고 있다거나 존중하고 있는 것 같지는 않다. 하긴 그럴 테지. 사생아 신분에서 일족의 씨가 말라서 어쩔 수 없이 받아들인 영주다. 환영받기를 바라는 게 과욕이리라.

게다가 그 자신은 사실 가짜가 아닌가?

킬워드는 수레 뒤에 올라탔다. 안개에 휩싸여 있는 음침한 수도원 건물을 뒤로하고 수레는 천천히 앞으로 나아갔다. 마이아 서레드는 말을 탄 채로 옆을 따라왔다.

안개가 짙게 낀 길을 앞서 나가며 그녀는 싸늘하고 사무적인 어조로 말을 이어나갔다.

"궁금한 게 많으실 테니 질문하시면 답변을 드리겠습니다."

금발에 청회색 눈동자를 가진 이 여성은 이제 10대 후반 아니면 20대 초반일까? 나이는 그렇게 들어 보이지 않는데 기사로서는 묘하게 관록이 있어 보인다.

"어째서 여자의 몸으로 기사가 될 수 있는 거지?"

무례하게 들릴 수도 있는 질문이지만 너무 궁금해서 물

어보지 않을 수 없었다. 그러자 그녀는 예상이라도 한 듯 즉답했다.

"저는 얼스터 호족입니다만 제 조모는 노르드의 '실드메이든'이었습니다. 제게는 '사자 수염 에이릭'의 피가 흐르고 있지요."

실드메이든이라 함은 노르드의 여전사들로, 어지간한 남자들 못지않은 괴력의 전사들로 알려져 있다. 노르드 바이킹들의 뱃전에 걸린 방패를 들어 올리고(각 무게가 30~100스톤가량 나간다) 고함을 지르면 전사들의 고막이 터져 버릴 정도였으며 한 손에 도끼를 들고 휘둘러 장정의 목을 베어 버리곤 했다.

그런 실드메이든의 후손이라면 여자의 몸으로 기사를 한다 하더라도 아무도 불평불만을 토하지 못할 것이다. 게다가 사자수염 에이릭이라면 노르드 대군주의 이름 아닌가? 스웨덴 일대를 지배하는 대영주의 후손이자 실드메이든의 후손이라면 그녀가 기사로서 전장을 누비고 다닌다해서 뭐라고 토를 달 이는 아무도 없으리라.

"아가씨 가문, 상당히 좋은가 본데? 아트릭스 영주보다 사실 더 좋은 거 아냐?"

그 말에 마이아는 대답하지 않았다. 이 여기사는 별 표정 변화 없이 말을 타고 안개 자욱한 길을 앞서 나가고 있었다.

"좋아. 아트릭스 영주 일족은 사고로 죽었다던데 무슨

사고로 죽었지?"

"일가족 전원 음독자살입니다."

마치 울타리가 낡아서 고쳐야겠다는 걸 고하는 사무적인 태도로 아무런 감흥 없이 말하는데 내용이 무섭다. 전 가족 음독자살이라는 건 술 먹다 사람 쳐 죽이는 게 일상화된 노르드인들 사이에서도 보기 드문 일이다.

"어째서? 독살도 아니고 자살?"

"커뱅 백작이 곧 대군을 이끌고 쳐들어올 테니까 말이지요. 브리타니아의 대귀족 커뱅은 압도적인 군세로 계속해서 아트릭스를 위협하고 있습니다. 영주님이 신교로 개종하고 브리타니아에 굴복하고 갖은 수를 다 써보았지만 커뱅 백작의 야욕은 꺾이지 않고, 결국 참다못한 영주님 일족은 음독자살을 하고 말았습니다."

"……."

킬워드는 그 말을 듣더니 아무 말 없이 자신이 떠나온 수도원을 노려보았다.

'속였구나! 원장!'

아니, 이 경우는 당연히 이런 일이 있으리라는 걸 예측해야지. 이런 일 아니면 뭐하러 사생아를 영주랍시고 다시 불러들일까? 킬워드는 환속에 눈이 멀어서 제반 사정을 잘 파악하지 못한 자신부터 탓했다.

'어차피 이 정도 핸디캡은 있어야 재밌는 거지. 그래, 심호흡, 심호흡. 나라면 할 수 있다!'

그는 평정을 되찾았다, 영지의 모습이 눈에 들어오기 전까지는.

*　　　*　　　*

킬워드는 양손으로 얼굴을 가리고 의자에 앉아 있었다. 절망과 피로감, 당혹감이 얼굴을 가린 손가락 사이로 새어 나오는 게 아닐까? 그런 기괴한 생각이 들 정도였다.

킬워드가 현재 앉아 있는 의자는 아트릭스의 영주에게 대대로 내려오는 의자라 했다. 나무에 나무못으로 아무렇게나 두들겨 만든 그 의자는 좋게 봐줘도 산적 두목의 것이지 영주의 의자라고 하기에는 품위도 실용성도 떨어졌다. 하지만 워낙 영주관 자체가 허름했기 때문에 이 의자는 영주관과 잘 어울렸다.

아니, 이렇게 허름한 통나무집에 이런 의자가 아니라면 그게 더 이상할 것이다. 자작이라는 작자의 성채나 다름없는 게 이 모양이니 다른 상황은 더 말할 것도 없다. 여기까지 오면서 보아온 아트릭스 영지는 가난하고 피폐하여 전쟁을 수행할 수 있는 상황으로 보이지 않았다.

이 자리엔 아트릭스 자작의 다른 가신들도 모여 있었다. 모여 있다고 해도 세 명이 전부다. 산적 두목이 작전회의를 하더라도 이보다 더 격식있는 회의가 되지 않을까?

킬워드는 가신들에게 들은 내용을 정리하기 위해 말문

을 열었다.

"현재 이 영지는 '통일 브리타니아'의 대귀족인 커뱅 백작의 위협을 받고 있다. 견디다 못한 자작가가 일가족 모두 음독자살했다 이거지?"

"예, 킬워드 아트릭스. 이제 당신만이 아트릭스의 유일한 혈족입니다."

마이아는 당당하게 그렇게 말했다. 사실 요타가 킬워드를 자처하고 나섰을 때 뭔가 검증 작업이 없었던 것도 이해가 간다. 아트릭스는 풍전등화, 줘도 안 먹을 쓰레기 같은 땅덩이에 대군의 위협을 받는 난처한 자리다. 그 자리를 먹겠다고 신분을 위장하는 바보가 있을 리 없다,

여기 한 사람을 제외하고는.

"킬워드님, 영민들을 생각하시지요. 지금은 굽힐 때입니다. 우리 힘으로 커뱅 백작을 물리칠 수는 없습니다."

살이 포동포동하게 오른 남자가 항복을 권고했다. 이 남자는 잉더크라고 하는 자로 이 일대 호족이었다. 주전파인 마이아와 달리 화평파인 그는 이 영지의 가신 중 가장 돈이 많은 부유한 영주였다.

영주 일가의 음독자살 이후 그의 의향(意向)대로 일이 끌려가는 걸 막기 위해 마이아는 직접 말을 달려서 킬워드를 데려와 영주로 앉힌 것이다. 즉, 킬워드는 주전파의 꼭두각시로 쓰이기 위해 불려온 것이다.

'망해가는 영지에서 벌써부터 내부 항쟁이냐?'

이 잉더크라는 가신은 항복하라고 말하고 있긴 하지만 항복으로 해결될 상황이면 아트릭스 영주 일가가 저렇게 음독자살했을 리는 없다.

"커뱅의 요구는 뭐지?"

"우리의 치안을 대신 돌봐주는 대신 매달 300드라크마의 치안 보장비를 지불하는 것입니다. 면세 상업권을 보장해 주길 원하고요."

그러자 노기사 한 명이 탁자를 주먹으로 후려쳤다. 백발이 성성하지만 몸 자체는 정정한 이 노기사는 잡아먹을 듯이 잉더크를 쏘아보았다.

"매달 300드라크마는 말도 안 됩니다. 아트릭스 자작령 전체의 수입이 일 년에 5,000드라크마로 알고 있소이다. 지출 항목도 많은데 수입의 대부분을 갖다 바치라니요! 이건 자살하라는 것이나 마찬가지입니다."

"진정하시오, 칼린 경. 이렇게 되면 차라리 영지를 포기하고 커뱅 백작의 가신으로 들어가는 방법도 있습니다. 협상을 잘하면 필시 유리한 조건을 따낼 수도 있겠지요."

잉더크는 칼린이란 노기사의 박력을 무시하며 징그럽게도 웃어댔다. 웃을 때마다 살집 좋은 얼굴이 눈을 집어삼킨다. 살집에 파묻혀서 눈이 안 보이는데 불편하지 않을까 싶을 정도다.

"헛소리! 우리를 우습게 보고 있는데 투항한다고 해서 무슨 이득이 있겠소? 그렇게 쉽게 '얼스터'의 긍지를 버릴 수는 없소!"

칼린이란 노기사가 주먹으로 탁자를 쿵쿵 칠 때마다 아예 집 전체가 삐걱거린다. 온건파인 잉더크와 강경파인 마이아, 칼린 등의 논쟁은 백날 해봐야 평행선을 달릴 것이다.

"이봐, 칼린."

"네?"

칼린은 킬워드가 만면에 미소를 머금고 자신을 부르자 당황스러워했다. 비록 꼭두각시로 세우기 위해 데려온 사생아일지언정 공식적으로는 그들의 영주다. 킬워드도 그 사실을 알고 있을 텐데 꽤 세게 나온다.

"영주 앞에서 탁자 치고 잘하는 짓이네. 이 집이 네 거야? 아예 때려 부수겠다?"

"아, 아니, 죄송합니다. 흥분하다 보니까 그만……."

"그래? 더 흥분했다간, 이거 잘하면 나도 치겠다?"

칼린은 할 말을 잃었다. 킬워드는 그들이 세운 허수아비 군주였지만 지금 이 자리에서는 존중해야 했다. 그렇지만 이렇게 직접적으로 자신의 권리를 주장하고 나설 줄은 몰라서 당황했다. 보다 못한 마이아가 간언했다.

"킬워드님, 칼린 경은 아트릭스가를 대대로 보필하신 분입니다!"

"그래서? 보필을 잘해서 지금 이 상황인가? 영지 몰골이 이 모양인 것에는 그대들의 책임도 크지 않나!"

"그, 그런!"

가신들이 당황한다. 강경파는 아마도 킬워드를 꼭두각시로라도 영주로 내세워 커뱅이 아트릭스 영지를 삼키는 걸 막고 싶었을 것이다. 그러나 이 꼭두각시가 감히 주제를 모르고 나대다니?

하지만 지금 이 자리에서 그에게 저항할 수는 없다. 아무리 꼭두각시라 하더라도 그가 이곳 영주임엔 틀림없다. 다만 마이아는 이글거리는 눈초리로 킬워드를 쏘아보고 있었다.

'어쭈? 아예 잡아먹겠다?'

눈빛만 보면 당장 달려들어서 목이라도 조를 것 같다. 하지만 킬워드는 그녀의 독기 서린 시선을 무시하며 가신들을 돌아보았다.

"당신들은 내가 바보로 보여? 영주 일족이 음독자살할 만큼 상황이 안 좋은데 그 자리에 나를 앉히고 전쟁놀이라도 하고 싶은 건가?!"

"헤헤. 이거 킬워드님의 정치적 식견과 안목엔 놀라움을 금할 길 없군요. 현명하십니다. 헤헤. 저치들은 그저 머릿속에 칼부림밖에 없는 야만인들이죠."

잉더크는 예상과 달리 자신의 편을 들어주는 새 영주의 반응에 힘을 얻고 좋아하고 있었다.

"어, 그래. 그래서 말인데, 잉더크. 병사를 좀 사열할 수 있겠나?"

"예?"

그거랑 사열이랑 무슨 상관인데? 잉더크는 왜 이제 와서 사열 같은 번거로운 짓을 하겠다는 건지 이해하지 못했다. 어차피 영지를 그냥 넘길 거라면 번거로운 영지 관리 일은 안 하는 게 좋지 않나?

"설사 아트릭스 영지를 커뱅에게 넘긴다 하더라도 말야, 그냥 휙 넘기면 그쪽에서 잘 대접해 줄 리가 없다고. 몸값을 좀 높일 필요가 있지."

"하아? 그 말씀은, 즉 커뱅 백작에게 저항하겠다는 겁니까?"

"어디까지나 몸값을 올리기 위한 투자야. 잉더크 자네 정도 되는 수완가라면 알겠지? 확실히 이대로 쉽게 항복해 버리면 커뱅이 우리 이름이나 기억할 것 같나? 특히 나는 이제 막 수도원에서 올라온 이름도 없는 뜨내기인데 내 자리를 확고히 하지 않으면 수도사로 사는 것보다 못해. 일단 내가 넘길 물건의 가치를 잘 알고 있어야… 교섭을 하는 데 유리해지지 않겠나?"

칼린과 마이아는 벌레 씹은 표정으로 보고 있다. 자신들이 꼭두각시로 쓰기 위해 데려온 녀석이 남의 장단에 놀아나고 있으니 화가 날 수밖에. 하지만 킬워드는 자신의 피부를 찌르는 듯한 그들의 시선을 무시하며 잉더크의 반응을 살폈다.

"하지만 너무 심하게 저항하시면 커뱅 백작의 미움을

살 수도 있습니다."

"어디까지나 몸값 올리기 위한 사전 작업일 뿐이야. 그 정도는 할 수 있네. 물론 자네가 도와준다면 말이지."

"하하하! 이 잉더크, 새 자작님을 모시게 되어서 영광입니다. 내일이라도 즉시 병력을 사열할 수 있도록 준비하겠습니다."

"그래, 얼른 가보도록 해."

잉더크가 사열을 준비하기 위해 나가자 마이아와 칼린이 벌레 씹은 표정을 짓고 킬워드를 노려보았다. 삐쳐도 단단히 삐친 것 같다. 어찌나 단단히 삐쳤는지 이거 밤길 조심해야겠다. 킬워드는 한숨을 푸욱 내쉬고 운을 떼었다.

"아까 전엔 미안했다, 마이아, 칼린."

"네?"

왜 이제 사과를 하지? 마이아와 칼린이 의아해하자 킬워드는 다리를 꼬며 탁자 위에 앉았다.

"하지만 당신들, 정말 생각없더군. 잉더크랑 안 맞는 건 알겠는데 잉더크도 휘하에 병력이나 돈이 있을 것 아닌가? 그걸 끌어내진 못할망정 언제 배반할지 모르는 자를 내부에 두고 무작정 싸울 셈이었나?"

사실 잉더크가 돈이 많다는 것은 그가 금 장신구를 주렁주렁 달고 좋은 옷을 입고 있는 것을 보면 알 수 있다. 칼린이나 마이아는 자신에게 필요한 무구 외에는 갖춰 입은 게 없는데 반해 잉더크는 무구 대신 온통 돈으로 몸을 발랐다.

아트릭스 영지의 척박한 환경에서 볼 때 잉더크의 지원 없이 전쟁을 수행한다는 것은 불가능하리라.

'순수한 무장들은 이따금 군비나 행정에 대한 개념을 완전히 잊어버리는 경우가 많긴 하지.'

마이아와 칼린은 서로의 얼굴을 바라보며 무언으로 의견을 교환했다. 마이아가 킬워드에게 물어보았다.

"그렇다는 것은? 방금 그것은 잉더크를 교란하기 위한 술책이었단 말입니까?"

"물론! 싸운다! 다만 그걸 위해서는 강경파 당신들이 지속적으로 내게 저항하는 시늉을 하도록 해! 잉더크가 가진 여력을 전쟁에 투입하지 않으면 승산이 희박해지니까!"

킬워드는 마이아와 칼린에게 당부하고 한숨을 내쉬었다. 이제부터 대귀족 커뱅을 상대로 아트릭스의 열악한 환경으로 맞서 싸워 승리해야 한다. 앞날을 생각하니 벌써부터 눈앞이 깜깜하다.

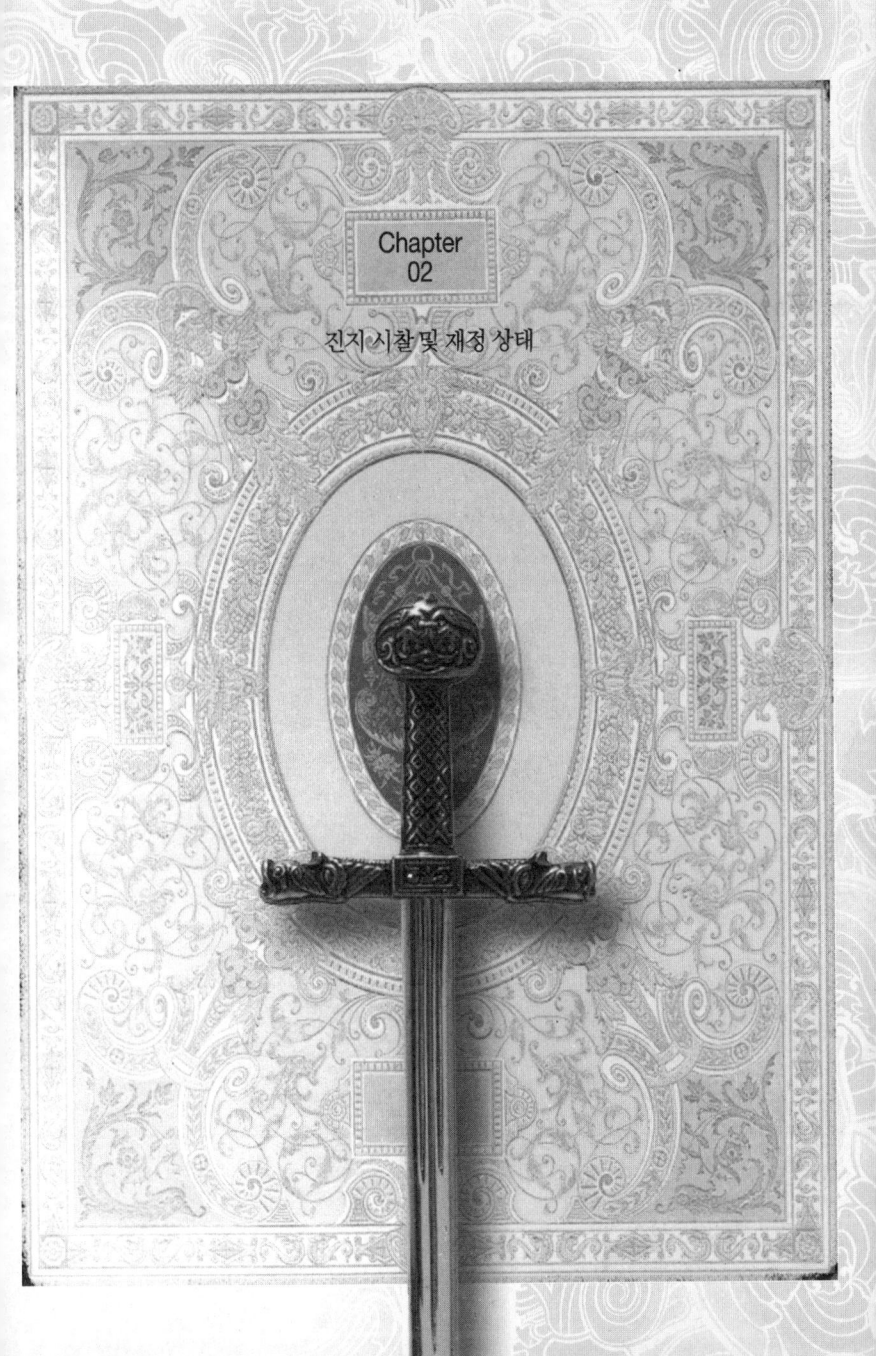

Chapter
02

진지 시찰 및 재정 상태

다음날 아침 일찍 킬워드는 병력 사열을 시작했다. 우선 킬워드 자신에게는 정확히 스무 명의 병사가 있었는데 무장은 조잡한 창에 갑옷이 없는, 그야말로 농민병 수준이었다. 실제로 영지의 밭을 일구는 소작농인 이들은 전투에 전혀 도움이 안 될 것 같다.

반면 잉더크는 쉰 명의 군대를 이끌고 왔는데, 목봉과 곤봉으로 무장한 이들 역시 무장 수준은 비슷했다.

"잉더크, 일찍 왔군!"

"네, 영주님의 부르심이니 당연하지요. 어떻습니까, 저희 병사들을 보신 소감이?"

"아니, 그런데 아트릭스 사람들은 피그미족도 아닌데

왜 다들 이렇게 작지?"

센티미터로 치면 150이 안 될 것 같다. 게다가 다들 굶주려 있는데 배는 물이 차서 불룩 나와 있는 이들도 있었다. 이런 몸으로 싸울 수 있을까?

"여기가 무슨 소말리아나 에티오피아, 수단도 아닌데. 이 병력으론 소풍 나온 유치원생도 못 이길 것 같다."

"네? 소말리아나 에티오피아? 거긴 어딥니까?"

"저 멀리, 아주 머어얼리 있는 곳의 이야기지. 모르면 신경 쓰지 마."

킬워드는 종종 주위 사람이 알아듣기 힘든 말을 하는 경향이 있었다. 본인도 그걸 알고 있었지만 단속할 필요성을 못 느꼈다.

"아, 두통 온다. 이건 병사가 아니라 난민 아냐, 난민?"

"엄연히 병사입니다."

"그리고 전에 물어보려고 했는데, 우리 영지 특산물이 뭐지?"

킬워드는 영지의 특산물에 기대를 걸었다. 인재도 별로 없고 자원도, 병력도 없다면 믿을 건 특산물이 아닌가? 혹시 '우츠(Woots:다마스커스 강의 원재료가 되는 철. 인도 수입품이었다. 바나듐과 몰리브덴이 이상적으로 섞인 양질의 철광.)' 같은 게 나온다면 이야기가 달라진다.

'지금 공업 수준에서 석유나 우라늄이 나와봤자고, 역시 우츠광 정도가 적절하겠지? 백금이 나와도 좋겠다.'

킬워드가 내심 기대를 하고 있었으나 잉더크는 어깨를 으쓱해 보이곤 무참히 그 기대를 깨뜨렸다.

"없습니다. 밀이나 키우고 있지요. 남들 다 키우는 거. 우리 먹기도 좀 부족합니다."

"일반적인 천연자원은?"

"없습니다."

"숨은 인재는?"

"접니다."

잉더크는 뻔뻔스럽게도 인재 항목에 자신을 올려놨다.

"혹시 인근에 협력할 만한 영주나 말 몇 마디에 십만 드라크마를 꿔줄 재력가……."

"아이참, 영주님도. 세상사가 그렇게 호락호락할 리가 없잖습니까?"

하긴 이 녀석들이 허생전을 알 리가 없지. 킬워드는 한숨을 내쉬었다.

"너한테 그런 소리 들으니까 정 떨어진다."

그때 칼린이 갑옷을 입고 등장했다. 칼린의 병사도 약 쉰 명인 걸 보니 킬워드의 병력이 가장 적다.

'아무리 꼭두각시 영주라지만 너무하잖아!'

그런 킬워드의 마음을 아는지 모르는지 칼린은 킬워드 앞에서 하마(下馬)해 예를 표했다.

"영주님, 칼린군 50명 대령했습니다."

"아까 전에는 워낙 허접했는데, 이제 초등학생까진 상

대할 수 있을 것 같군. 하지만 초등학교 고학년 수학여행 버스를 만나면 도망쳐야겠어."

킬워드는 초등학생이라는 이상한 집단에 대고 아트릭스의 병사를 평가했다. 그가 무엇에 대고 비교하는 것인지는 모르겠지만 표정을 보나 또 칼린 병사들의 객관적인 자질을 보나 좋은 평가는 아니리라.

그사이 이번에는 마이아가 역시 그녀와 비슷한 젊은 여기사를 데리고 등장했다.

"마이아 서레드 경과 그 여동생인 카탈린 서레드 경입니다."

"어, 그래? 하나도 보기 드문 여기사가 둘이나 있다니. 아트릭스 영지의 자랑거리는 저 여기사들뿐인가?"

마이아가 실드메이든의 후손이라면 저 카탈린이란 여자도 실드메이든의 후손이리라. 아닌 게 아니라 그녀들이 데려온 병사들은 지금까지 본 모든 병사 중 가장 질이 좋아 보였다. 문제는 질이 좋은 만큼 수가 적다.

"마이아 서레드, 휘하 열 명과 함께 왔습니다."

"카탈린 서레드, 경궁사 열 명을 데려왔어요. 처음 뵙네요, 영주님. 기대 이상으로 잘생기셨는데요?"

마이아의 병력은 숏소드와 방패를 착용하고 사슬홑옷 갑옷을 걸친 이들로, 꼬락서니부터 난민인 다른 병사들과 달리 전투에 넣어도 괜찮아 보이는 전사의 모습을 하고 있었다. 카탈린이 데려온 궁사들은 짧은 숏보우를 든 사냥꾼들로 보이는데 역시 체격이 컸다.

이 카탈린이란 여자는 언니인 마이아와 달리 늘 싱글벙글 웃으면서 킬워드를 바라보고 있었다. 자매라고 하는데 이 여자는 붉은 머리칼을 가지고 있었다. 가죽갑옷을 입고 있긴 하지만 감출 수 없는 몸매는 심히 매력적이다. 그러나 킬워드는 병사들에 더 집중했다.

"너희들이 평균 신장을 좀 높여주는구나. 아까 전까지는 여기가 얼스터가 아니라 무슨 콩고 강가의 피그미족 부락인 줄 알았다."

"네?"

"아니, 와줘서 기쁘다고. 이쪽은 그나마 좀 낫군."

"하지만 그만큼 무장 비용이 많이 들어서 수는 가장 적습니다. 훈련은 잘 시켜놓았습니다만."

"커뱅의 병사들은 어떻지?"

"기병만 백여 명이 넘습니다. 휘하 병력은 창잡이가 천 명 정도, 궁사도 상당하고 브리타니아에서 얼마든지 증원이 올 겁니다."

그러니까 다들 도망가지. 킬워드는 어이가 없어서 마이아와 카탈린, 칼린을 바라보았다. 이들 강경파의 가신들은 이 정도 병력 차이가 있는데도 싸울 셈이었단 말인가? 대체 뭘 믿고?

"그런데 영주님, 심각한 문제가 있습니다."

잉더크가 걱정스럽게 말을 꺼냈다. 병력의 질과 숫자만

봐도 심각함이 너무 과해서 걱정인데 심각한 문제가 있다고 운을 떼다니? 더 뭔 심각한 문제가 있을 수 있을까? 킬워드는 기가 막혀서 장탄식을 했다.

"아니, 이 이상 심각한 문제가 있을 수 있냐? 내 상상력이 너무 부족했구나. 그래, 뭔데?"

킬워드로서는 상상하기 힘든 일이다. 그러나 잉더크뿐만이 아니라 다들 공감하는 문제인 것 같다. 칼린이 말을 이었다.

"병사들에게 지급할 급료가 없습니다. 아침에 잠깐 사열하는 거면 괜찮지만 본격적으로 전투를 벌이게 되면 농경지를 버려두는 만큼 급료를 지불해야 합니다."

"적어도 1,000드라크마는 있어야 한 달 정도 싸울 수 있습니다."

마이아가 급료와 전쟁 물자를 계산해서 말해주자 킬워드가 휘청거리기 시작했다. 펀치를 너무 많이 맞아서 그로기 상태에 빠진 것 같다. 아무도 직접 때리지 않았는데도 그는 쓰러지기 일보 직전의 상태가 되었다.

"보통 공성전 한번 하면 석 달은 가는데 말이죠. 아, 다행히 저희 영지에는 성이 없습니다. 공격이든 방어든 전쟁이 오래갈 리는 없지요."

잉더크가 자랑스럽게 쐐기를 박았다. 킬워드는 바닥에 털썩 주저앉아 버리며 한숨을 내쉬었다.

"시작부터 빡빡하군."

외적이 침략하지 않더라도 알아서 망할 것 같은 안개 속의 작은 땅 아트릭스, 그 아트릭스를 위협해 오는 건 브리타니아의 대영주 커뱅 백작, 휘하에 있는 병력은 그야말로 난민 수준. 이 상황에서 킬워드는 과연 무엇을 할 수 있을 것인가?

*　　　*　　　*

브리타니아에서 얼스터 지방을 석권하도록 허락받고 온 커뱅 백작은 웨일스와 해상무역을 할 수 있는 저지대 해안가의 항구지대 벨파스트에 자신의 근거지를 두고 있었다. 이 일대의 좋은 땅은 이미 브리타니아계의 이주민들로 가득 차 있고 원주민이던 이들은 척박한 땅으로 내몰렸다. 그렇지만 커뱅 백작은 영토 확장의 야욕을 버리지 않았다. 이곳 땅 전역을 다 집어삼키고 아더왕의 측근으로 등정하기를 바라며 계속해서 인근 영주들을 괴롭히고 트집 잡고 전투를 벌이고 있었다.

그런 그의 압박에 이기지 못하고 아트릭스 자작 일족이 음독자살이란 극단적인 수단까지 써버린 것이다.

"상속자가 없어져서 자연히 그 땅이 내 것이 될 줄 알았는데… 왜 항복하지 않는 거냐? 설마 나랑 싸워서 이길 생각을 하고 있는 건 아니겠지?"

커뱅은 금으로 장식된 술잔을 돌려보며 투덜거렸다. 아

트릭스의 허름한 영주관과 달리 돌을 쌓아서 축조된 이곳 커뱅의 성은 무장한 수백 명의 병력이 상시 대기 중이었다. 애초에 에이레 왕과 전쟁을 하기로 마음먹고 설치한 전진기지로 아트릭스 같은 열악한 영주 따윈 적수가 될 리 없다. 상비군만 하더라도 엄청난 데다가 병력을 끌어온다면 이보다 더 많은 병력을 얼마든지 차출할 수 있다.

이만한 힘이 있는 그에게 지금 아트릭스 영지 놈들이 하는 행동은 이해하기 힘든 짓이었다. 굴복하는 것 외엔 다른 수가 없을 텐데, 설마 한 놈도 남김없이 다 죽을 때까지 저항할 셈일까?

"실은 아트릭스의 사생아가 영주 대행을 하고 있습니다."

커뱅 백작의 부관인 사이몬은 커뱅 백작의 심기를 걱정하며 조심스럽게 말을 꺼냈다.

"뭐, 사생아? 하하하! 웃기는군. 겁이 나서 자살까지 한 얼간이 놈들이 그래도 오입질할 여유는 있었나 보군."

커뱅은 어이가 없는 듯 비웃어댔다.

"암살할까요? 5드라크마만 있으면 됩니다."

"볼 것도 없지! 당장 고용해! 전쟁보다는 싸게 먹히니까!"

"다만 암살자를 안내해 줄 놈이 필요합니다."

"그거라면… 왜, 누구였지? 이름은 기억이 안 나는데, 그 살찐 돼지 놈 있잖아."

"잉더크 말이군요."

아트릭스의 가신 잉더크의 이름이 거론되자 둘 다 표정이 안 좋아졌다. 비록 침략자이긴 하지만 그들은 브리튼 조정의 기사들로서 당당한 무인이다. 그런 무인 입장에서 잉더크와 같은 기회주의자를 싫어하게 되는 건 당연했다. 하지만 병력을 움직이는 데는 돈이 들게 되니 이런 기회주의자라도 이용하는 게 좋다. 그렇지 않아도 잉더크는 커뱅에게 잘 보이기 위해 애를 쓰고 있었으니 운만 떼주면 알아서 열심히 움직여 줄 것이다.

*　　　*　　　*

킬워드는 즉시 서류를 정리하며 영지의 재무를 관리하기 시작했다.

"아, 제기랄. 진짜 이 원시적인 회계는……. 하긴 시대가 중세 암흑기지. 로마, 아니, 여기선 라티나였나? 그게 물러나면서 제대로 된 회계 원리가 정착되지 않았을 때니……."

킬워드는 혼자 투덜거리며 서류를 근대적인 회계 양식에 맞춰 작성하기 시작했다. 벨룸 단위로 파는 양피지는 생각을 정리하기 위한 메모지로 쓰기엔 너무 비싸다. 킬워드는 돌판 위에 물로 숫자를 계산하면서 최종적인 결과 값만을 양피지에 적어나갔다.

그때 문이 열리고 마이아 서레드가 들어왔다.

며칠 전에만 해도 킬워드를 무시하고 있던 그녀지만 킬워드가 커뱅과 싸우려고 마음을 먹었다는 걸 보여준 시점에서 그녀의 태도는 공손해졌다. 그렇다고는 하지만 없던 붙임성이 생겨나진 않았다.

"열심이시군요."

"전비 조달을 하지 않으면 전쟁은 시작도 못하니까. 그런데 이런 걸 내가 직접 해야 하나? 집사나 청지기까진 아니더라도 어디 사무를 볼 수 있는 사람은 없나?"

영주라기보다는 세무사가 된 기분이라 킬워드가 항의했다. 그러자 마이아는 어깨를 으쓱해 보였다.

"사무는커녕 글을 읽을 수 있는 자도 드물어요. 게다가 영주님의 정리 방식은 되게 특이하군요."

당대의 장부는 물건의 출납을 순서에 따라 적어두었을 뿐 세목과 항목을 나누어 적지 않았다. 그것을 정리하고 매 페이지마다 결산해 둠으로써 읽기도 편하고 다방면으로 분석할 수 있게 되어 있다.

"좋아, 이걸로 결산은 끝이군. 미수금과 횡령액이 좀 있는데, 천 드라크마는 마련할 수 있겠어."

"네?"

마이아는 그런 킬워드를 보며 감탄과 당혹감을 느꼈다. 아트릭스 자작 일가가 죽기 전부터 장부는 제대로 관리되고 있지 않았을 텐데 어떻게 이렇게 단시간 안에 장부와 실사를 맞춘단 말인가?

"그렇다면 커뱅 백작과 싸워볼 수 있겠군요."

"이전까지는 싸워볼 수도 없었다는 걸 인정하는군."

킬워드는 그녀의 반응을 이해할 수가 없었다. 싸워볼 수도 없었다는 걸 알면서도 그녀는 커뱅에 대해서 적대적이었다. 사람이 상황에 처하게 되면 여러 가지 선택지를 궁리할 법도 한데 그녀는 커뱅과 화평을 맺거나 항복한다는 걸 선택지에 올리는 것조차 받아들이지 않았다.

"왜 마이아는 스스로도 승산이 없다고 생각하는 싸움을 못해서 안달이지?"

"얼스터인이라면 당연한 겁니다. 브리튼의 개가 되느니 싸우다 죽을 겁니다."

그녀는 단호하게 말했다. 여자의 몸이라고는 하지만 그녀는 정말 무관다운 날이 선 태도로 똑바로 킬워드를 바라보며 말하는 것이었다.

"얼스터인은 켈트족이고 넌 노르드와 켈트 혼혈이지. 그래도인가?"

"네. 전 노르드의 피가 섞여 있지만 얼스터인이라고요."

"그래? 너 나중에 IRA 되겠다?"

"네?"

IRA, 정확히는 PIRA(급진주의적 아이리쉬 공화국군:Provisional Irish Republican Army)는 아일랜드 독립전쟁 이후에도 대영제국에 잔류한 북아일랜드(얼스터)를 독립시키기 위해 무장 테러를 감행하는 과격 무장 단체를 뜻한다.

하지만 그것은 현 시대에는 있을 수 없는 단체다. 현재 브리타니아 정권을 다스리고 있는 자는 켈트에 속하는 브리튼족의 족장 아더 팬드래건. 브리타니아 역시 얼스터와 마찬가지로 켈트인들이 다스리는 나라였다. IRA가 역사에 등장하기 위해서는 켈트인 정권이 몰락하고 노르만과 게르만 왕조가 이 땅의 주역이 될 때까지 천 년이 넘는 시간을 필요로 했다.

문득 킬워드는 자신의 뒤에서 목소리를 들었다.

'그녀에게 농담을 하려고 한 모양인데 소재가 별로 안 좋았어, 요타.'

'원래부터 무장 테러 단체는 농담 소재로 쓸 게 아니지.'

'현재는 서력을 기준으로 치면 6에서 7세기 사이?'

뒤에서 수군거리는 목소리는 마치 유령이나 귀신 목소리처럼 스산하게 들린다. 하지만 킬워드는 뒤돌아보지 않았다. 그의 뒤에는 아무도 없을 게 분명하니까.

"영주님?"

그녀는 갑자기 킬워드의 얼굴이 어두워지자 깜짝 놀랐다. 방금 전까지 농담을 하며 여유만만한 태도를 보이던 킬워드가 식은땀을 비 오듯 흘리고 있으니 놀랄 수밖에. 하지만 킬워드는 그녀를 노려보며 입술을 깨물었다.

"난 괜찮아. 물러가 있어."

"네? 그렇지만……!"

"제발… 혼자 있게 좀 해줘."

킬워드는 내쫓다시피 그녀를 내몰고 숨을 몰아쉬었다.

과거 라티나 제국이 얼스터와 브리튼을 점령했을 때, 라티나 제국은 자신들의 마차 바퀴 규격에 맞는 길을 만들었다. 이러한 도로 건설은 라티나 제국이 대제국을 건설할 수 있는 원동력이 되었으니, 그 길은 지금도 얼스터와 브리튼 전역에 깔려 있어서 사람들의 이동 수단이 되고 있었다. 얼스터의 왕과 귀족들은 라티나의 대로를 보수하지 않아서 도로를 메운 포석은 깨지고 부서져 있고 마차 바퀴를 따라 난 홈은 메워져 있었지만 그럼에도 불구하고 길은 여전히 쓸모가 있다.

그 길을 따라 난 여인숙 한곳에서 후드를 눌러쓴 남자가 주위를 힐끔힐끔 둘러보고 있었다. 정체를 감추기 위해 싸구려 복색을 걸치긴 했지만 도톰하게 살이 오른 몸매를 감출 수는 없었다.

"그렇게 두리번거리지 말게. 어차피 사람도 별로 없으니까."

커뱅 백작의 가신은 자신들의 정체를 감출 생각도 없는지 화려한 옷과 검을 갖춘 채 걸어 들어왔다. 작은 여인숙 입구에는 무장한 궁사들이 말을 끌고 와서 여인숙을 아예 에워싸고 있었다. 그 모습을 본 후드의 남자는 기겁을 했다.

"크, 큰일 났습니다요. 새 영주 요놈이 보통 놈이 아닙니다."

"뭐가 그리 호들갑인가?"

커뱅 백작의 가신은 의아해하고 있었다. 아트릭스 영지의 새 영주라면 사생아일 것이다. 그 사생아가 설사 아무리 뛰어난 인물이라 하더라도 피폐한 아트릭스를 기반으로 할 수 있는 일은 한정되어 있을 텐데 왜 이렇게 유난을 떠는 것일까?

"반년 치 부기를 하루 만에 끝내더군요. 제가 횡령했다는 사실도 알아차렸을 겁니다."

그러니까 커뱅 입장에서 큰일이 아니라 자신의 부정이 들통 났다는 의미에서의 큰일이라 이거다. 커뱅의 가신은 어이가 없어서 투덜거렸다.

"그래서? 그야 네 사정이고."

"빨리 처치해 달란 말이에요. 현기증 난단 말이에요."

"그래서 말인데……."

가신은 목소리를 낮추었다. 이 한심한 놈을 상대하는 건 짜증나지만 이런 녀석이라도 아트릭스 영주를 암살할 때까지는 필요했다.

킬워드는 칼린과 함께 영지 내외를 시찰 중이었다. 아트릭스 영지에 이제 막 도착한 그로서는 영지 경계 곳곳의 지형을 알아둘 필요가 있었다. 특히 곧 전쟁이 벌어질 곳의 지형을 미리 알아보는 건 중요했다.

다만 영주인 그가 직접 외곽을 시찰하는 것은 위험하다고 만류하는 이들도 있었다. 그러나 가만히 있어봐야 곧 죽는 건 마찬가지 아닌가?

· 그래서 킬워드는 다른 이들의 만류도 뿌리치고 병사들에게 진지 공사를 명한 뒤 자신이 직접 진영을 시찰하기 시작했다. 그런데 가신인 칼린은 말을 타고 있는데 비해 영주인 킬워드는 걸어다녀야 했다. 아트릭스 자작의 재정이 너무나 나빠서 말을 사고 유지할 수가 없었기 때문이다.

대신이라기엔 뭐하지만 웬 이상한 목마 하나가 있었다. 바퀴가 달리고 끌고 갈 수 있게 되어 있는데 멀리서 보면 말로 보일 수도 있겠지만 가까이에서 보면 조잡하기가 이루 말할 수가 없다.

"성벽이 없네. 성은 어쨌어?"

"석재로 팔았죠."

"영주용 군마는?"

"대신 그걸……."

칼린은 목마를 턱으로 가리켰다. 저걸 타고 영주의 위신을 세우라 이건가? 킬워드는 어처구니가 없어서 목마의 줄을 휙 당겼다.

"이런 걸 타고 돌아다닐 수 있겠냐! 이런 건 트로이에서도 반품할 거다! 아, 젠장, 뭔 영지가 이렇게 부실해?"

"영주가 말이 없는데 가신이 말을 타서 죄송합니다."

"죄송하면 나랑 바꿔."

킬워드가 그렇게 말하자 칼린이 재미있는 농담을 들었다는 듯 껄껄 웃는다.

"에이, 말은 그렇게 하시면서 끌고 다니는 게… 좋으신가 봅니다?"

"한적한 곳에 버리려고 그래."

킬워드가 그렇게 투덜거리더니 갑자기 말을 멈췄다. 그는 손으로 칼린도 멈춰 서게 했다. 말발굽 소리가 그치자 과연 사방에서 뭔가가 움직이는 소리가 들렸다.

"이, 이건?"

수풀을 헤치고 무언가가 다가오고 있었다. 과연 잠시 후, 수풀 사이에서 불한당들이 모습을 드러내었다. 낡은 가죽 두건을 쓴 자들, 녹색의 저질 천을 봉해서 만든 모자를 쓴 매부리코의 남자, 기생충이 안구 속으로 들어가 눈 한쪽이 먼 애꾸 등 해괴한 놈들 천지였다.

"뭐야, 너희들? 서커스단이냐? 아서라, 아서."

킬워드는 몰려드는 불한당들을 보면서도 빈정거릴 뿐이다. 하지만 칼린은 긴장했다. 그는 갑옷을 입고 있었지만 그렇다고 해도 이렇게 많은 불한당은 전성기가 지난 노기사에겐 힘겨운 적수이리라.

"호위병도 없이 돌아다니니까 이런 상황에……. 그런데 영주님은 무기도 없으시지요?"

칼린은 한탄하고 있었다. 하지만 킬워드는 흥 하고 코웃음 치더니 손을 내밀었다.

틉!

칼린은 순간 자신의 눈을 의심했다. 킬워드는 뭔가가 날아드는 걸 맨손으로 잡아 들었다. 그런데 그게 화살이다. 날아드는 화살을 맨손으로 잡다니? 수적 우세를 믿고 안심하고 있던 불한당들 사이에서도 경악이 번져 나갔다. 맨손으로 화살을 잡는 게 가당키나 한 일인가?

"호위병? 우리 영지 병사들에게 호위받을 정도면 관 뚜껑 덮고 드러누워야지. 사람이냐, 그게?"

"아, 아니, 영주님, 지금 그거……."

"화, 화살을 손으로!"

암살자들도 놀라워하고 있을 때, 킬워드는 한 손으로 입을 가리고 하품을 하며 암살자들을 바라보았다.

"자, 여기서 여러분께 문제. 영지는 가난하지, 병력도 없지, 얻어먹을 것도 없는 이 상황에서 내가 왜 도망치지 않았을까?"

다시금 화살들이 킬워드를 노리고 날아들었으나 킬워드는 양손을 펼쳐 날아드는 화살들을 죄다 쳐냈다. 눈을 감은 채로 미간을 향해 날아드는 화살을 붙잡자 화살 꼬리가 파르르 떨다 허공에서 멈춰 버린다.

"아······!"

"그건 이 상황을 뒤엎을 만한 자신이 있어서 아니겠냐?"

"쳐, 쳐라!"

암살자들은 검을 빼 들고 킬워드와 칼린을 향해 엉거주춤한 자세로 달려들었다. 킬워드는 어이없다는 듯 실소를 터뜨렸다.

"응, 치세요. 쳐 봐라. 응?"

*　　　*　　　*

마치 태풍이 지나간 뒤처럼 작은 공터 안은 엉망이 되어 있었다. 나뭇가지들은 부러지고, 피투성이의 암살자가 바위 위에, 나뭇가지 위에, 그루터기에, 사방에 쓰레기처럼 널브러져 있었다.

"뭐, 이 정도인가? 준비운동도 안 되는군."

킬워드는 손을 털고 바닥에 떨어진 단검을 잡았다. 그는 엄지와 검지로 칼날 끝을 잡더니 조각조각 칼날을 쥐어뜯었다. 치즈를 쪼개는 것처럼 강철 칼날이 떨어져 나가는 걸 보니 킬워드의 힘이 얼마나 막강한지 짐작할 수도 없었다.

"화살을 손으로 잡는 걸 본 시점에서 뭐 빠지게 도망쳤어야지. 너희들은 바보냐? 아, 바보 맞지."

킬워드는 쓰러진 암살자 중 의식이 있는 이들을 목마에 널었다. 체중 때문에 목마에 짓눌려서 몸을 괴롭히자 암살자들이 신음을 토했다.

"끄으으으으."

"자, 내 애마의 승차감이 어때? 롤스로이스 뺨치지?"

킬워드는 비명을 지르는 불한당의 다리를 잡고 사타구니가 눌리도록 잡아당겼다. 끔찍한 비명 소리가 차가운 밤공기를 뒤흔든다.

"끄으으으… 고문한다고 내가 불 것 같으냐?"

"불라고 하는 거 아냐. 난 진성 새디스트거든? 고문은 내 취미 생활이지."

"끄아아악!"

보다 못한 칼린이 대신 말문을 열었다.

"어차피 커뱅 백작이 보낸 거겠죠. 그렇지만 놀랐습니다. 무기도 없이 맨손으로……."

"암살자 놈들이 영주인 나보다 돈이 더 많네. 착수금인가?"

킬워드는 암살자들의 주머니를 털면서 칼린의 말을 들은 체 만 체하고 있었다. 영주씩이나 되어서 암살자들의 지갑을 털고 있는 모습이 한심해 보이지만 그런 반면 또 믿음직스럽다. 이 뛰어난 무예, 강력한 생활력은 허수아비로 세우려고 데려온 전 영주의 사생아 그 기대치를 훨씬 뛰어넘고 있었다.

킬워드는 일어나서 손을 털었다.

"그럼 칼린, 이놈들은 몰래 가둬두고 난 습격당해서 중 태라고 해."

"예?"

"보면 모르겠어? 영주관에서 습격당했으면 모를까 진지 시찰 중에 습격당했다는 건 누군가가 내 행방을 불어서 적 에게 알려주고 있다고! 아마 잉더크겠지. 그 녀석을 통해 역정보를 흘려보내자 이거야!"

"그런 뻔한 거짓말은 바로 들킬 겁니다."

"하루 이틀 정도만 시간을 끌면 충분해. 그동안 나는 적 지 시찰이나 하고 오지."

킬워드는 커뱅 백작의 영향권인 동쪽 평원을 바라보고 있었다. 설마 단신으로 커뱅 백작령에 들어갈 셈인가?

"그, 그건 너무 위험합니다."

"아트릭스 영주 자리보다 위험해?"

"그, 그건 아니죠."

"솔직하네?"

킬워드는 인상을 찡그리며 칼린을 흘겨보았다. 칼린도 말하고 나니 부끄러운지 얼굴을 붉히고 있었다. 킬워드는 한숨을 내쉬더니 품에서 종이를 꺼내고 거기에 목탄으로 무언가를 적기 시작했다.

"글자는 읽을 줄 아나?"

"부, 부끄럽게도 읽을 줄 압니다."

칼린은 글자를 읽을 줄 안다는 것에 부끄러워했다. 당시 기사들은 학문에 박식하면 박식할수록 용맹함이 떨어진다고 믿고 있었다. 킬워드는 칼린에게 앞으로 할 일을 써서 주었다.

"그럼 일 처리 잘해. 믿고 간다."

킬워드는 등을 돌리고 커뱅 백작령을 향해 걷기 시작했다. 점점 걷는 속력이 빨라지는데 숨이 차는 기색도 없다.

"영지를 버리고 도망가진 않을 테니까 안심해. 다녀온다."

Chapter
03

내우외환

아더왕과
각탁의 기사
THE KNIGHTS OF SQUARE

　마이아와 카탈린은 반신반의하면서 수레를 끌고 칼린
경을 따라 걸었다. 암살자가 나타났는데 그걸 킬워드가 맨
손으로 죄다 격퇴했다는 이야기는 곧이곧대로 듣기에는
너무나 기괴했다. 하지만 칼린이 헛소리하는 사람도 아닌
지라 따를 수밖에 없었다.

　"혹시 잉더크의 첩자가 돌아다닐까 봐 밧줄로 묶어서
수풀에 숨겨두었네. 여기."

　칼린은 우거진 수풀을 헤치고 마이아와 카탈린에게 보
여주었다. 피투성이가 된 암살자들이 밧줄에 묶여서 신음
하고 있는 걸 보니 칼린이 말한 게 사실인 것 같았다.

　"이야!"

카탈린은 그 모습을 보고 감탄하면서 말에서 내렸다.

"이걸 정말 그 혼자서 했단 말이에요?"

"그렇다네."

"놀랍군요. 신교의 수도사들은 다들 이 정도는 할 수 있는 건가요? 아니면 그가 특별한 존재인가요? 훈련받은 기사들이라 해도 무기와 갑옷 없이는……."

카탈린은 감탄하면서 병사들을 불렀다. 병사들은 즉시 암살자들을 수레에 싣고 건초로 덮었다. 잉더크 몰래 이 암살자들을 숨겨두기 위해서였다.

"킬워드 경은 뭐라고 했습니까?"

"그는 자신이 암살자에게 부상당해서 위중한 상태라고 말해달라고 하더군. 이들 암살자들은 아마도 잉더크에 의해서 불려온 것일 거고, 그 잉더크를 속인다면 잉더크를 조종하는 자들에게 그가 죽었다는 소식이 전해지겠지."

"놀랍군요."

마이아는 칼린이 말하는 바를 듣고 고개를 끄덕였다. 킬워드는 자신의 죽음을 위장해서 잉더크와 커뱅에게 거짓 정보를 보내려 한다. 그와 동시에 만약 그 거짓 정보가 정확하게 커뱅에게 전해진다면 잉더크와 커뱅이 내통하고 있다는 증거를 잡게 되는 것이다.

잉더크와 사사건건 대립하고 있는 마이아와 카탈린도 잉더크의 배반이나 내통에 대한 증거를 잡지 못하고 있었는데 이제 막 영주가 된 자가 그런 그림을 그려낸다는 것이 놀랍다. 암살자들에게 암습당한 것은 어디까지나 돌발적으로 일어난 일인데 킬워드는 바로 그 순간 순발력을 발휘해 오히려 적에게 함정을 치겠다는 것이다.

"아니, 대체 무슨 속셈일까?"

마이아의 여동생인 카탈린은 의아해했다.

"우리야 부모의 원수가 걸려 있으니 브리타니아와 철천지원수로서 이러고 있지만 그는 이제 와서 왜? 설마 아트릭스 자작이 음독자살한 것에 대해서 분개하는 건 아니겠지? 그는 사생아잖아? 요 며칠 전까지는 그 자신이 아트릭스 자작의 사생아라는 사실도 몰랐다면서? 어째서 이렇게 적극적으로 임하지? 뭔가 다른 꿍꿍이가 있나?"

"모르겠다."

마이아는 고개를 절레절레 저었다. 그때 칼린이 편지를 읽으면서 중얼거렸다.

"빨리 움직입시다. 새 영주가 우리에게 요구하는 것은 이 암살자들을 숨기는 것만이 아니오."

"네? 칼린 경, 그 편지는?"

"읽어보시오."

칼린 경이 전해준 편지를 읽던 마이아는 혀를 찼다. 킬워드가 쓴 그 편지에는 암살자들을 치우고 나서 전투가 벌어질 지역에 대한 진지 공사를 명하고 있었다. 그런데 그 위치를 정확히 명한 것을 보면 전투가 벌어질 장소를 그가 고르겠다는 것일까?

"일단… 명령에 따를 수밖에 없군요."

마이아는 암살자들을 수레에 싣는 작업이 끝나자 병사 일부에게 암살자들을 창고에 가두어두게 시키고, 남은 이들은 진지 정비 작업을 위해 마을에서 사람들을 징발하도록 했다.

아트릭스 영주관의 저택 안에서 불을 붙이는 손이 있었다. 그는 영주관 정중앙의 화로에 불을 지피고 손을 비비면서 돌아섰다. 화로의 불빛이 영주관 안을 메우자 그제야 사람들의 모습이 드러났다.

실드메이든 마이아와 카탈린, 그리고 노기사 칼린의 모습이 마치 조각상 같다. 아래에서 비쳐 오는 화로의 빛이 그들의 얼굴 윤곽을 더욱더 선명하게 했다. 조명 때문인지 모르지만 표정이 다들 굳어 있었다.

"정찰은 끝냈어. 이야, 벨파스트는 정말 부유하던데. 커뱅 백작의 병력도 꽤 충실하고. 저 정도면 이 에이레 전역을 석권할 수도 있을 것 같던데……. 그런데 뭐야, 개학이 내일인데 숙제 다 못한 초딩들처럼?"

킬워드는 가신들이 뭔가 망설이고 있다는 걸 느끼고 그렇게 물어보았다.

"저… 영주님?"

칼린이 무거운 목소리로 말문을 열었다.

"진지 공사 중에 병사가 죽었습니다. 두 명이 탈진해 죽었습니다."

"……."

킬워드는 잠시 생각에 잠겼다.

"혹시 지금 내 이름이 쿠푸왕이거나⋯ 람세스 2세는 아니겠지?"

"네?"

"내가 시킨 게 진지 공사였지, 피라미드나 룩소르 신전 만드는 것 같은 건 아니었냐고 물어보는 거다."

물론 피라미드가 뭔지 알아들을 리 없지만 킬워드는 그렇게 물었다. 그러자 마이아와 카탈린이 당황한 표정을 지어 보였다.

"피라미드라면 분명히……."

"헤로도토스의 기행기에 나오는 이집트의 건물이지요? 이야~ 영주님, 똑똑하시네요. 역시 수도사 출신의 엘리트!"

킬워드는 그녀들의 반응에 입을 떡 벌렸다. 단순무식한 중세의 기사, 그것도 노르드의 실드메이든이 헤로도토스의 기행기를 읽었다니?

"허, 너희들, 생각보다 유식하구나?"

그렇지만 그렇게 글줄깨나 읽은 두 소녀를 제외하고 이 영지에는 쓸 만한 게 없었다.

간단히 진지를 보수하고 웅덩이를 파는 수준의 공사를 해도 아트릭스의 병사들은 탈진과 사고로 사망자가 발생

할 정도다.

"백성들이 전반적으로 굶주리고 있는 것 같은데 식량을 조달해 올 수는 없나?"

"돈이 없습니다. 돈이 있다 하더라도 커뱅 백작의 미움을 사는 걸 두려워해서 상인들이 우리를 상대하지 않습니다."

"그래. 역시 커뱅 백작을 깨지 않으면 상인들이 거래도 하지 않을 테지. 백성들이야 어차피 전쟁 비용으로 급료를 받게 될 테고. 좋아, 뭘 해도 일단 전쟁에서 이겨야 하는군. 그러면 칼린, 카탈린, 마이아."

"넷!"

"분부하십시오."

세 가신은 예전보다 훨씬 공손한 태도로 킬워드의 명령을 받고 있었다. 이들도 슬슬 킬워드의 행동력과 판단력을 인정하고 있다는 반증이리라. 킬워드는 싱긋 웃음을 지어 보였다.

"내우외환 중 내우를 다스리러 가볼까?"

잉더크는 자신의 저택에 처박혀 있었다. 아트릭스 영주의 영주관이 커다란 통나무집에 불과하다면 잉더크의 저택은 굄돌과 타르, 목재를 사용한 혼합식 건물이었다. 통나무집보다 좋다고 단정 지을 수는 없지만 건축비 면에서 보면 통나무집보다는 월등히 비싸다.

현재 잉더크는 킬워드의 명령하에 칼린이 뿌린 거짓 정보에 속아 넘어간 상태였다. 암살자들의 습격이 킬워드를 중태에 빠뜨려 오늘내일 하고 있다는 소문은 거짓이지만, 잉더크는 그 진위를 직접 확인하지도 않고 믿어버렸다.

무기도 군마도 없이 돌아다니는 킬워드가 설마 암살자 전원을 맨손으로 제압하고 멀쩡히 살아 있으리라고는 상상도 할 수 없었던 것이다.

"흐흐흐, 암살이 전공은 아니지만 해내니 뿌듯하군. 이제 커뱅도 내 공을 인정하겠지?"

브리튼 조정의 대영주 커뱅을 배경으로 부와 권력을 쌓아나갈 생각을 하니 신이 난다. 그러나 그때였다.

콰앙!

문이 벌컥 열리고 이 자리에 있을 수 없는 인물이 모습을 드러내었다. 기이하게 통이 좁은 바지, 각이 진 셔츠와 가벼운 가죽 갑옷을 걸친 킬워드가 문을 박차고 걸어 들어온 것이다.

"똑똑? 계십니까?"

입으로 노크하는 소리를 내면서 벌써 문을 부숴 버린 킬워드를 선두로 칼린과 카탈린, 마이아가 걸어 들어왔다. 다들 무장한 게 분위기가 심상치 않다. 아니, 애초에 사경을 헤매고 있다고 들었던 킬워드가 너무 멀쩡한 것부터 글렀다.

"사, 살아 계셨군요, 영주님! 옥체 보중하시니 이 몸도

감동했습니다!"

"지금 나랑 장난해?"

킬워드는 아부 떠는 잉더크를 노려보며 투덜거렸다.

"이봐, 잉더크. 허허벌판에서 암살자들이 정확히 날 찾아냈는데 정작 커뱅은 내 얼굴 생김새도 모른다면… 내부 호응자가 있었을까, 없었을까?"

"그, 그런 억측만으로 대대로 충성한 가신을 숙청하실 겁니까?"

"충성 좋아하네."

킬워드는 장부를 꺼내 던졌다. 잉더크의 얼굴에 명중한 장부가 떨어지며 펼쳐지자 잉더크의 얼굴에서 코피가 주르륵 흐른다.

"꽤 많이 횡령했더군. 어쩜 그렇게 생긴 대로 노냐?"

킬워드는 잉더크를 노려보며 피식 웃었다. 탐욕스럽게 살이 오른 잉더크의 모습을 보니 절로 웃음이 나온다. 그런 킬워드의 웃음을 보며 잉더크는 자신의 부정이 백일하에 드러났음을 알게 되었다. 그렇다면 더 이상 연기를 할 필요가 없었다. 킬워드가 가진 아트릭스 영주의 병사는 얼마 되지도 않는 데다가 칼린이나 카탈린, 마이아가 전쟁도 아닌데 병사를 끌고 다닐 리는 없다. 병사들의 급료를 상시 지불할 수 있을 만큼 부유한 장원은 아트릭스 영내에 오직 자신의 장원뿐이었다.

"에, 에이, 안 되겠군! 뭣들 하느냐! 쳐라!"

"그, 그러나……."

병사들은 당황스러워하고 있었다. 잉더크의 부하이긴
하지만 그들은 아트릭스 영지의 사람들이다. 존경스러운
노기사 칼린과 실드메이든의 딸이라는 마이아, 카탈린 자
매는 그들이 싸울 적이 아니었다.

병사들은 싸우지도 않고 비켜서서 잉더크를 킬워드에
게 내주었다.

'호오.'

칼린은 그런 상황을 보며 여기까지는 킬워드의 예상대
로 움직이고 있다는 걸 깨달았다. 원래 칼린이나 카탈린,
마이아는 병력을 데려가야 한다고 주장했다. 그러나 킬워
드는 병력이 함께 움직이면 낌새를 챈 잉더크가 도주할 수
있다는 것을 이유로 들어 장수인 칼린, 마이아, 카탈린 세
명만을 데리고 온 것이다.

"흥!"

그러나 잉더크는 이런 절체절명의 상황에서도 콧방귀
를 뀌었다.

"실드메이든! 너희들은 언제나 나를 무시했었지! 너희
자매 따위, 내 애완동물에게 농락당하는 꼴을 보아야겠
다!"

잉더크가 휘익 하고 휘파람을 불자 갑자기 지축이 흔들
리기 시작했다. 그 순간 모두들 깜짝 놀랐다.

"지, 지진인가?"

"지진을 부르다니!"

다들 잉더크가 마법을 써서 지진을 부른 것으로 여기고 당황해하고 있었다. 병사들도 칼린도 당황하고 있었지만 마이아와 카탈린, 그리고 킬워드는 냉정하고 침착했다.

"이건 마법이 아니라… 집이 흔들리는 거야. 지진은 아니다."

과연 그 말을 증명이라도 하듯 마룻바닥을 뚫고 무언가가 갑자기 솟구쳐 올랐다. 음지의 이끼를 닮은 축축한 녹색의 촉수가 발밑에서 솟구쳐 오른 것이다. 킬워드는 바닥이 부서지는 것과 동시에 뒤로 훌쩍 뛰어 피했지만 마이아와 카탈린 두 자매는 녹색 촉수에 휘감겨 버렸다.

"뭐야, 이건?!"

마룻바닥이 깨지며 등장한 것은 촉수가 여덟 개 달리고 다리가 네 개 달린 송아지만 한 크기의 괴물이었다. 잉더크는 그 괴물의 뒤로 피하며 뭐가 좋은지 자지러지게 웃으며 소리를 질렀다.

"애완용으로 화장실서 키우던 괴물이 이리도 늠름하게 자라다니! 흐흐흐, 각오해라!"

잉더크의 말이 떨어지는 것과 동시에 괴물이 포효하며 달려들었다.

*   *   *

녹색 이끼 덩어리 같은 괴물이 촉수를 들고 닥치는 대로 휘두르기 시작했다. 칼린 경이 제일 앞에 나서서 방패를 들었지만 이 괴물의 촉수는 예상 이상의 위력이 있었다. 사람이 휘두르는 해머와는 비교도 안 되는 위력에 칼린 경이 비명을 지르며 뒤로 굴러가 기둥에 충돌해 버렸다.

송아지만 한 크기의 몸통에 촉수의 무게를 합치면 어지간한 군마 1.5마리 정도 분일 것이다.

"…아예 못 물리칠 체중은 아닐 텐데, 야생동물이라서 힘이 센가?"

킬워드는 칼린이 허망하게 굴러가는 것을 보며 한마디 했다. 잉더크는 눈엣가시이던 칼린이 한 방에 쓰러지는 것을 보고 완전히 기고만장해졌다.

"해냈어! 내 괴물이 이리 세다니! 캬하하하!"

그러나 그때 마이아가 단검을 빼 들었다. 촉수 하나하나는 거대한 뱀을 연상시킬 만큼 굵고 근육질이었지만 마이아는 양팔 중 한 팔만 몸통과 함께 묶여 있을 뿐이었다.

"이 정도로!"

그녀는 부츠에서 단검을 뽑아 들어 촉수를 찍었다. 촉수가 고통에 마비되는 사이 그녀는 촉수에서 몸을 빼내 탈출했다.

"카탈린! 나와! 잉더크 따위에게 당하면 끝장이야!"

"난 언니처럼 근접전 스타일이 아냐!"

투덜대는 걸 보니 이 촉수가 조이는 힘이 아직 참을 만한 것 같았다. 아닌 게 아니라 촉수는 카탈린의 몸을 들어 올리는 데 대부분의 힘을 쓰고 있지, 조여서 카탈린을 죽이는 것은 신경 쓰지 않고 있었다.

마이아가 바닥에 떨어진 자신의 검을 붙잡고 괴물에게 뛰어들어 칼을 휘둘렀지만 이 괴물의 몸은 끈적거리는 무언가로 덮여 있어서 칼날이 효과적이질 못했다. 철썩 하는 소리와 함께 칼날이 살짝 괴물의 살을 베었다.

꾸에에엑!

괴물은 고통스러워서 펄쩍 뛰었지만 전투 기능에는 아무런 문제가 없는 듯했다.

'오히려 성질만 돋웠군.'

마이아는 투덜거리며 날아드는 촉수를 살펴보았다. 칼린 경이 방패로 막았다 쓰러지는 걸 본 그녀는 날아드는 촉수를 하나하나 차분하게 피하며 뒤로 물러섰다. 하지만 그 결과 거리가 벌어져서 여동생을 구하는 것은 실패했다.

킬워드는 하품을 하면서 마이아의 손에 들려 있던 장검을 받아 쥐었다.

"나름 애썼다. 하지만 언제까지 화장실 괴물이랑 놀 거야? 내가 처리한다."

"찌르고 베어도 먹혀들지 않습니다만… 아, 영주님?!"

마이아는 자신의 손에서 장검을 받아가는 킬워드를 보고 깜짝 놀랐다. 마이아가 주려는 마음이 없었는데 의식하기도 전에 그녀의 손에서 장검을 빼간 것이다. 숙달된 무사의 손에서 이렇게나 자연스럽게 무기를 빼가다니 킬워드의 손놀림이 예사롭지 않았다.

그러나 잉더크는 킬워드를 무시하고 놀릴 뿐이었다.

"헤헹! 어디 덤벼보시지! 이런 가난한 영지의 사생아 자식!"

"오냐! 말 잘했다!"

킬워드는 잉더크의 도발에 화답하듯 기둥을 향해 달렸다. 그는 지면을 차고 훌쩍 몸을 날려 나무 기둥의 옆면을 타고 올라 서까래 위에 섰다.

"저 화장실 괴물에겐 좀 더 크고 굵고 묵직한 것을 찔러줄 필요가 있어. 아, 내가 말했지만 참 뭣 같군."

킬워드는 마이아의 장검을 목 뒤로 감아 당겨 휘둘러 베기의 자세를 취했다. 그 모습을 본 모두는 자신들의 눈을 의심했다. 서까래를 이루고 있는 나무는 굵기가 성인 장정의 허벅다리만 한 것으로 도끼로 찍어도 여러 번 치지 않고선 어림도 없다. 그런데 그걸 검으로 자르겠다고 저러고 있는 것인가?

"처음엔 좀 아플 거다."

킬워드는 장검을 양손으로 붙잡고 서까래를 향해 휘둘렀다. 순간 놀라운 일이 일어났다.

빠직!

마이아의 장검이 불꽃을 튕기며 너덜너덜해졌다. 그러나 놀라운 것은 칼날이 분명히 서까래를 뚫고 지나갔다는 것이다. 킬워드의 손에서 마이아의 장검 자루가 으깨져 흩날리고 칼날은 이가 다 나가 너덜너덜해졌지만 서까래를 단 일격에 잘라 버린 것이다.

잘린 서까래가 무너져 내리며 괴물을 향해 내리꽂혔다. 킬워드는 그 서까래 위에서 균형을 잡고 괴물이 피하지 못하도록 서까래 끝을 흔들어 정확하게 괴물을 찔러 버렸다.

꾸에에엑!

둔탁한 소리와 함께 괴물이 단숨에 꿰뚫려 버렸다. 괴물은 발버둥 치며 도망치려 했지만 이미 몸 전체를 꿰뚫어 버린 거대한 서까래를 빼낼 방법은 없어 보였다. 킬워드는 서까래 위에서 뛰어내려 가볍게 착지했다.

"말도 안 돼!"

"말이 왜 안 돼?"

킬워드는 넋이 나가 버린 잉더크의 목에 검을 겨누었다. 칼자루를 에워싼 나무가 부서지고 날도 엉망이 되었지만 이 쇳덩이는 여전히 위협적인 무기다. 킬워드가 손을 수평으로 쓱 휘두르기만 해도 잉더크의 목이 잘려 나갈 것이다.

이런 상황이 되자 잉더크는 오히려 웃기 시작했다.

"아하하! 뭔가 착오가 있는 것 같습니다."

"뭐, 인마?"

"횡령은 제가 한 거지만 습격은 제가 안 했습니다. 살려 주세요."

"백번 양보해서 그렇다 쳐도 지금 이건 습격 아니냐?"

"아이참, 이건 말도 안 통하는 동물이 한 짓이잖아요. 동물 애호? 오케이?"

꽤나 뻔뻔하다.

"그래그래, 그건 나도 동감이다. 동물이 무슨 죄가 있겠어? 하지만 넌 동물이 아니라 사람이지?"

킬워드는 칼을 뒤집어 걸레짝이 된 자루 속에서 돌출된 칼 못으로 잉더크를 강타해 쓰러뜨렸다.

킬워드는 손쉽게 잉더크군을 제압하고 잉더크를 체포했을 뿐만 아니라 그의 개인 자산 전부를 순조롭게 먹어치웠다. 평소 잉더크가 킬워드를 우습게 보고 경계하고 있지 않은 탓에, 또한 킬워드가 잉더크에게 거짓 정보를 흘려보낸 덕에 거둔 성과였다.

킬워드는 잉더크의 손에서 벗겨낸 금반지들을 씻어서 자루에 담으며 투덜거렸다.

"아, 제길! 이놈 자식, 좀 씻고 살지, 반지를 벗기는 데 때가 밀려 나와."

"하하하! 아마 잘 때도 반지를 안 빼서 그럴 겁니다."

칼린은 신이 나서 너털웃음을 터뜨렸다. 킬워드가 잉더크를 제압하고 정말 손쉽게 잉더크의 병력을 흡수하는 것을 보고 그가 진심으로 자신들과 함께 커뱅 백작에 대항하려 한다는 걸 알 수 있었기 때문이다. 그뿐만 아니라 마이아와 카탈린 자매 역시 킬워드가 정녕 커뱅과 싸우려 한다는 것을 알고 태도를 고쳤다. 특히 마이아나 카탈린은 킬워드가 직접 싸우는 모습을 처음 보았기에 그가 보인 엄청난 무력에 감탄하고 있었다. 신교 수도사 출신이 어디서 이런 재주를 익혔을까?

"뭐 그래도 금은 금이지. 그보다 칼린, 당장 진지 공사 마무리 짓자! 빨리 준비해야 해!"

잉더크를 제압하는 데 성공한 킬워드는 즉각 다음 명령을 하달했다. 잉더크가 커뱅 백작과 내통하고 있었다면 커뱅 역시 킬워드가 중태에 빠졌다고 생각할 가능성이 높았다. 잉더크를 커뱅이 믿고 있다는 전제하에서의 이야기지만.

"커뱅이 암살을 성공했다고 여기면 선발대를 보낼 거야. 시간이 없어. 칼린, 네가 말이 있으니까 가서 진지 공사를 확실히 마무리 짓도록."

"선발대요?"

"그래. 아트릭스 자작이 온 가족 끌어안고 자살했을 때 빨리 이 영지를 접수하지 못했으니까 당신들이 나를 옹립해서 저항하고 있잖아. 이걸 한번 당했는데 이번에는 빨리 접수하고 싶어 하지 않겠어? 빨리 접수하려면 발 빠른 기병들만 모아서 먼저 치러 오겠지. 그리고 단일 편제 병력은 전술 운용 면에서 취약해! 상대가 기병뿐이라는 걸 알고 있다면 우리에게도 승산이 있다!"

킬워드의 핀잔에 모두들 할 말이 없어졌다. 발상 자체는 듣고 보니 당연했다. 신기할 것도 새로울 것도 없었다. 다만 일이 터지자마자 이렇게 내다보는 발상의 전환 속도와 순발력만은 감탄스럽다.

Chapter
04

커뱅 백작군 선발대

아더왕과
각탁의 기사
THE KNIGHTS OF SQUARE

　킬워드군의 진지는 과거 라티나 제국이 건설한 오래된 돌다리와 습지 지형 그 건너편에 완성되었다. 다리 밑으로는 강물이 흐르지만 이 강물은 비가 올 때가 아니면 그 수량이 미미하다. 퇴적물이 잔뜩 쌓인 늪지다 보니까 강물 대신 진흙이 흐른다고 해도 과언이 아니었다. 즉, 다리를 우회하기 위해서는 늪지대를 우회해 오거나 그게 아니면 늪지대 위로 통나무와 판자를 발판으로 깔면서 돌입해야 했다.

　제대로 된 성벽이 없는 아트릭스로서는 궁여지책으로 이 다리를 방어기점으로 삼은 것이다. 이 다리는 과거 라티나 제국이 만든 돌다리로 라티나 제국의 후퇴 이후 전혀 보수되지 않았지만 그럼에도 불구하고 아직 쓸 만했다. 아트릭스와 커뱅 백작령을 이어주는 길이고, 말을 타고 이동하는 이들 입장에선 이 길을 이용하지 않을 이유가 없을 테니 커뱅 백작이 선발대를 보낸다면 이곳에서 맞닥뜨리게 되리라.

진지에 주둔해서 병력을 다스리고 있던 칼린이 뒤늦게 참여한 킬워드와 마이아, 카탈린을 맞이한다. 세 남녀 모두가 방금 씻은 듯 머리에 물기가 남아 있는 걸 본 칼린이 의아해했지만 지금은 그런 걸로 왈가왈부할 때가 아니었다.

"영주님, 병력 배치 끝냈습니다. 그런데 병력 배치 중에 창병 한 명이 넘어져서 다리가 부러졌습니다."

"…숨 쉬다 사레가 들려서 숨진 놈은 없고?"

"작년에 한 명 있었지요. 밥 먹다 입천장을 찔러서 죽은 놈도……."

"정말 가지가지 한다. 그러면 칼린은 북부 별동대를 지휘하도록."

"그렇지만 가뜩이나 수적으로 열세인데 병력을 분산시켜서야……."

"분산 안 시키면 이길 수 있고?"

킬워드가 어이없다는 듯 물어보자 칼린이 잠시 주저했다.

"확실히 자신이 없군요."

"그럼 내 말에 따르도록 해."

킬워드는 그리 말하고 병사들을 차출했다. 이미 나무망치와 쐐기를 들고 모인 병사들은 주변에서 목재를 긁어모아 임시 기중기까지 만들어두고 있었다. 여차할 경우 다리를 부숴서 기병들을 고립시키고 강과 습지에서 싸우기 위함이었다.

"척후가 연락하면 다리를 부숴! 적의 선발 부대는 전부 기병일 터! 다리만 끊으면 진흙탕 싸움이다! 승산은 충분하다!"

그러나 말이 끝나기가 무섭게 등 뒤에서 흙먼지가 피어오르고 말발굽과 진군 소리가 들려온다. 커뱅 백작의 선발대가 저 멀리서 천군만마 같은 발소리를 내며 달려오고 있는 것이다.

"응? 가만. 아니, 그건 그렇다 치고 말이지."

킬워드는 당황스러워했다. 커뱅 백작의 선발대가 예상보다 빠르게 나타났을 뿐만 아니라 척후는 아무런 연락도 없었다. 저렇게 화려하게 등장하는 병력을 척후가 못 알아챘을 리가 없는데?

"아니, 척후는 왜 아무런 연락이 없고 적들만 먼저 온 거야?"

"아마도 탈영했겠죠."

카탈린이 어깨를 으쓱해 보이며 말했다. 별로 놀랍지도 않다는 듯 당연하게 구는 그녀의 태도로 보아서 이게 바로 아트릭스 병사들의 일반적인 반응이라는 걸 알 수 있었다.

진지에서야 기사들이 있어서 탈영을 막을 수 있었지만 감시자가 없는데 이 썩어빠진 아트릭스의 병사들이 척후 같은 고도의 임무를 수행할 리가 없다.

"그렇군. 본진에서 빼내서 고급 장교의 감시가 없으면 탈영해 버린단 말이지? 아주 잘 알겠다."

마이아가 특유의 조용한 태도로, 그러나 듣는 사람은 복장 터질 말을 했다.

"병사들의 질이 떨어져서 전략을 세워도 수행할 수가 없습니다."

"자랑이다! 어휴! 내가 이런 정박아들을 이끌고 뭘 한다고. 보통 영지의 새 영주로 출발하면 엎어지면 금광이고 여기저기 조력자들, 무인들, 상인들이 떠받들어 주는 이야기가 천지에 널려 있는데 난 왜 이리 조건이 가혹해?!"

킬워드는 손을 들어서 얼굴을 가렸다. 하지만 어쩌겠는가? 지금은 그저 있는 것 가지고 잘해보는 수밖에 없다.

커뱅 백작의 선발대를 이끌고 있는 것은 커뱅의 아들 사에단이었다. 그는 다른 보조 병력 없이 기사 6~70기만을 끌고 아트릭스 영지로 향했다. 이 정도의 병력만 하더라도 아트릭스의 모든 병력을 간단히 짓밟을 수 있었기에 적의 함정이나 계략은 애초에 신경 쓰지도 않았다.

그래서 그는 전방에 아트릭스의 방어 진지가 보이자 코

웃음을 쳤다.

"흥! 지긋지긋한 얼스터 야만인 놈들! 영주가 죽었다는 데도 저항할 셈이냐!"

"사에단님, 적이 다리를 끊으려 하고 있습니다만."

"모두! 이대로 질주한다! 워어어어!"

사에단이 투구의 안면 가리개를 덮어쓰고 고함을 지르자 기사들이 그에 호응했다.

"카멜롯에 영광을!"

창을 세운 채로 달려오던 기사들이 일제히 창을 겨누고 속도를 올리기 시작했다. 말발굽이 도로의 포석을 강타하며 무시무시한 소리를 울려댄다. 그 위세는 기왓장을 내려치는 해머처럼 아트릭스의 방어 병력을 뚫어버리리라.

"아더왕 만세!"

기사들은 아더왕의 이름을 연호하며 달려들었다. 그때 아트릭스 진지에서 킬워드가 몸을 일으켰다. 검푸른 기묘한 가죽 갑옷 위에 남색 타바드를 걸친 그는 부하들에게 신호를 보냈다.

"다리 끊어! 카탈린은 궁병들 이끌고 대기 위치로!"

그러자 병사들이 일제히 작업을 시작했다. 다리는 언제든지 부술 수 있도록 미리 손을 봐둔 상태였다. 그러나 좀 더 극적인 효과를 거두기 위해 기사들이 돌진을 시작할 때부터 부수기로 합의했다. 일단 돌진을 시작한 기사들은 기수를 돌리기 힘들기 때문에 눈앞에서 다리가 끊어지더라도 그대로 달려 강으로 곤두박질칠 수밖에 없으리라.

그게 킬워드의 노림수였다.

그러나,

쿵!

돌다리를 부수기 위해 작업을 시작하던 병사들이 비명을 지르기 시작했다. 나무망치로 미리 포석을 빼둔 벽돌을 치고 나서 비명을 지르는 병사들, 기중기 줄을 당겨 커다란 모래 자루를 들어 올리다 앞으로 쓰러지는 병사들, 하나같이 제대로 공병 작업을 수행하지 못하고 있는 것이다.

"이런, 네놈들이 무슨 찰리 채플린이냐?! 왜 갑자기 자빠지는 코미디를 하는데?!"

킬워드가 어이없어할 때 기중기가 넘어가며 바닥에 쓰러진다. 어처구니없게도 이 병사들은 수백 년간 보수도 안 한 다리를 부수지 못한 것이다.

"아악! 이 한심한 놈들아! 뭐 이런 낡은 다리도 못 부숴!"

장수가 지략이 뛰어나도 병사의 품질이 바닥을 기면 아무 소용이 없다. 그 사실을 뼈저리게 느끼게 해준다. 한심해서 말문이 막힌 킬워드는 더 힐난할 기력도 없었다.

그사이 기사들은 다리에 진입하고 병사들은 겁을 집어먹고 갈팡질팡한다!

"할 수 없지! 마이아! 플랜 B다!"

킬워드는 즉시 부관인 마이아에게 다음 지시를 내렸다.

그러자 다리 옆 수풀에 숨어 있던 마이아와 창병들이 모습을 드러내었다.

"넷! 영주님!"

마이아는 수풀 사이에 감춰두었던 목책을 집어 들었다.

*　　　*　　　*

"다리 앞을 막아!"

킬워드가 명령을 하자 마이아는 창병들을 데리고 나왔다. 다리 옆 습지에 자란 긴 갈대들 사이에 숨어 있던 병력이 튀어나오자 기사들은 그것을 보고 비웃었다.

마이아의 창병들은 아트릭스 병사들 중에서는 정예라고 할 수 있었지만 그런 그들도 대열이 엉망이었다. 미리 준비하고 있던 창병들이라 하더라도 기사들과 정면승부를 했을 때 이긴다는 보장이 없었다. 그런데 이제 막 뛰쳐나온, 얼마 되지도 않는 수의 창병이 무엇이 무서우랴? 그런데 그들이 수풀에서 들고 나온 것은 나무로 만든 커다란 울타리가 아닌가?

"아니?!"

마이아와 병사들이 다리 출구를 울타리로 막자 기사들도 당황스러워했다.

"이런 제기랄!"

감속도 못하고 그냥 돌진하는 기사. 선두 기사는 눈을

질끈 감았다. 차마 그다음 장면을 감당할 수가 없을 것 같았기 때문이다.

그런데 이게 어찌 된 일인가? 경미한 진동이 느껴지더니, 그는 여전히 살아서 앞으로 달리고 있었다.

"어? 이게 어찌 된 거야?"

혹시 난 죽은 건가? 죽어서 환각을 보는 게 아닐까? 기사는 그리 생각하며 말을 바라보았다. 하지만 그의 말은 멀쩡하고 상황도 변한 게 없다. 놀란 기사가 뒤를 돌아보니 뒤에는 뚝 부러진 울타리가 보였다.

"어라? 뭔 울타리가… 수수깡인가?"

킬워드는 제 역할을 못하고 부서지는 울타리를 보며 의아해했다.

"아, 저러려고 울타리 만들라고 하신 거였어요?"

옆에서 지켜보던 병사 한 명이 화를 돋운다. 이 자식들은 울타리를 만들라고 했더니만 대충 아무거나 만들면 되겠거니 하고 인근 습지에서 썩은 나무들을 긁어모아서 울타리를 만든 것이다. 그 결과, 울타리를 치고 지나간 기사들은 별 손상 없이 무사히 빠져나가고 있었다.

그래도 울타리를 부수고 나간 선두 기사 셋은 말이 다리가 부러졌는지 달리다가 천천히 앞으로 쓰러져 진흙탕 위로 떨어진다. 훈련이 잘되었는지 쓰러지면서도 양옆으로 이동해 뒤따르는 기사들의 앞길을 막지 않는다.

"그래도 속도가 줄었다! 요격해!"

킬워드는 병사들의 사기를 생각해서 독려했다. 성질 같아선 다 패죽이고 싶지만 지금은 자기 성질 찾을 때가 아니었다. 그러나 이렇게까지 해주었는데도 싸우긴커녕 기병들을 피해 다들 우르르 몰려다닌다. 기병의 돌진은 바로 우회할 수 있는 게 아니기 때문에 속도가 줄어들었을 때 달려드는 게 좋을 텐데, 이렇게 겁에 질려서 도망치면 태세를 정비한 기병들에게 일방적으로 학살당할 수밖에 없다.

"와아! 이 천치들아! 아주 가지가지 하는구나! 너희들이 그렇게 도망쳐서 말에게 달아날 수 있겠냐? 도망치긴 텄으니까 싸워!"

보다 못한 킬워드가 욕설을 퍼부었다.

한편 그걸 지켜보던 사에단도 적이지만 킬워드를 동정할 수밖에 없었다.

"저치는 단순한 야만인 같진 않군. 계략을 쓰는데 병사가 못 따라주는 느낌이다."

"어쩌죠? 남은 병력은 무시하고 적의 본진을 칠까요?"

사에단의 부관이 물었다. 일단 다리는 돌파했고, 적의 방어선은 이 다리에 집중되어 있는 것 같으니 이대로 무시하고 아트릭스 영주관까지 밀고 들어가 적의 본진을 장악해 버리는 것도 방법이다. 그러나 그건 보병대를 끌고 왔을 때의 이야기, 기사들만으로는 성이나 마을을 빼앗은 뒤 농성하기 힘들어진다. 들판에서 싸울 때 힘을 발휘하는 기사들의 입장에서는 지금 여기서 적의 병력을 다 소진시키는 게 나으리라.

"아니! 지금 여기서 끝장을 낸다!"

사에단은 그렇게 결론을 내리고 창을 세웠다.

"모두 기창! 우측으로 선회!"

그러자 기사들이 일제히 창을 세우더니 우측으로 말을 돌려 선회하기 시작한다. 일사불란한 그 동작을 보며 킬워드의 병사들은 겁에 질렸다.

"각오해라!"

다시금 태세를 정비한 기병들이 아트릭스의 방어진을 향해 창을 겨누고 돌진하기 시작했다.

"병력의 질이 떨어지는 건 알고 있었지만 설마 이 정도까지일 줄이야."

킬워드는 한숨을 내쉬었다. 전투가 벌어진 지 얼마 지나지 않았지만 라티나 대로 위는 흥분한 사람들의 열기와 피의 냄새가 피어올랐다. 습기 찬 공기 속으로 땀과 피의 악취가 가득 들어찼지만 킬워드의 인상을 찌푸리게 하는 것은 이 악취만은 아니었다.

킬워드는 적들의 전술, 전법, 편성을 모두 다 예측하고 있었다.

상대가 기병 위주로 편성된 부대라는 것, 진군 루트, 전투 양상 등 모든 것이 그의 예상대로였다. 그럼에도 불구하고 아직까지 저 사에단의 기병대에 제대로 된 타격을 주지 못한 것은 킬워드의 병력이 그의 상상을 초월할 정도로 저질이었기 때문이다.

"적을 알고 나를 알면 백전불태라 했지. 이 경우는 적은 알았지만 나는 몰랐다고 해야 하나?"

그러나 누가 그를 탓할 수 있으랴. 이렇게 상식을 초월한 바보 집단일 줄 알고 있으라는 것도 너무한 일이다.

"카탈린! 플랜 C다!"

보통 플랜 B에서 끝나는 법이지만 킬워드는 만약의 경우를 대비해 플랜 C를 준비했다.

"이 순간을 기다렸다!"

카탈린이 수풀에서 궁병들과 함께 뛰쳐나왔다. 아트릭스의 병사들을 철저히 무시하던 기병대들은 갑자기 튀어나온 궁사들에게 당황했지만 그것도 잠시, 상대의 병력이 너무 적다는 것을 알고는 코웃음 쳤다.

"카탈린과 궁병은 고작 열 명인데 저 기사들을 막을 수 있을까요?"

마이아가 물었지만 킬워드는 혀를 날름 내밀었다.

"물론 궁병의 힘으로 막으라고는 안 했다."

그때 선두에 뛰어들던 기사들이 수풀 사이에 뭔가가 감춰져 있는 것을 발견했다. 수풀 사이로 말뚝이 처져 있고, 그 말뚝에 로프가 감겨 있는 게 보인 것이다. 일종의 올무라고 할 수 있겠는데 이걸 사이에 두고 궁사들이 화살을 활에 재우기 시작했다.

"아니!"

무작정 돌진해 오던 기사들은 당황했지만 돌진은 우회하거나 무를 수 없는 것이었다.

"또냐!"

"으앗! 로프다!"

"제기랄!"

기병들이 비명을 지르며 우왕좌왕할 때 그 틈을 놓치지 않고 카탈린의 궁사들이 일제히 화살을 퍼부어대었다. 기사들이 방패와 갑옷을 들어서 막고 있기에 큰 사상자는 없지만 두 명이 제어를 하지 못하고 낙마해 바닥을 굴렀다.

"좋아, 이제 이대로 로프에… 아!"

킬워드는 기병들이 로프 지대에 들어가는 것을 보며 탄식했다. 선두에 선 기사 사에단이 로프 지대에 들어서는 순간 뿌득! 하는 끔찍한 소리가 들렸다.

"큭!"

겁을 집어먹고 각오를 다지는 사에단이었지만 그가 직접 돌입한 순간 수풀 사이에서 말뚝들이 쑥 뽑혀 나온다.

"……."

"말뚝 깊이 박는 게 너무 힘들어서요. 하하하하!"

가만히 있으면 중간은 갈 텐데 이놈의 병사들이 뭘 잘했다고 웃고 있다. 킬워드는 어처구니가 없어서 그들을 보며 물었다.

"숨 쉬기는 안 힘들고?! 너희들, 여기서 그냥 죽지 그러 니?"

킬워드는 병사들을 발로 뻥 걷어차고 눈살을 찌푸렸다.

*　　　　*　　　　*

적의 돌입에 맞추어 다리를 파괴하는 것은 병사들의 힘 이 부족해서 실패했다. 그 다리의 출구에 울타리를 쳐서 기병들을 잡는 작전 역시 울타리의 내구력이 부족해 실패 했다. 그리고 지금, 수풀 사이에 로프와 말뚝을 설치해서 기병들을 자빠뜨리는 것 역시 실패했다.

하지만 지금까지의 함정들이 완전히 효과가 없는 것도 아니라서 사에단이 낙마하고, 기병들이 겁에 질려 기세를 줄였다. 그 틈을 타서 마이아가 창병들을 이끌고 기병들에 게 접근했다.

말이 한창 가속이 붙은 상태에서는 창병이라 해도 기병 들의 밥이 될 수밖에 없다. 육중한 기병의 돌격을 사람의 팔로 창대 들고 막아내기엔 역부족이니까. 그러나 지금처 럼 기병의 속도가 떨어진, 사실상 정지한 상태라면 이쪽이 유리하다.

"전원 돌격!"

마이아와 창병이 기사들의 옆면으로 돌진하자 킬워드 도 손을 머리 위로 치켜들었다.

"우리도 재집결한다! 리그룹!"

그러나 킬워드의 명령을 수행하기엔 병사들의 자질이 너무나 떨어진다. 이 병사들은 자기들끼리 움직이다가 창이 꼬여서 넘어지고 구르고, 아주 병신 짓을 골고루 한다. 재집결하거나 방향을 돌릴 때는 창대를 세워서 서로서로 얽히지 않게 해야 하는데 밀집 대형 상태에서 창을 휘두르며 돌리려고 하니 그게 되나!

"이건 무슨 원숭이 떼도 아니고……."

너무나도 참혹한 광경에 킬워드는 할 말을 잃었다.

그사이 사에단은 낙마한 상태에서 몸을 일으켜 세워 검을 잡았다. 창병들이 연거푸 공격을 가하지만 사에단은 창날을 쳐내며 뒤로 물러나기 시작했다.

"사에단님!"

그때 뒤에서 기사 한 명이 달려와 사에단에게 손을 뻗었다. 사에단이 그 손을 맞잡자 그는 사에단을 매달고 병사들 사이로 빠져나갔다.

"어디로 빠져나가죠? 궁병을 칠까요, 아니면 저 보병들을 우회할까요?"

"수풀에 또 무슨 함정이 있을지 모르니 보병들을 우회하자! 할 수 있겠지?"

"물론이지요! 브리튼의 기사가 저런 오합지졸에게 당할 리 없잖습니까."

사에단은 부하의 도움으로 겨우겨우 위기 상황을 탈출

하며 혀를 찼다. 아트릭스 영주에게 당했다고밖에 할 말이 없으리라. 우선 그와 선발대를 유인한 것 자체가 거짓 정보였다. 잉더크가 배신자였던지, 아니면 잉더크마저 속인 건지는 모르지만 아트릭스의 새 영주 킬워드는 말짱했다.

게다가 그들은 그 거짓 정보를 들은 커뱅 백작이 어떻게 나올지 손바닥 보듯 훤하게 알고 있었다. 그들은 기병들이 다가올 길을 장악하고, 다리가 뚫릴 경우 어디서 우회할지, 기병대가 어디서 병력을 회군할지 미리 리허설까지 끝마친 것 같았다. 이렇게나 완벽하게 농락당한 것은 사에단 자신의 자만심 때문이다. 아트릭스군을 너무 얕본 탓이다.

그러나 아트릭스군의 공세는 이제 시작이었다.

갑자기 다리 북부에서 별동대가 나타난 것이다. 칼린이 이끄는 칼린 부대는 우선 강폭이 얕아지는 북쪽에 가 있다가 다리를 피해 움직이는 적병이 없을 경우 다리로 돌아와 다리에서 전투를 벌이고 있을 본진을 구하고, 본진과 포위진을 형성해 적을 섬멸하도록 되어 있었다.

만약 첫 번째 계략이 성공해 킬워드의 본진이 무사히 다리를 부쉈다면 기사들은 강물이 얕고 늪이 적은 상류 쪽으로 우회하려고 했을 것이다. 그때 그들을 맞아 싸우는 게 칼린의 별동대의 일이었다. 하지만 킬워드는 만약의 경우 다리를 부수지 못하거나 기타 변수가 생겼을 때를 대비해 칼린에게 다음 명령까지 하달해 두었던 것이다.

그런 계략이 정말 이렇게까지 맞아들어 가다니! 칼린은

솔직히 감동했다.

"설마 정말 이렇게 될 줄이야! 영주님, 당신은 정
말……."

"내 칭찬은 나중에 해도 되니까 적이 도주하지 못하도
록 막아! 아직 저 기병들 완전히 잡은 게 아니야! 돌진할
거리를 조금만 줘도 우리가 다 죽는다!"

킬워드는 아트릭스군을 전혀 믿지 않게 되었다. 기병들
이 수세에 몰린 것은 달리지 못하게 공간을 분할한 덕이
지, 만약 들판에서 당당하게 회전을 벌인다면 저들 열 명
도 못 해치우고 이쪽은 완전 전멸당하리라.

"도주 못하도록 막아라!"

"예!"

칼린군은 즉시 창을 들고 기병대 앞을 막아섰다. 속도가
떨어진 기병대는 하는 수 없이 창을 겨누고 울며 겨자 먹
기로 느린 돌격을 시도했다.

퍽! 퍼퍼퍼퍽!

"끄아아아악!"

"으아악!"

창을 든 칼린의 병사들이 나동그라지면서 기병대가 느
릿느릿 칼린군의 포진을 관통해 버렸다. 예상 밖으로 허약
한 칼린군의 반응에 기사들이 오히려 당황했을 정도다.

"뭐, 뭐야, 이건?"

기사들이 당황해하는 사이 킬워드는 양손으로 얼굴을

가렸다.

"아, 제발 좀……."

킬워드는 한숨을 내쉬더니 바닥에 떨어져 구르는 보병용 장창을 발로 차올려 창대 중간을 수도로 후려쳤다. 비록 전쟁 중에 잘 부러지는 창대지만 도끼 없이 자르기는 쉽지 않은 것인데 마치 톱으로 공들여 썬 것처럼 손쉽게 잘려 나갔다. 킬워드는 그렇게 짧아진 창을 잡고 칼린군을 뚫고 본진으로 쇄도하는 기사들 앞을 홀로 막아섰다.

"위험합니다!"

"영주님!"

"피하세요!"

칼린, 마이아, 카탈린이 킬워드의 무모한 모습을 보고 경고했지만 킬워드는 짜증을 버럭 냈다.

"닥쳐! 이 상황에 나라도 싸워야지! 너희들 믿고 뒤에서 지휘만 하다간 아예 말라 죽겠다!"

하긴 지금 이 상황이 짜증나지 않으면 그게 이상한 놈이리라.

"어지간하면 나도 이러고 싶지 않았는데… 이건 어지간해야지!"

킬워드는 투덜거리며 창을 든 채로 던지기 자세를 취했다. 앞에서 쇄도하는 기사들은 점차 속도를 올리고 있는데 혈혈단신 기병대 앞을 막아서고 있으니 그 모습이 그야말로 당랑거철이다. 아트릭스의 가신들은 그 모습을 보고 너무나도 한심한 아트릭스의 병사들 때문에 실성한 킬워드가 자살하는 게 아닌지 다들 걱정할 정도였다.

그러나 그다음 순간 킬워드의 손에서 창이 떠났다. 아니, 발사되었다고 보는 게 더 나으리라.

쉬익!

뭔가가 기사들 사이를 뚫고 지나가자 기병대의 전열이 흐트러지고 말이 앞다리를 꺾으며 고꾸라진다. 놀란 말들이 겁에 질려 돌진을 멈추고 풍압만으로 많은 기사들이 눈을 질끈 감아야 했다. 창에 직접 맞은 이는 아무도 없지만 스치기라도 한 이는 투구가 날아가고 피투성이가 되고, 더러는 목이 꺾여 죽기까지 했다.

"…아, 아니?!"

운 좋게 그 창에 스치지 않은 이들도 자신의 옆을 지나던 창날의 무시무시한 속도와 위력에 식은땀을 흘렸다. 킬워드는 창을 던진 자세 그대로 돌다리 위에 서 있는데 두꺼운 화강암 돌이 깨지고 발자국이 바닥에 남을 정도였다.

"뭐 이딴 괴물이……."

사에단은 당황스러워했다. 그는 자신을 탈출시킨 기사가 낙마하는 걸 보고 말에서 뛰어내려 검을 빼 들었다. 그뿐만이 아니라 다른 기사들 역시 검과 도끼를 빼 들고 킬워드를 향해 몰려들었다.

그러나 킬워드는 텅 빈 양손을 들더니 손가락을 까딱까딱하며 기사들을 도발하는 게 아닌가? 지금 맨손으로 이 많은 기사들을 상대하겠다는 것인가?

"애초에 이렇게 할 걸 스트레스만 받고 말이야."

킬워드는 부하들에게 당한 울분(?)을 풀기 위해 으르렁 거리며 기사들을 노려보았다.

사에단의 기사들은 반신반의하면서 킬워드를 보고 있었는데 갑자기 킬워드가 지면을 박차고 달리기 시작했다. 마치 짐승처럼 손으로 땅을 짚으며 낮은 자세로 뛰어오는데 어찌나 빠른지 놀랍다. 선두에 선 기사가 발작적으로 철퇴를 휘둘렀지만 킬워드는 그 순간 지면을 박차고 휙 날아오르더니 공중에서 몸을 빙글 돌려 기사의 뒤로 돌아갔다.

콰직!

킬워드는 갑주를 입은 기사의 뒤를 점하고 그의 목과 허리를 잡더니 뒤로 휙 집어 던졌다. 갑옷을 입은 사람이 아니라 짐짝이라도 저렇게 쉽게 던지지는 못할 텐데 킬워드가 던진 기사는 그대로 붕 날아가 후방에서 그 장면을 지켜보고 있던 기사들을 덮쳤다.

"으악!"

"뭐, 뭐야?!"

기사들의 대열이 흐트러지는 순간 킬워드는 질풍처럼 그들 사이로 파고들었다.

퍽!

킬워드가 옆에 접근한 줄도 모르고 전방을 보고 있던 기사의 옆구리에 킬워드의 발차기가 꽂혔다. 킬워드에게 채인 기사가 옆으로 날아가 데굴데굴 구르며 대열에 충돌했다. 말도 안 되는 괴력이다. 손에 무기를 들고 있지 않아도 저 정도면 사람을 때려죽이기에 충분했다.

"아!"

도끼를 든 기사가 자신에게 다가오는 킬워드를 보며 당황해서 뒷걸음질을 쳤다.

"내가 진짜 어지간하면 이런 짓은 안 하려고 했는데 말이지!"

킬워드는 도끼를 든 기사에게 무방비로 터벅터벅 걸어가고 있었다. 계속 뒷걸음질치던 기사는 자신의 뒤에 서 있던 동료와 충돌하자 멈춰 섰다.

"큭!"

뒤로 물러설 길이 없으니 반사적으로 도끼를 휘둘렀다. 하지만 킬워드는 도끼를 피하려고 하지도 않았다. 오히려 몸을 옆으로 회전시키며 하이킥으로 도끼를 휘두르는 기사의 머리통을 후려 찼다.

킬워드의 발차기가 나중에 나왔지만 기사의 머리통을 먼저 후려 버렸다. 도끼를 휘두르던 기사가 옆으로 다리를 꺾으며 쓰러지고 그가 휘두르던 도끼는 바로 눈앞의 킬워드를 스치지도 못하고 땅바닥에 꽂혀 버렸다.

"어억!"

"뭐, 뭐냐, 저건?"

기사들이 당황하는 사이 킬워드는 바닥에 떨어진 도끼를 발로 차올려 손으로 쥐었다. 양손으로 휘두르는 배틀액스였는데 킬워드는 공깃돌처럼 가볍게 휙 한번 던지더니 회전하는 도끼가 떨어지는 걸 공중에서 낚아채서 수평으로 던졌다.

부우우웅!

도끼가 바람을 찢으며 기사들에게 날아갔다. 혼비백산한 기사들이 양옆으로 구르며 꼴사납게 피했지만 그렇게 피하지 못한 말 한 마리에 도끼가 명중했다.

콰직!

단 일격에 마갑을 두른 전마의 흉곽이 쪼개지고 피가 사방으로 튀었다. 배틀액스를 손도끼처럼 던지는 그 모습에 기사들이 모두들 전의를 상실했다.

"뭐해? 와라!"

킬워드는 손가락을 까딱거리며 기사들을 도발했다. 그러나 기사들은 다들 주춤거리고 있었다.

일단 칼을 빼 들었으니 싸우긴 싸워야겠는데 맨손의 적에게 농락당하고 있는 이 현실은 뒤집어질 생각을 안 한다. 그렇다고 기사 된 입장에서 뒤로 돌아서 도망칠 수도 없고, 승산없는 적에게 그저 뛰어들어서 몸으로 상대를 지치게 해야 한단 말인가?

그렇게 킬워드가 기사들의 돌진을 혼자 완전히 막아낸 사이, 태세를 갖춘 칼린과 마이아의 병사들이 기사들을 에워싸면서 전투는 끝이 났다. 비록 부실한 함정이었지만 기사들의 돌격을 수차례나 방해했고, 포진 역시 완벽해서 기병대는 그 활로를 찾아내지 못했다.

"……."

"아……!"

칼린과 마이아는 할 말을 잃었다. 결과적으로 그들이 커뱅 백작군을(비록 선발대라 해도) 완파하는 대승을 거둔 것이다. 그렇지만 이 승리는 킬워드가 홀로 서른 명이 넘는 기사를 쓰러뜨렸기 때문에 가능한 것이었다. 이번 전투에서 킬워드가 보여준 능력은 인간의 영역을 가뿐히 초월해 있었다. 솔직히 말해 무서울 정도였다.

킬워드는 자신이 쓰러뜨린 기사들을 지켜보다 훌쩍 뛰어올라 돌다리의 난간 옆에 웅크려 앉아서 시냇물을 바라보았다. 습지에 굽이쳐 흐르는 시냇가에서 안개가 피어오른다. 그는 그 안개를 바라보며 구시렁거렸다. 아마 자신의 전략, 전술을 수행하지 못한 부하들에 대한 원망이겠지.

카탈린은 사태의 심각성을 모르는지 웃어넘기며 킬워드에게 다가갔다.

"이야! 대단한데, 영주님! 설마 우리가 커뱅을 상대로 이길 줄은 몰랐어."

"…후우, 뭐 어디까지나 선발대를 상대로 한 것뿐이니 긴장 풀지 마. 다음에는 이런 일이 없도록 하지."

킬워드는 진지 공사에 썼던 밧줄을 회수해 쓰러진 기사들을 묶도록 지시했다.

"기사 계급은 몸값이 짭짤하니까 다 묶어! 이게 다 돈이니까! 그 정도는 할 수 있겠지? 내가 그런 것도 물어봐야 되나? 아니면 이것도 내가 할까?"

킬워드가 피곤한 표정으로 물어보자 모두들 바삐 로프를 회수해 기사들을 체포하기 시작했다.

Chapter
05

첫 승리

아더왕과
각탁의 기사
THE KNIGHTS OF SQUARE

"뭐라고?! 지금 뭐라고 그랬어!"

주석으로 만든 술잔이 바닥을 구르며 기괴한 소리를 냈다. 분노한 커뱅 백작이 수염을 파르르 떨며 고래고래 소리를 지르고 있었다. 그렇게 분노한 백작의 모습을 처음 본 심복이 당황스러워하고 있었다.

"서, 선발대가 전멸하고 사에단 경이 포로로 잡혔습니다."

"이게 말이나 돼? 그 자식들은 거의 굶어 죽어가는 거지 같은 놈들이란 말이다! 반면 사에단은 내 자식이라서가 아니라 영특하고 용맹한 기사이거늘!"

커뱅 백작으로서는 자신이 악몽을 꾸고 있는 게 아닐까

의심스러울 것이다. 아니, 악몽이라고 하기에도 너무나 어처구니가 없다. 악몽이라면 최소한 무의식적으로나마 두려워하던 일이 현실로 벌어져야 하는데 커뱅 백작 입장에서 아트릭스는 정말 파리나 모기에 불과했던 것이다. 설마 파리나 모기에게 아들을 인질로 잡히게 될 줄 상상이나 했으랴.

이건 악몽이라기보다는 질 나쁜 농담이라고 보아야 하리라.

"사에단 경의 신병 교섭을 위해 사자가 당도했습니다. 다만……."

심복은 커뱅 백작의 눈치를 살피며 말꼬리를 흐렸다.

"다만 뭐?!"

커뱅 백작이 으르렁거리자 차양 너머로 한 남자가 모습을 드러냈다. 살찐 몸을 뒤뚱거리며 걸어 들어온 그는 커뱅 백작의 표정이 험악해지는 것을 보고 웃음으로 얼버무렸다.

"아하하핫! 안녕하십니까, 백작님?"

"아니, 이게 누구야? 잉더크 경이 아니신가."

"죄송합니다. 죄송합니다."

겁을 집어먹은 잉더크는 바닥에 조아려 비굴하게 애원했다. 그 모습이 하도 가소로워서 죽일 마음도 안 들 정도였다. 하지만 지금 커뱅 백작의 분노는 아무리 비굴해진다고 해도 풀릴 리 없는 것이었다.

"닥치고 편지나 읽으시지."

"네, 그럼……."

잉더크는 편지를 펼치더니만 딱 굳었다. 킬워드가 그에게 보낸 편지는 백작에게 가져가기 전까지 뜯어보지 말라고 밀랍으로 봉해져 있었다. 즉, 잉더크 역시 킬워드의 편지를 보는 것은 지금이 처음이다.

"어서 읽어! 뭐라고 적혀 있나?"

"아니… 저기 그게……."

"지금 나의 인내심을 시험하는구나! 설마 글자를 모르는 건 아니겠지?"

"아니… 저… 그게……."

잉더크는 한숨을 내쉬더니 모든 것을 체념한 듯 킬워드의 편지를 읽기 시작했다. 편지의 내용은 다음과 같았다.

안녕하신가, 커뱅 백작님. 나는 이번에 아트릭스의 영주가 된 킬워드라고 하오. 최근 당신의 아들 사에단 경과 그 부하들이 몰려와 우리 영주관에 머물고 계시는데 먹고 마시고 여자를 불러 유흥비로 제법 많은 돈을 빚졌소 아버지 된 도리로 그 빚을 갚아주시면 어떻겠소? 사에단 경은 100굴덴, 그 가신인 기사들은 파격가 10굴덴에 모시도록 하겠으니 답장은 알아서 주시오. 추신, 전령은 죽여도 됨. 추신2, 시간이 지체되면 연체 이자가 발생할 수 있음. 추신3, 대출은 계획적으로 대체 후반부의 추신은 무슨 뜻에서 하는 소리인지는 모르겠지만 커뱅 백작을 화나게 하는 데에는 충분했다. 겁에 질려서 슬금슬금 눈치를 보며 물러나는 잉더크를 향해 커뱅 백작이 뭔가를 집어 던졌다.

"이 빌어먹을 사생아 놈이! 오냐! 어디 끝까지 해보자!"

"끼아아악!"

＊　　　＊　　　＊

어두운 터널 벽의 등잔이 불을 밝히고 있다. 좁은 터널을 따라 거친 바람이 흐르면 등잔 빛이 흔들거리며 곧이라도 꺼질 것 같다. 이 어두운 터널 안, 작은 촛불 하나를 들고 걷고 있는 노인이 있었다. 백색과 금색의 은과 금실을 수놓은 옷을 걸친 그는 로마나 올디아구에선 누구라도 알아볼 수 있는 인물, 올디아 교황 가이우스 2세였다.

그가 노쇠한 몸을 이끌고 힘겹게 터널을 지나 계단을 내려가자 거대한 지하 공동이 모습을 드러내었다. 이 지하 공동의 정중앙은 하늘로부터 쏟아지는 빛의 기둥이 수직을 이루고 있었는데 그 빛의 기둥 아래에 통곡하는 여성이 있었다.

철컥.

그녀가 움직일 때마다 그녀의 손목과 발목, 사지를 구속하고 있는 쇠사슬이 절그럭거린다. 그녀의 눈은 천으로 가려져 있고, 그렇게 가려진 천 밑으론 핏방울이 방울방울 떨어져 차가운 돌바닥 위로 흐른다. 그 모습을 지켜보며 가이우스 2세는 물었다.

"무슨 꿈을 꾸고 있나, 성녀여?"

"아아아아아!"

피눈물을 흘리며 고개를 치켜든 성녀, 그녀의 몸을 창백한 빛이 비춘다. 순백색의 나신을 따라 빛이 반사하며 빛과 어둠이 극명한 조화를 이룬다. 그 어떤 조각상보다 아름다운 그녀의 나신을 보면서 가이우스 2세는 혐오감을 감추지 못하고 있었다.

"빨리 대답해라, 미친 성녀. 너희들은 언제나 나를 격분하게 하는구나."

"아아, 교황님. 속세의 신왕이시여, 언제 오셨나이까?"

성녀는 그제야 교황의 등장을 느꼈는지 미소를 머금었다. 방금 전 고통으로 통곡할 때는 숭고하고 고결한 성녀로 보였다면 지금은 남자를 타락시키는 요부처럼 음탕한 손짓으로 교황을 향해 춤추듯 흐느적거린다.

"요타의 각성을 느꼈습니다. 금제가 더 이상 그를 구속하지 못합니다."

"그렇다면… 큰일이군."

가이우스 2세는 한숨을 내쉬었다.

"분명히 요타가 위치한 곳이… 그래, 얼스터였던가?

맞지?"

"예. 그는 얼스터에서 자유를 얻었습니다. 하지만 안심하세요. 현생에서 진정한 자유는 없으니. 그는 나와 같은 처지입니다."

그 말을 마치고 그녀는 다시 빛의 기둥을 올려다보며 노래하기 시작했다. 차가운 지하 공동 안에서 그녀의 신비로운 목소리가 감미로운 선율을 자아낸다.

어제의 전투 때문일까? 킬워드는 창문 난간에 기대어 부드럽게 눈을 감은 채 한숨을 내쉬고 있었다. 그런 그의 감은 눈꺼풀 사이로 붉은 눈물이 천천히 흘러내리고 있었다.

"킬워드?!"

막 문을 열고 들어오던 마이아는 피눈물을 흘리고 있는 킬워드를 보고 깜짝 놀라서 다가가 그를 흔들어 깨웠다.

"일어나세요, 영주님."

"음?"

킬워드는 눈을 떴다가 자신이 피눈물을 흘렸다는 걸 깨닫고 눈가를 옷소매로 훔쳐 피를 닦아냈다.

"아니… 그건 대체……."

"성흔이지. 별거 아냐."

킬워드는 닦아낸 피를 보더니 아깝다는 듯 혀로 핥는다. 마치 고양이가 털을 고르는 듯 자기 피를 핥는 모습을 보며 마이아는 당혹감을 느꼈다. 눈에서 피눈물을 흘리는데도 대수롭지 않다고 여기는 것이나 자기의 피를 핥는 모습은 정말 기괴하다. 그렇지만 뭐라고 딱히 할 말도 없다. 킬워드는 정말 절망적인 상황의 전투를 아주 손쉽게 승리로 이끈 것이다. 그 대부분은 그 개인의 무력에 의한 것이지만, 승리는 승리다.

"그나저나 무슨 일이지?"

킬워드는 아무렇지도 않다는 듯 마이아를 똑바로 바라보았다. 분명히 방금 전까지 피눈물을 흘리고 있었는데 괜찮을까?

그러나 실제로 지금의 킬워드는 멀쩡해 보인다. 본인도 대수롭지 않다고 하는 걸 보니 괜찮겠지.

마이아는 이 신비한 영주에게 보고를 올렸다.

"말씀하신 대로… 잉더크를 보냈고… 상대 쪽에서는 교섭에 응하겠다고 연락했습니다."

"그래? 잘됐네. 커뱅 백작은 꽤 좋은 아버지군그래. 몸값이 만만치 않을 텐데. 좀 더 부를 걸 그랬나?"

킬워드는 한숨을 내쉬고 코트를 걸쳤다. 그리고 정말 실내의 공기가 요동칠 만큼 빠르게 걸어나갔다.

*　　　*　　　*

킬워드는 전투가 끝나자 병사들에게 급료를 지불했다.

싸우는 꼬락서니를 보면 급료를 지급하는 게 아니라 오히려 받고 싶었지만 킬워드는 군말없이 급료를 내줬을 뿐 아니라 전사자들의 유족에게도 보상금을 제공했다. 놀랍게도 대부분은 과로사, 놀라서 쇼크사, 도망치다 굴러 떨어져서 낙사 등등의 사인이었다. 그런 사인으로 죽은 이들의 급료는 떼먹는 게 당시 귀족들의 상식이었지만 킬워드는 유가족들에게 급료를 지급했다. 이리되자 병사들의 사기가 하늘을 찌를 듯했고, 킬워드에 대한 칭송이 자자했다. 그러나 정작 당사자인 킬워드는 시큰둥한 반응이었다.

"아, 그래, 어차피 싸우긴 내가 다 싸우니까 너희들 사기가 올라봐야 별 의미 없지."

킬워드는 투덜거리며 영주관 1층에서 창밖을 바라보았다. 사람들은 첫 승리로 인해서 아주 들떠 있었고, 킬워드가 지불한 급료로 주머니가 넘쳐 났다. 한 명당 드라크마 은화 3닢을 지불했을 뿐이지만 그 정도 금액이면 이 가난한 영지에는 믿을 수 없을 만큼의 거금이었다.

이번 전투의 승리는 절망에 싸여 있던 사람들에게 희망을 보여주었을 뿐 아니라 도망갔던 상인들을 불러들이는 효과도 있었다.

킬워드에게 급료를 받은 병사들이 상인들에게 식량과 술을 사 모으면서 누가 하자고 한 것도 아닌데 축제가 벌어질 것 같았다. 킬워드가 작전을 위해 무너뜨리려 했지만 결국 무너뜨리지 못했던 라티나의 대로를 따라 도착한 상인들은 킬워드의 허락을 받고 영주관 앞에 위치한 광장에 술통과 탁자들을 놓고 동전 몇 닢을 받고 에일을 팔기 시작했다.

사람들이 점차 몰려들게 되자 킬워드는 광장뿐만이 아니라 영주관 1층의 주방과 화덕도 그들에게 빌려주어야 했다.

"축제를 하는 건 좋지만, 할 곳이 하필이면 내 집 앞이냐?"

킬워드는 자신의 영주관 앞에서 사람들이 음식을 하고, 술을 퍼 나르는 것을 보며 불만을 표했다. 허락을 해주긴 했지만 그는 이 축제에 대해서 감정이 좋지 않았다. 커뱅의 선발대를 생포했고, 그중에는 커뱅의 아들도 있으니 커뱅이 바로 행동으로 나서진 못할 테지만 커뱅과의 싸움은 오히려 이제 시작했다고 봐야 할 것이다.

"오늘은 어디 영주관 말고 다른 곳에서 자야겠군."

킬워드는 사람들이 되도 않는 솜씨로 빽빽 노래를 불러대는 것을 보며 자리에서 일어났다. 그는 영주관 밖으로 나와 축제 분위기로 들썩이는 사람들 사이를 헤치고 지나갔다.

"우리의 영주 킬워드를 위하여!"

"건배!"

사람들은 킬워드를 축복하며 술잔을 비웠다. 킬워드는 그들의 인사에 대충 답례하면서 지나갔지만 자신의 집 앞에 설치된 테이블에 익숙한 얼굴이 앉아 있는 걸 보고 멈춰 섰다.

"영주님!"

"칼린 경."

칼린이 술기운이 적당히 오른 풀어진 표정으로 킬워드에게 술잔을 내밀었다.

"이렇게 적은 피해를 내고 이겨본 적은 태어나서 처음입니다. 오늘 같이 좋은 날에 영주님도 한잔하시지요."

"어이."

킬워드는 심드렁하게 술잔을 받아 들었다.

"대체 그동안 얼마나 엉망으로 살았길래 그래?"

킬워드는 술잔을 단숨에 확 비워 버리고 탁자에 내려놓았다. 더 따라주려고 여급이 다가왔지만 킬워드는 고개를 절레절레 저었다.

"정말 힘든 날이었습니다. 솔직히 저는 이번에 죽음을 각오하고 있었습니다만… 영주님의 지략에는 감탄했습니다."

"아니, 부끄럽게도 이번 전투에서 승리를 일군 것은 내 지략이 아니었네."

킬워드는 자신을 칭찬하는 칼린의 말에 손사래를 쳤다. 만약 킬워드가 지략밖에 없었으면 사에단이 이끄는 선봉을 막지 못하고 전원 몰살당했을 것이다. 킬워드의 뛰어난 무력으로 승리를 거두긴 했지만 당사자에게 이번 싸움은 어디 가서 말을 꺼내기도 힘든 부끄러운 일이었다.

그러나 그런 당사자의 부끄러움은 영웅을 좋아하는 평범한 영민들에겐 이해할 수 없는 일이었는지 전투에 참여했던 이들은 킬워드가 어떻게 맨손으로 무수한 기사들을 쓰러뜨렸는지 떠들며 마치 자신들의 일처럼 즐거워하고 있었다. 신화 속에나 나올 것 같은 영웅들이 지금 자신들의 눈앞에 나타났다고 다들 순박하게 기뻐하고 있는 것이었다. 먹고 마시고 즐거워하는 그 모습을 보며 킬워드는 쓴웃음을 지었다.

"나는 나가보도록 하지."

"네?"

"축제가 계속된다면 내 집은 너무 시끄러워. 난 차라리 이슬을 맞으며 길바닥에서 잘 거야."

킬워드가 그리 말할 때 칼린이 외쳤다.

"서레드 자매, 그녀들은 아트릭스뿐만이 아니라 하이랜드에도 영지를 가지고 있습니다. 혈통도 아주 좋구요. 영주님의 반려로서 적당하다고 생각되지 않습니까?"

아무래도 이번 전투에서의 승리가 아트릭스의 가신들에게 매우 좋은 인상을 주었나 보다. 칼린이 이런 제안을 할 정도라면 이들은 단번에 킬워드에게 반해 버린 것이나 다름없다.

"자네가 그런 제안을 했다는 것이 기쁘군. 내용을 받아들이고 말고를 떠나서 그 제안 자체가 깊은 신뢰를 느끼게 해주니까. 하지만 나는 내기나 협박으로 결혼할 생각도 없고 지금은 그런 걸 논하기 좋은 때가 아니네. 전쟁은 이제 막 시작한 거야."

"……."

"아, 물론 전쟁이 이제 막 시작했다는 건 우리가 누려야 할 승리가 많이 남아 있다는 소리지. 오늘의 승리를 즐기고 있게."

킬워드는 칼린과 축제를 즐기는 사람들을 안심시키고 자리를 빠져나왔다.

상인들이 가져온 술통과 고기가 바닥을 드러내고 축제의 모닥불이 잦아들자 소리없는 열기가 느껴졌다. 오래된 노랫소리와 함께 청춘 남녀들이 모닥불 주위로 몰려들어 춤을 춘다. 그들의 그림자가 모닥불의 반대 방향으로 늘어나 기괴한 그림자를 만든다.

"모닥불을 넘는 건가?"

킬워드는 광장에서 멀리 떨어진, 큰 떡갈나무 가지에 올라가 광장의 모닥불을 지켜보고 있었다.

켈트 족의 청춘 남녀들은 축제가 끝날 무렵 사그라지는 모닥불을 선택한 이성과 함께 뛰어넘고 잠자리를 같이한다.

이러한 의식은 대지의 풍요를 비는 벨테인 축제 때 이뤄지지만 벨테인이 아니더라도 축제의 모닥불이 있다면 그들은 모닥불을 뛰어넘는다.

전쟁을 통해 사람을 죽인 자들, 전쟁에서 생환한 자들이 모닥불을 넘고 남녀가 함께 풀숲에 눕는다. 누군가는 죽고 누군가는 오늘로 인해서 태어나겠지. 킬워드가 이 영지를 지켜내고 이 땅에 사는 이들의 적을 죽인 것은 그로 인해서 의미를 가지게 될 것이다.

"그렇게 생각하면 나쁘진 않지만 저것들이 지금 내 집 앞에서 축제를 하는 것도 모자라서 교미를 할 셈인가?"

킬워드는 쓴웃음을 지으며 나무에 기대었다. 밤이 되자 산으로부터 밤안개가 밀물처럼 밀려들어 온다. 그가 자려고 했던 이 떡갈나무의 두꺼운 껍질 위에도 이슬이 맺히기 시작했다. 노숙을 못할 정도는 아니지만 불쾌한 것은 어쩔 수 없다.

그때 누군가가 킬워드를 불렀다.

"안녕! 영주님!"

어둠 속에서도 구별이 가는 붉은 머리칼의 여성이 킬워드를 부르고 있었다.

"카탈린?"

"이제 축제의 하이라이트인데 영주님은 왜 여기에 있는 거야? 마을 처녀들이 잘생긴 영주님을 찾느라 눈에 핏발이 서 있다고!"

"그러는 너는 왜 안 가고 있지? 너라면 꽤 인기가 많을 텐데?"

카탈린은 그런 킬워드의 말을 듣고 기뻐했다. 칭찬이라고 여기는 걸까?

"아, 나는 좀 혈통적인 문제가 있어서. 저런 건 별로 안 좋아하기도 하고."

"안 좋아해?"

"잃을 게 없는 평민들과 남자들은 자유롭게 모닥불을 넘을 수 있겠지. 그러나 나와 언니는 실드메이든의 후손이란 이유로 자유를 누리고 있어. 그 자유를 잃어버릴지도 모르는 짓을 할 수는 없잖아? 우리는 미혼의 몸으로 전사 계급에 남아 있어야 해. 물론 우리의 혈통에 어울리는 대영주가 청혼한다면 이야기는 달라지겠지만."

그녀는 그렇게 말하고 킬워드를 꼼꼼히 살펴보았다.

"그런데 왜 여기에 있는 거야, 영주님은?"

"왜냐니?"

"보통 사내들은 이런 때 열심히… 하지 않아? 욕망을 채우기에 좋은 기회일 텐데."

"내가 보통 사내로 보였나?"

킬워드는 모포를 나뭇가지와 가지 사이에 깔았다. 잘못하면 자다 떨어질 것 같은 위태로운 장소에 모포를 깔고 그는 그 위에 드러누웠다. 설마 나뭇가지 위에서 잠들겠다는 것일까?

"확실히 영주님은 신비하고 남다르지. 멀쩡한 집을 놔두고 이슬이 맺히는 나뭇가지 위를 선호할 정도로."

"시끄러우니까 피하러 나왔을 뿐이야."

"그렇다면 영주님, 내 집에 오지 않겠어? 거긴 조용할 거야."

"너희 집?"

"이슬이 맺히는 나무 위보다는 나을 거야. 조용하고 따듯하지."

카탈린이 그렇게 말하자 킬워드는 잠깐 당황했다. 강에서 목욕할 때도 그렇고 그녀는 종종 킬워드에게 당혹스러운 제안을 해왔다.

"그건 유혹인가?"

킬워드가 그렇게 직접적으로 물었지만 카탈린은 그저 웃을 뿐이었다. 그녀와 거리가 꽤 벌어져 있음에도 불구하고 술 냄새를 맡을 수 있었다. 취한 것일까?

카탈린의 영지는 아트릭스의 북서쪽 하이랜드로 올라가는 언덕 지대에 위치해 있었다. 언덕은 물이 잘 빠지고 넓은 목초지가 형성되어 있어서 말과 양을 키우기에 좋았다. 농사를 짓기에도 비교적 비옥했다.

늪이 많아서 농토도 주거지도 부족한 킬워드의 땅에 비해서 그녀의 땅은 매우 좋았다.

"혹시나 해서 묻는 건데 칼린의 영지도 이렇진 않겠지? 어째 아트릭스는 영주인 아트릭스 자작이 가장 가난한 땅을 가지고 있는 것 같다."

킬워드는 그렇게 투덜거렸지만 카탈린은 그저 웃을 뿐이었다. 그녀의 집은 사냥꾼의 오두막처럼 보이는 통나무 오두막집이었는데 언덕을 등지고 가시나무로 된 울타리를 가진 집이었다. 울타리 안에서는 노파 한 명이 구부정한 허리를 두들기며 횃불을 밝히고 있다가 킬워드와 카탈린을 발견했다.

"오셨습니까, 아가씨. 당신의 언니는 벌써 와 계십니다."

"너희 둘이 같이 살고 있었나?"

"응. 당연하잖아? 우린 미혼이고 아트릭스에 기사들에게 나눠줄 땅은 그렇게 많지 않으니까."

"그래, 그렇다면 유혹은 아니었나 보군. 아쉽기도 하고 다행스럽기도 하군."

킬워드는 약간 실망한 듯 그렇게 말했다. 카탈린은 문을 열고 킬워드에게 손짓했다.

현관문의 안쪽은 정말 사냥꾼의 오두막 같이 생겨먹었다. 실내에는 늑대의 가죽이 바닥에 깔려 있었고 벽 쪽에는 화로가 설치되어 있었다. 화로는 난방과 취사뿐만이 아니라 활대를 제작할 수 있도록 활대 제작대도 겸하고 있었다. 불로 활대를 구워 활의 모양을 잡을 수 있게 만들어져 있었다.

"활과 화살을 직접 만들어 쓰는가 보군. 인상적인데?"

여자에겐 가혹한 시대였다. 카탈린과 마이아가 인간답

게 살기 위해서는 무인으로서 자신들의 가치를 유지하고 지켜야 했다. 얼핏 모든 면에서 경박해 보이는 카탈린이었지만 그녀도 자신의 자유를 지키기 위해 막대한 노력을 기울이고 있었다.

킬워드가 실내에 들어서서 구경을 할 때 주방으로 보이는 곳에서 금발의 여성이 고개를 빠끔히 내밀었다.

"들어왔어, 카탈린? 아!"

카탈린의 언니인 마이아가 예상외의 방문자를 보고 당황했다.

"영주님? 여기 무슨 일이시죠?"

"내가 불러왔어. 축제 때문에 시끄럽다고, 세상에, 나무 그루터기 위에서 자려고 하더라니까."

카탈린이 킬워드를 대신해 대답해 주자 마이아가 당황스러워했다. 그러나 그녀가 뭐라고 하기도 전에 카탈린은 자신의 방으로 다가가 방문을 열었다.

"여기서 주무세요, 영주님."

"아니, 잠깐만. 차라리 나무 쪽이 더 편할 것 같은데? 마음은 그쪽이 편하다고."

"괜찮아요."

킬워드가 뭐라고 하든 카탈린은 킬워드를 자신의 방으로 밀어 넣고 문을 닫았다.

"이것 참."

킬워드는 당황해하면서 카탈린의 방을 살펴보았다. 나

무로 만든 창문 틈으로 달빛이 들어오고 있었고, 그 달빛은 침대와 침대 옆에 설치된 화살 제작용 작업대를 비추고 있었다. 작업대 위에는 작업용 나이프와 아직 덜 다듬어진 화살이 있었다.

침대는 말이나 소를 먹이기 위한 건초더미 위에 작은 배의 돛 같은 천을 깔아서 만든 것이었다. 건초 냄새가 심하게 나고 천이 얇아서 풀대가 이따금 천 위로 따끔따끔하게 몸을 찌른다.

하지만 이런 풀보다 더 따가운 것은 마이아의 시선이었다.

"얼른 자고 나가야지. 내가 왜 카탈린이 부른다고 그냥 와버렸지?"

킬워드는 자신을 책망하며 침대에 드러누웠다.

*　　　*　　　*

'케찰코아틀.'

잠든 순간 침대 밑에 검은 심연이 입을 벌리고 그를 집어삼켰다. 늘 꿈을 꾸긴 하지만 오늘의 꿈은 그의 잊힌 이름을 부르며 찾아오고 있었다.

지상에서 그는 뛰어난 무예와 신력을 갖춘 무적의 존재였지만 꿈속의 그는 무기력하기 짝이 없었다. 왜냐면 이 심연은 바로 그의 죄가 빚어낸 그 자신이었기 때문이다.

자신이 강한 만큼 그가 만들어낸 심연 역시 강력해졌다.

'케찰코아틀!'

꿈속의 심연은 그를 에워쌌다. 그는 저항하지 않고 심연을 똑바로 바라보았다.

"프리드리히 니체가 말했던가? 심연을 바라보는 자, 심연도 그대를 바라본다고. 너무 많이 인용되어서 빛이 바랜 이야기지만 나에게 있어서는 정말 뼈저리게 다가오는군."

그는 자신이 만들어낸 심연을 바라보며 냉소와 독설을 퍼부었다. 물론 저 심연을 저주하는 것은 자신의 과오에 대해서 저주를 퍼붓는 것이나 다름없었다. 저 심연을 만들어낸 것은 그였고, 지금도 아직 과오를 봉합하진 못했으니까.

'당신은 신 다음가는 영광된 자리를 약속받은 자였다.'

어둠 속에서 손이 나와 손가락질한다. 비난하고 돌을 던지고 욕설과 저주를 퍼붓는다. 하지만 돌은 그의 몸에 닿기 전에 사라지고 손은 그의 팔이 닿기 전에 살점이 발라져 새하얀 백골로 변했다가 심연 속으로 허물어져 녹아들어 갔다.

'타락하기 전의 루시퍼! 당신의 존재는 모든 인류의 염원이 깃들어 있었지.'

'우리의 구세주가 될 수도 있었어!'

심연의 비난을 들으며 그는 눈을 감았다. 이들의 비난에 대항하고 자신을 변호하고 싶었지만 이들은 그의 양심이기도 했다. 사람은 양심도 잠시 치워놓을 수는 있지만 언제까지나 양심에게서 도망칠 수는 없는 것이다.

'너, 모든 죄의 근원이여!'

'지상에 횡행하는 모든 죄악에 대해서 당신을 기소한다!'

'당신은 지상의 죄악에 대해서 책임을 져야 해.'

'또한 당신이 만들어낸 알비온과 네피림들에 대해서도 책임을 져야 한다.'

'모든 죄악의 어미, 타락의 아버지!'

심연의 비난은 점점 거세어지고 검은 태풍으로 변해가고 있었다. 그 심연은 그를 집어삼키고 신체를 갈기갈기 찢어놓았다. 수천, 수만 번을 죽이고 또 죽이면서도 분이 풀리지 않는지 그를 계속해서 공격했다. 하지만 그는 저항하지 않았다. 그저 자신에게 쏟아지는 심연의 고문을 담담히 받아들일 뿐이다. 심연 역시 그에게 닿을 때마다 팔과 다리가 부서지며 고통을 받았지만 자신의 고통을 아랑곳하지 않고 다만 그를 고문하고 학대하는 데 모든 힘을 기울였다.

그러나 그때였다.

"음!"

갑자기 심연이 주춤하고 멈춰 섰다. 그 역시 피투성이가 되고 부서진 몸에서 천천히 스스로를 재구축해 일어났다.

"누군가 깨우고 있군."

'안 돼! 벌써?!'

'이렇게나 짧을 수가!'

심연은 상대가 자신들의 정당한 증오에서 도망치는 것을 보고 분개하고 있었다. 그러나 정작 고문당하던 당사자인 그는 이 상황을 별로 반기지 않는 듯했다.

"안심해라. 밤은 또 찾아올 테니까. 너희들은 사라지지 않고 이 고통 역시 끝나지 않겠지."

그는 심연을 남겨두고 의식의 수면으로 떠올랐다.

킬워드는 어둠 속에서 눈을 떴다. 침대에서 몸을 일으킨 그는 옆에 화살을 다듬는 작업대가 있는 것을 보고 그제야 자신이 어디에 있는지 떠올릴 수 있었다.

영주관도 그에게는 익숙하지 않은 곳이었지만 이곳은 특히나 그에게 익숙지 않은 곳이다.

"그렇지. 서레드 자매의 집이었지."

킬워드는 안도의 한숨을 내쉬고 주위를 둘러보았다. 그의 곁에는 언제 들어왔는지 모르지만 카탈린이 침대에 들어와 코까지 골면서 자고 있었다.

"이것 때문에 깨어났나. 얘는 정말 무슨 생각으로 이러는지 모르겠어."

킬워드는 그의 곁에 누워 있는 카탈린의 머리칼을 손가락으로 잡아보았다. 약간 곱슬이 진 머리칼이 손가락에 감기자 카탈린이 몸을 뒤척였다.

"으으응."

술 냄새가 확 올라온다. 유혹하러 왔다기보다는 아무 생각 없이 습관적으로 자기 침실로 돌아온 것 같다. 킬워드는 그녀를 보고 키득키득 웃었다.

"이럴 때 보면 또 사랑스럽구나. 하아."

그는 침대의 베개에 기대어 창문 틈으로 비쳐 들어오는 달빛을 바라보았다.

＊　　　＊　　　＊

마이아는 방문을 열고 들어왔다가 인상을 찡그렸다. 그녀의 여동생이 새 영주의 팔을 베고 세상모르고 잠들어 있는 게 아닌가?

킬워드는 마이아의 기척을 느끼고 눈을 뜨더니 손으로 눈을 비비며 일어났다.

"아, 안녕, 마이아."

"……."

"카탈린도 안녕."

옆자리의 카탈린에게도 인사를 한 킬워드는 아직까지 별 위화감을 느끼지 못하고 있다가 마이아의 날카로운 시선을 받고 나서야 지금의 상황이 상당히 야릇하다는 걸 깨달았다.

"저기 말이죠."

마이아가 손가락을 이마에 얹고 두통을 억누르고 있는 걸 본 킬워드는 어깨를 으쓱해 보였다.

"혹시나 싶어서 말하지만 아무 일 없었어. 이런 걸로 사고 치기엔 너무 뻔하잖아?"

"아, 예. 그렇겠지요. 칼린 경이 와 있으니… 회의나 하시죠."

"응, 그래."

킬워드는 침대에서 걸어나와 옷장에서 옷을 꺼냈다. 그는 마에서 짠 천으로 만든 옷을 가지고 있었는데 옷의 바느질이 놀랄 만큼 정교하게 되어 있다. 모든 바느질이 일정한 간격으로 이뤄진 데다가 양 방향으로 꼼꼼하게 박음질이 되어 있어서 튼튼하기가 이루 말할 수 없다. 색도 요근방에선 보기 드문 보라색과 청색으로 염색되어 있고 옷재질이 두꺼워 그 자체로 갑옷 같은 역할을 했다.

"갈아입을 건데… 볼 거야?"

"네. 뭐 그 정도는."

남자를 두 동강 내서 몸통의 단면도도 꼼꼼히 살펴보는 마이아다. 이제 와서 남자 알몸 따위에 당황하는 소녀적인 감성 따윈 없다.

"…내가 싫은데?"

킬워드는 그리 말했지만 마이아에게 등을 돌리고 옷을 갈아입었다. 워낙 빨라서 마이아가 잠깐 고개를 돌린 사이다 갈아입은 그는 카탈린을 마이아에게 맡기고 먼저 뛰쳐나갔다.

킬워드가 그렇게 자리를 비켜주자 마이아는 아직도 침대에서 해롱대는 여동생을 발로 뻥 걷어찼다.

"너 진짜!"

"아, 언니?! 왜? 응?"

"휴우! 아무것도 기억이 안 나? 영주님이랑 어제 뭐했어?"

"응… 뭐했더라? 헤헤."

"당장 씻고 준비해."

마이아는 탁자 옆에 대접을 하나 꺼내 거기에 물을 붓고는 바람 소리가 날 정도로 몸을 홱 돌렸다.

킬워드와 가신들은 축제의 여파가 남아 있는 영주관으로 모였다. 축제 때 쓰라고 주방과 화덕을 빌려주었는데 동물 기름으로 화덕이 범벅되었고 여기저기 술 냄새가 진동했다.

킬워드가 엄포를 놓았기 때문에 어디 망가뜨리는 거 없이 잘 썼음에도 불구하고 이 정도였다. 그러나 이 냄새나 악취를 신경 쓰는 건 킬워드뿐인 것 같다.

"원 참, 엉망이군. 싸움은 내가 했는데 기분은 지들이 내고 뒤처리도 내가 해야 하냐? 내가 너희들 엄마냐?"

킬워드는 탁자에 앉아서 가신들을 돌아보았다. 가뜩이나 영주의 저택이라고 하기엔 초라하게 생겼는데 안이 정리도 되어 있지 않으니 산적 두목 소굴 같다.

그나마 카탈린과 마이아가 미인이니 망정이지 털보 사내들로 대신했더라면 영락없이 산적 소굴이다.

"청소는 사람들을 시키겠습니다만… 이 정도면 청소한 거 맞는데요?"

"아, 그래요? 거참, 청결하십니다그려."

킬워드는 그렇게 빈정거리며,

"이번엔 한 번 이기긴 했지만 어디까지나 선발대다. 내가 암살당한 줄 알고 급히 보냈다 박살 났으니 다음에는 더 많은 병사와 본격적인 장비를 갖추고 쳐들어오겠지. 축제 분위기니까 사기 좀 오르라고 내버려 뒀지만 앞으로가 진짜 싸움이야. 지금 이건 선발대였을 뿐이다."

그러자 과연 다들 자신들의 상대가 그리 만만치 않다는 걸 깨닫고 근심스러운 표정을 지었다. 처음 선발대야 커뱅 백작이 방심했다지만 이렇게 성질을 긁어놓았으니 다음엔 철두철미하게 준비해서 공격해 오리라.

"이번에도 라티나 대로의 다리를 진지로 삼아서 싸우실 겁니까? 성이 없으니 그 수밖에 없겠지요?"

그나마 가장 방어하기 용이한 곳이 라티나 대로의 다리다. 그렇지만 상대가 기병만이 아닌 보병과 궁병을 충분히 갖추어온다면 성에 비해서 너무 취약한 방어선이다. 뭐 애초에 아트릭스는 가난해서 성이 없다.

"그전에 병사들부터 어떻게 해봐, 좀. 너무 약하잖아.

이런 병사들 치는데 커뱅은 왜 그렇게 많은 병력을 모았지?"

"하이랜더들 때문이야. 서부 산악지의 반군들이지. 아트릭스 영지의 북서쪽에 위치하고 있어."

카탈린이 그리 말하자 마이아가 눈을 흘겼다.

"하이랜더? 그들도 브리튼에 적대한다면 동맹을 맺을 수 있지 않나?"

킬워드는 부관들을 돌아보며 반응을 살펴보았다. 하지만 아무도 동의하지 않는다. 말을 꺼낸 카탈린조차도 그건 곤란하다는 듯한 표정을 지었다.

"그들은 우리를 브리튼 왕궁에 굴복한 배반자로 보고 있습니다. 그뿐 아니라 우리에겐 저들에게 원군을 요청할 만큼의 돈과 물자가 없습니다."

즉, 하이랜더들은 아트릭스를 정통 얼스터 영주의 일원으로 보지 않는다는 것이다. 브리타니아나 별반 다를 바 없는 이들로 보고 있으니 아트릭스가 망하든 말든 신경 쓰지 않는다는 것이리라.

"뭐야, 이건? 보통은 당연히 하이랜더가 원군으로 와서 분위기 업되어야 하는 거 아냐? 왜 시작도 하기 전에 초를 쳐?"

킬워드는 하늘을 올려다보고 마치 신에게 따지듯 불만을 토했다. 마이아는 그런 킬워드의 모습이 어이가 없어서 당황했다.

"네? 어딜 보고 말씀하시는 건가요?"

반면 카탈린은 풉 하고 웃었다. 킬워드가 하는 짓이 재미있는 농담이라고 생각하는 것 같다.

'넌 사춘기 소녀냐, 낙엽이 구르는 것만 봐도 웃음이 터져 나오게?'

농담할 분위기도 아닌데, 참. 킬워드는 즉각 머리를 굴려보았다.

"으음, 대군이 올 텐데 원군도 전력도 기대할 수 없다. 어쩔 수 없군. 여기가 얼스터라면 북 아일랜드, 지질은 데본기, 캄브리아기일 테고, 잉더크 녀석이 특산물이 없다고 한 건 현재의 공업 수준에서 없단 소리일 테니… 그걸 해볼까?"

킬워드는 제장을 둘러보았다. 카탈린이나 마이아 이 두 자매는 유능하다. 굉장히 유능하니까 여자의 몸으로 기사를 해도 아무도 토를 달지 못하는 것이리라. 칼린 이 사람도 뭐 중세 기사치고는 유능하다. 아트릭스 같은 찌꺼기 영주의 가신이라는 점을 감안하면 믿기 힘들 정도의 충실한 기사다.

"그럼 새 작전을 하달하지. 작전명 '모노 옥사이드 초크(Mono oxide choke)'다."

가신들은 모두 킬워드의 말을 이해하지 못했다. 작전명이란 개념은 아직 그들에게 존재하지 않았다.

"흠, 아, 올디아 지역에선 작전에 이름 붙이는 걸 좋아

해. 체계적으로 할 일을 정리하기 좋거든. 그렇게 알아둬
라."

킬워드는 그런 변명을 하고 작전의 세부 사항을 설명해
주었다. 누가 무슨 일을 할지, 어떻게 할지 완전히 설명한
그 작전은 상당히 정교하고 완벽해서 가신들은 킬워드의
솜씨에 감복했다. 그 이전까지 작전이라면 그냥 '넌 여기
로 치고 들어와' 같이 주먹구구로 짜게 마련이다. 그런데
킬워드는 1단계는 어떤 임무를 언제까지 수행하고, 2단계
에선 어디로 이동해서 무엇을 할지 세부 사항을 시간 흐름
에 맞추어 하나하나 지시해 준다.

"그럼 나는 다시 정찰을 다녀오지."

킬워드는 칼린과 마이아, 카탈린을 남겨두고 다시금 여
행 준비를 했다. 여행 준비라고 해도 커뱅 백작령과는 바
로 옆인 데다가 말이 있는 것도 아니고 챙겨갈 것도 없다.

"직접 가시는 건 위험합니다. 가뜩이나 커뱅 백작이 약
올라 있을 텐데."

칼린이 그렇게 말렸지만 이제는 입으로만 말리는 게 아
예 습관이 되어 있었다. 킬워드의 무력이 엄청나서 어지간
한 사람으로는 그를 잡을 수 없는 데다가 킬워드가 하는
일에는 다 이유가 있게 마련이라는 걸 이해해서인지 적극
적으로 말리지 않는다.

"진지 공사나 잘해. 그리고 카탈린은 천천히 준비해서
확실히 따라오도록 해. 이번 일에서 가장 중요한 건 너와

네 궁병들이야."

"그래. 나는 궁병들을 모아서 준비하면 되는 거지?"

카탈린도 킬워드의 작전에 별반 이의를 제기하지 않았다. 아트릭스의 가신들은 원래 킬워드를 불러들일 때 꼭두각시로 쓰기 위해서 불러들였지만, 이제 그들은 킬워드를 자신들의 리더로 완전히 인정하게 된 것이다.

Chapter
06

창의 달인

아더왕과
각탁의 기사
THE KNIGHTS OF SQUARE

커뱅 백작의 땅은 얼스터의 동쪽 해안에 위치한 항구도시 벨파스트와 그 일대 마을을 포함하고 있었다. 북대서양에서의 습기를 그대로 안개로 바꿔 일조량이 부족한 얼스터 지방에서 비옥하고 좋은 몇 안 되는 토지가 이곳에 있는 데다가 브리타니아와 정기선이 오가는 항구가 있어 경제적으로 부유한 곳이었다.

아트릭스와는 비교하는 게 미안할 정도로 발달된 이 벨파스트에 최근 비보가 날아들었다. 아트릭스 영주 킬워드의 사망 소식을 듣고 사태를 파악하러 출발한 커뱅의 아들 사에단이 아트릭스 일당에게 포로로 잡히고 말았다는 소문이 퍼진 것이다. 실제로 커뱅의 아들 사에단은 물론 그를 따르는 충실한 기사들이 포로가 되었고, 아트릭스는 포로들의 몸값을 요구하며 버티고 있다는 사실이 알려지자 모두들 충격을 받았다.

그러나 그들은 킬워드가 간사한 수로 사람을 속였을 것이라고 믿었지 설마 정면으로 무력 충돌이 있었다고는 생각지도 않았다. 늪지가 많고 쇠약한 지질을 가진 아트릭스가 아무리 선발대라 하나 사에단 경과 기사들을 정면승부로 잡을 수 없다는 건 누구나가 다 알고 있는 사실이었기 때문이다.

그래서 커뱅 백작의 성이 있는 벨파스트의 마을은 여전히 한적했다.

하지만 그 한적함도 잠시, 몇몇 사람의 발소리가 정적을 깨고 다급한 추격전을 벌이기 시작했다.

"헉… 헉……!"

쫓기고 있는 이는 붉은 피부를 가진 젊은 여성이었다. 그녀는 등에 류트를 메고 뛰는데 뛸 때마다 류트에서 기묘한 소리가 났다. 류트 줄이 덜렁거리면서 그녀의 등에 부딪쳐 소리가 나고 있는 것이다.

그런 그녀의 뒤에서는 험악한 인상의 남성들이 손에 단검을 쥔 채로 그녀를 쫓고 있었다.

"서라!"

"살려주세요!"

여성은 도망치면서 없는 숨을 쥐어짜서 주위 사람들에

게 도움을 요청했다. 모처럼 따사로운 햇살이 비추는 벨파스트 거리에는 많은 사람들이 오가고 있었지만 어느 누구도 나서서 그녀를 돕는 이가 없었다. 좌중은 모두 그녀가 문둥병 환자라도 되는 양 좌우로 싸악 갈라졌는데 모세가 홍해를 갈라도 이 정도는 아니리라.

"죽고 싶지 않으면 다들 꺼져!"

"네가 도망쳐 봤자지!"

남자들은 지쳐서 발이 느려지는 여자를 뒤쫓아 잡으려 했다. 사람들은 아무도 나서서 돕지 않았고 여인은 지쳐서 더 이상 뛰지도 못하고 있었다. 이제 저 불한당들이 여인을 사로잡는 건 기정사실로 여겨졌다. 그런데 그때였다.

쉭!

갑자기 창 한 자루가 사람들 사이에서 쑥 튀어나와서 그들의 앞을 가로막는 게 아닌가? 달려들던 이들이 깜짝 놀라 속도를 줄이는 사이 창이 빙글 허공에서 돌더니 그들과 충돌하는 일 없이 간격을 벌린다.

"괜찮습니까, 아가씨?"

아직 소년티를 벗지 못한 금발의 기사가 그들 사이를 가로막았다. 브리건딘 갑옷을 입은 그는 마상 시합용의 창을 한 손으로 자유자재로 다루며 불한당들을 물러나게 했다. 꽤 놀라운 재주를 보였음에도 불구하고 뽐내는 기색이 없고 자신보다 신분이 낮을 게 분명한 이 여성을 상대함에 있어서도 예의 바른 태도를 지니고 있다. 성실함이 배어

나오는 그의 태도가 여인을 안심시켰다.

"아, 네!"

여자는 그제야 안도의 한숨을 쉬며 기사의 뒤로 숨어서 숨을 골랐다. 기사는 여자가 헐떡이는 걸 안쓰럽게 보더니 불한당들에게 고개를 돌렸다.

"대낮부터 이게 뭐하는 짓이오! 부끄러운 줄 아시오!"

"넌 또 뭐야?!"

"그 여자는 사라센 스파이다! 곱게 넘겨!"

그들이 그리 말하자 기사의 뒤로 숨었던 여성이 불에 덴 것처럼 펄쩍 뛰었다. 상대가 말도 안 되는 거짓말을 하는 것에 격분한 것이리라.

"거짓말이에요! 전 사라센이나 무어인이 아니라 롬이라고요!"

롬이라는 말에 주위 사람들의 인상이 찡그려졌다. 도적질이나 사기, 매춘과 강도를 일삼는 집시 민족들은 스스로를 사람이라는 뜻의 롬이라고 불렀다.

"롬? 집시? 오히려 잘됐군. 넘겨. 어차피 몸이나 파는 창녀다. 이런 여자는 우리가 잘 써주지."

그 말을 듣는 순간 기사의 인상이 찌푸려졌다. 이놈들, 방금 전엔 사라센 스파이라고 하더니만 롬이라니까 그럼 그것대로 하여튼 잡겠다는 것이 아닌가! 즉, 이들은 이 여자를 그냥 여자라는 이유로 잡으려고 하는 것이었다.

"물러서라."

그가 위협을 가하자 불한당들은 오히려 비웃었다. 갑옷을 입은 무사는 확실히 두려운 존재지만 그가 들고 있는 건 마상 시합용 창이다. 보병용 창이 아니고 시합용 창이라 살상력도 없는 것을 지상에서 들고 있다면 어느 기사의 종자이거나 어디서 운 좋게 갑옷만 구해서 걸친 철부지일 것이다.

"푸하하! 이놈, 돌았나?"

"저런 집시 여자 때문에 목숨을 걸 셈이냐?"

젊은 기사가 불한당들의 비웃음에 뭐라고 화답하기 전이었다. 갑자기 그들 사이로 한 청년이 쓰윽 걸어나왔다. 옷차림도 기괴하고 검은색 머리칼을 가진 이 남자는 한숨을 푸욱 내쉬더니 저벅저벅 걸어와 불한당들 앞에 섰다.

"보자 보자 하니까……."

그는 손가락을 구부리더니 엄지로 붙잡고 손가락을 툭 튕겼다. 맨몸으로 터벅터벅 걸어나온 상대라 별 경계를 안 하던 이들은 아무런 경계도 취하지 못했다.

"어휴, 이 산업 폐기물아!"

탁 하고 뭔가가 날아갔다. 불한당들은 갑자기 나타난 청년을 보면서도 아직 무슨 일이 벌어졌는지 이해하지 못하고 있었다. 하지만 청년 기사와 여성의 표정이 경악으로 바뀌는 게 아닌가?

"응?"

그리고 피가 흘렀다. 깜짝 놀란 불한당은 그제야 이 청

년의 손가락에 맞은 코가 아예 날아가 버렸다는 걸 알게
되었다. 방금 전까지는 통증이 전혀 느껴지지 않았지만 일
단 인식하게 되자 격통이 밀려왔다.

"끄아아아악!"

"매일 같이 코가 삐뚤어지게 술이나 처먹으니 코가 떨
어지지!"

아니, 그런 이유로 사람 손가락에 코가 날아갈까? 하지
만 뭐라고 항변하기엔 너무 어처구니가 없어서 바보짓처
럼 여겨진다.

"으윽! 쳐, 쳐라!"

불한당들은 자신들을 공격한 청년을 향해 칼을 빼 들었
다. 그러나 그때 청년의 뒤에서 창이 휙 튀어나왔다. 뒤에
서 보던 기사가 불한당들이 달려들자 가세한 것이다.

콰직!

마상 시합용 장창은 부러지기 쉬운 긴 나무 장대에 시합
용 팁을 단 것으로 살상력은 없다 하겠다. 그러나 그는 이
장창으로 불한당들의 무기를 쳐서 다 떨어뜨렸는데 그 움
직임이 마치 수풀 사이를 헤집는 뱀 같았다.

"아⋯⋯."

불한당들은 그제야 자신들이 이 기사와 저 청년의 상대
가 되지 못한다는 것을 깨달았다. 그들은 서로의 눈치를
살펴보다 승산이 없다고 생각되었는지 물러나기 시작했
다.

그래서 킬워드는 커뱅 백작령에 다시 숨어들어 적진을 정찰했다. 선발대가 포로로 사로잡힌 이후 커뱅 백작이 어떻게 나오는지, 정황은 어떻게 흘러가는지 정보를 모은 킬워드는 벨파스트에 소란을 일으켜 커뱅 백작의 신경을 건드릴 필요가 있다고 여겼다.

그런 차에 마침 거리가 소란스러워진 것이 아닌가? 킬워드가 소란의 근원으로 와보니 젊은 기사와 집시 여자를 두고 불한당들이 에워싸고 있었다.

'아주 좋은걸.'

킬워드는 이 소란을 이용하기로 했다. 그러자면 일단 불한당들을 꺾어놓되 그들이 아주 의욕을 잃지는 않을 정도로 건드려서 불한당들이 자신들의 패거리를 불러오도록 해야 했다. 그러나 불한당들의 추잡한 짓거리를 본 킬워드는 무심결에 손가락을 튕겨 한 놈의 코를 날려 버렸다.

"으아아악!"

코를 감싸 쥐며 뒤로 데굴데굴 굴러 떨어진 남자가 자갈바닥 위를 피로 물들이고 있었다. 그 모습을 보고 모두들 기겁해서 킬워드를 바라보았다.

"아, 진짜! 뭐하는 거냐, 네놈들은? 얼른 패거리 있으면 더 불러와. 너희들로는 저 기사 상대가 안 돼!"

킬워드는 흘낏 주위를 둘러보며 혹시 커뱅 백작의 병사

들이 몰려오는지 살펴보고 있었다. 그러나 아직은 반응이 없다.

"도움 감사합니다. 저는 퍼시발이라고 합니다."

창을 들고 있던 기사는 킬워드에게 자신을 소개하며 예를 표했다. 그런데 퍼시발? 킬워드는 그 이름을 듣고 깜짝 놀랐다.

"퍼시발? 원탁의 기사의?"

킬워드가 그렇게 반응하자 퍼시발이 당황스런 표정을 지었다.

"아직 기사는 아닙니다. 하지만 기사가 되기 위해 순례 여행을 하는 중이지요. 아니, 근데 어떻게 저를 아십니까?"

"날라리긴 했어도 전직 성직자니까. 아리마대 요셉의 후손이며 페리노어왕의 아들 아닌가? 아직 원탁의 기사가 아니라면 원탁의 기사 드래프트 0순위겠네."

"드래프트가 뭡니까?"

"그냥 그런 게 있어. 나는 킬워드라고 하지. 자, 그쪽의 아가씨는?"

"레다라고 해요. 음유시인이죠. 사라센인이 아니라 롬이에요. 그나저나 퍼시발 경, 감사합니다. 지금까지 기사라고는 말이랑 수간이나 하는 변태인 줄 알았는데 당신 같은 진짜 사나이도 있군요."

그녀는 선망의 눈빛으로 퍼시발을 바라보았다. 킬워드

는 그런 그녀를 보고 피식 웃었다. 선망의 눈초리로 바라
보는 건 좋지만 기사가 말이나 수간하는 변태라니? 그런
말을 남자 앞에서 하면 좋은 인상을 못 줄 텐데?

"아, 아직 기사가 아닙니다. 그보다 킬워드, 당신 대체
어떻게 한 겁니까? 사람 코를 손가락으로 날려 버리다니?
가능한 겁니까?"

"아, 아까 전 그거…… 아마 그 녀석, 알코올 중독이 심
한가 봐. 한 방에 코가 부러지다니."

"코가 통째로 날아갔는데 부러진 정돕니까?"

생긴 건 세상 물정 모르게 생긴 놈이 꽤 날카롭다. 지금
까지 아트릭스 영지 등에선 이렇게까지 집요하게 물어보
는 놈이 없었기 때문에 킬워드는 살짝 당황했다.

그때 갑자기 한 무리의 기사들이 몰려온다. 킬워드의 머
리칼과 그가 입고 다니는 푸른색과 보라색으로 물들인 아
마 천의 옷은 매우 특이한 것이었기 때문에 늦든 빠르든
이렇게 되게 마련이었다. 특히 킬워드가 일부러 자신의 모
습을 드러내었다면 더 말할 것도 없다.

"헤헤, 이제 오는 거냐?"

기사들의 선두에서 잉더크가 서서 달려오고 있는데 그
는 커뱅 백작에게 고초를 겪었는지 얼굴이 엉망이 되어서
분개하고 있었다.

"킬워드!!"

"어이쿠! 너 아직 살아 있었어? 의외네."

"네, 네놈 때문에 내 인생은 완전히 꼬여 버렸다! 널 잡아서 내 인생 풀어야겠다! 쳐라!"

그러자 퍼시발과 레다는 당황스러워했다. 이 청년을 공격하는 기사들이 만약 그들과 관련된 일 때문이라면 그들 역시 공범이라고 할 수 있을 것이다.

"아니, 잠깐. 뭔가 착오가 있는 것 같은데……."

퍼시발이 말리려 하자 기사들이 으르렁거렸다. 그들에겐 퍼시발 역시 킬워드의 부하로 보일 뿐이었다. 설마 적의 영주가 단신으로 쳐들어왔으리라곤 상상하기 힘들었으니까.

"헛소리! 아더왕에게 불충한 얼스터 반군 놈! 너희 야만족은 왜 이렇게 정신을 못 차리는 거냐!"

"바, 반군?"

"모르겠나? 이놈은 아트릭스의 영주 킬워드! 얼스터 반군인 하이랜더의 지도자다! 아더왕에게 반역을 꾀하는 브리튼의 적이란 말이다!"

"헉!"

퍼시발은 그제야 깜짝 놀라서 킬워드와 거리를 벌렸다. 비록 아더왕의 가신은 아니지만 원탁의 기사가 되고 싶어하는 그에게 브리타니아에 대항하는 반란군의 리더는 장래의 적이었다.

"잠깐! 여기서 한마디 첨언하자면 아트릭스는 하이랜더들에게도 버림받았어! 왜 찌질한 아트릭스가 얼스터 반군 두목 취급받는 건데?! 아, 그거냐? 너희들이 깨졌으니까 날 부풀리지 않으면 부끄러워서 견딜 수가 없는 거구나? 그렇지?"

킬워드가 기사들에게 물어보자 기사 중 한 명이 킬워드에게 말을 달렸다.

"닥쳐라!"

퍼시발이 들고 다니는 시합용 창과 달리 살상용의 짧고 단단한 창이었다. 찔린다면 중상을 면치 못할 테지만 킬워드는 그런 기사의 돌격을 비웃었다. 여긴 도시 한복판인데 마상 창술이 재미를 보기 힘들거늘 무슨 생각으로 이러는지 모르겠다.

"어휴, 아트릭스 놈들도 부실하지만 니들도 만만찮구나. 아침은 먹고 창질하는 거냐? 왜 이리 부실해?"

킬워드가 비웃자 기사들은 당혹해했다. 킬워드는 돌격해 오는 기사의 말 머리를 기준으로 왼쪽으로 돌아서 기사의 돌격을 가볍게 무력화시켰다. 골목길이고 건물이나 설치물이 여기저기 산재해 있기 때문에 말을 탄 채로 싸우기가 쉽지 않다. 기사들은 말에서 내리고 검과 도끼, 철퇴를 꺼내 들었다.

"잠깐만! 빈손인 자를 여럿이 공격하다니! 그러고도 브리튼의 기사라고……!"

물론 기사들은 퍼시발의 중재를 무시하고 달려들었다. 그들은 킬워드가 만만치 않은 상대라는 걸 본능적으로 느끼고 있었기 때문이다. 킬워드는 기사들의 추격을 보며 피식 미소를 짓더니 달린다.

정말 빠르다. 갑옷을 입고 뛰어오는 기사들로서는 잡을 수 없을 만큼 빠르다. 당황한 기사들이 말을 타고 추격하려 했지만, 킬워드는 말을 타고 쫓아오는 걸 보고 장애물을 따라 이동하기 시작했다.

그는 마치 평지를 건너듯 건물과 건물 사이를 질주하고, 포석의 비탈길을 뛰어내리고, 가판대를 뛰어넘고, 사람의 머리를 넘는다. 말을 타고서 쫓아가기에도 벅찬 그 이동 속도를 쫓다 보니 기사들은 혼이 다 나갈 지경이었다.

그렇게 달리고 또 달려 겨우 장애물이 없는 마을 외곽 어귀에 서자 킬워드는 발을 멈추고 빙글 몸을 돌려 기사들을 돌아보았다.

"자아, 얼마나 왔나? 어이쿠! 땀으로 목욕을 하고 있군 그래?"

킬워드는 헐떡이는 기사들을 보며 빈정거렸다.

기사들은 땀으로 목욕을 할 지경이 되어 있었건만 그는 식은땀 한 방울 흘리지 않고 흐트러짐없는 자세로 기사들을 바라보고 있었다. 킬워드가 그렇게 정기가 넘쳐 흐르는 반면 기사들은 추격전에 지쳐서 흐트러지고 인원도 갈라져 수도 얼마 되지 않았다. 그제야 기사들은 자신들이 계략에 빠졌다는 걸 깨달았지만 이미 늦었다.

"웃기고 있네. 여긴 커뱅 백작의 영지 안이다! 우리가 여기까지 왔으면 곧 추격 부대도……."

기사들은 그렇게 말했지만 자신들도 확신할 수 없었다. 킬워드가 숲이나 산으로 들어가 버리면 정규군이 아무리 수가 많아도 산악 지형에 녹아서 제 역할을 못할 것이다. 아트릭스의 영주인 킬워드가 직접 커뱅 백작에 침입한 것은 바로 그렇게 도망갈 자신이 있기 때문이리라.

"헉헉! 뭣들 하는 건가! 쳐라! 상대는 빈손이잖아!"

기사들의 뒤에서 말을 타고 오는데도 헐떡이던 잉더크가 모습을 드러내었다. 그는 기사들이 킬워드의 초인적인 움직임에 겁을 집어먹고 있는 걸 보고 명령을 내렸다. 사실 기사들은 잉더크의 명령을 들을 필요가 없었지만, 잉더크에게 얕잡아 보이는 것을 싫어했고, 어차피 킬워드를 잡아야 하는 게 그들의 의무였다.

"자아, 그럼."

킬워드는 길가에 세워진 표지판을 잡았다. 판자를 통나무에 끼워서 만든 것으로 봉이나 창으로 쓰기엔 터무니없이 크다. 그러나 그는 마치 바로 뿌리 내린 녹두의 새싹을 뽑듯 손쉽게 표지판을 뽑아내었다.

"아니!"

"자, 이러면 맨손이 아니지? 덤벼봐."

킬워드는 표지판을 휘둘러 다가오는 기사들을 쓸어버렸다. 기사들이 말에 탄 채로 방패를 들어 막긴 했지만 그 위력이 어찌나 강한지 말이 옆으로 쓰러지고 기사도 안장에 몸이 박힌 채 옆으로 나가떨어졌다. 나머지 기사들이 병 찐 표정으로 물러나지만 이번에는 너덜너덜해진 표지판이 통째로 그들 위로 날아온다.

"크리스마스트리가 필요하지 않나?"

"으아아악!"

기사들이 말을 돌리려 했지만 미처 피하지 못한 이들은 표지판에 깔려 낙마했다. 잉더크는 그 모습을 보고 혀를 내둘렀다. 그가 킬워드에게 저항했을 때도 그렇지만 이 녀석, 힘이 장난이 아니다. 인간이긴 한 건가? 게다가 몸놀림도 압도적이다. 검과 도끼, 철퇴를 휘두르는 사이로 마치 산책이라도 하듯 사뿐사뿐 돌면서 맨손으로 갑주를 입은 기사들을 후려치는데, 손바닥으로 가격할 때마다 기사들의 몸이 붕 떴다가 바닥으로 떨어지고, 뒤로 두 바퀴씩 구르고, 난장판이 벌어진다.

"하하하하! 단체로 몸 개그라도 하는 건가?"

킬워드는 그들을 비웃으며 표지판 뒤 수풀 사이에 숨겨두었던 밧줄을 꺼냈다. 애초에 그는 기사들을 이 위치로 유인한 것이었다.

"자, 그럼 굴비 엮듯 엮어가서 몸값이나 좀 받아볼까?"

그때 갑자기 창이 날아들었다. 킬워드는 가만히 비웃듯서 있고 창은 킬워드의 눈앞에서 멈춘다. 퍼시발이 창을 잡고 있었다. 그는 말도 없이 달려왔을 텐데 약간 숨이 거칠어지고 땀을 흘리는 것 빼고는 별다른 이상이 없었다.

"제 눈앞에서 기사들을 잡아가는 건 묵과할 수 없습니다. 당신이 정말 브리튼의 적이라면 말이죠."

"당신은 순례 중이 아니었나?"

킬워드는 그렇게 빈정거렸지만 퍼시발은 순례를 처음부터 다시 하더라도 브리튼의 기사들을 지킬 각오였다. 그 각오를 눈빛으로 알아본 킬워드는 쓴웃음을 지었다.

"몸값을 받고 풀어줄 생각이야. 안 죽여. 고문도 안 한다니까."

"그런 문제가 아닙니다."

"그럼 어디 실력 행사를 해보겠나?"

킬워드는 어깨를 으쓱해 보였다.

"하나 기사 된 도리로 맨손의 상대를 공격할 수는……."

"그래?"

킬워드는 자신이 맨손이라 공격하지 못하겠다는 퍼시발의 말을 듣고 한숨을 내쉬었다. 퍼시발이 들고 있는 것도 제대로 된 무기라고 할 수는 없었다. 마상 시합용 창을 지상에서 어떻게 쓰겠다는 것일까? 그러나 이대로 시간을 끌어봐야 의미가 없을 것 같다. 마침 기사들이 떨어뜨린 무기가 바닥을 뒹굴고 있기에 킬워드는 그중 장검을 하나 골라 발로 차 올려 허공에서 붙잡아 휘둘렀다.

"이러면 되나?

"배려 감사합니다. 그럼!"

적을 상대로도 예의 바른 태도를 견지하던 퍼시발이 창

을 붙잡더니 움직이기 시작했다.

* * *

공기를 가르는 소리가 세 번 나면서 세 번의 찌르기가 연달아 뿜어져 나왔다. 땅에 달라붙은 듯 움직이는 퍼시발이 발로 땅을 찰 때마다 창이 폭발적으로 가속하면서 빠르고 예리하게 찔러들어 온다.

하지만 킬워드는 그런 퍼시발의 공격을 전부 회피하고 쳐냈다. 첫 번째 공격을 몸을 틀어 피하고 궤도가 수정되어 날아드는 두 번째 공격을 검으로 쳐낸 뒤 세 번째 공격은 의도적으로 만든 허점으로 유도한 뒤 빠져나갔다. 하지만 퍼시발의 공격이 정묘했던 것은 부인할 수 없는 사실이라 피하면서 간격을 좁힐 수는 없었다. 일반 보병용 창이 아니라 마상 시합용 창으로 이런 무위를 보인 것은 정녕 놀라운 일이다.

"이런! 마상 시합용 창으로 이 정도라니!"

킬워드는 퍼시발의 공격을 피해내고 감탄했다. 하지만 놀란 것은 그만이 아닌 듯했다. 퍼시발 역시 당황스러운 표정을 짓고 있었다. 아마 킬워드가 자신의 공격을 막아낸 것에 당황하고 있는 것이리라.

"반면 전투 경험은 별로 없나 보군. 뭐, 공격 좀 빗나갔다고 놀라?"

"아니, 지금까지 이걸 피하거나 막은 사람은 처음이거든요."

"흥, 그래?"

킬워드는 검을 머리 위로 치켜들었다. 전광석화 같은 퍼시발의 찌르기를 생각해 볼 때 이것은 몸통을 열어주는 위험한 행동이지만 킬워드를 중심으로 무시무시한 살기가 뿜어져 나오자 이야기가 달라진다.

퍼시발은 그런 킬워드의 주위를 돌기 시작했다. 하지만 킬워드는 검을 치켜든 채로 천천히, 마치 빙판 위를 미끄러지듯 미동도 없이 방향을 트는데 몸 전체가 안정적이라 틈을 보이지 않는다. 지금까지 누구도 일격에 쓰러뜨렸던 퍼시발로서는 처음 겪는 대치 상황이었다.

"흡!"

퍼시발의 선제공격이 무시무시한 뇌광이 되어 킬워드의 머리를 꿰뚫는다.

단 일격에 킬워드를 죽일 기세로 날아든 뇌광은 킬워드의 머리가 있던 공간을 꿰뚫었다. 킬워드는 뇌광이 날아오는 순간 이미 몸을 앞으로 던져 다이빙하듯 앞으로 구르며 검을 휘둘렀다. 킬워드의 검이 퍼시발의 창대에 닿았다.

'이런!'

퍼시발은 킬워드가 자신의 창을 자르려고 하는 것을 깨닫고 창 자루를 쥔 손을 흔들었다.

킬워드의 검이 퍼시발의 창 옆구리를 강타하며 큰 상처

를 남겼지만 퍼시발의 손에 들린 창은 마치 강성이 없는 밧줄이나 채찍처럼 휘청거리며 검의 충격을 버텨냈다. 창이 옆으로 휘어지나 싶더니 킬워드의 공격을 받아내고, 그럼에도 불구하고 부러지지 않은 채 버텨냈다. 그러나 퍼시발은 그 여파로 몸을 제대로 가누지 못하고 흔들린다. 킬워드는 이미 검의 간격으로 파고든 상태인데 이대로라면 퍼시발이 두 동강 날 판이다.

"부러뜨릴 셈이었는데 제법이군! 하지만 이제는 검의 간격… 응?"

퍼시발은 몸을 빙글 돌려 킬워드에게 등을 보인 뒤 기병용 창의 창대를 잡고 자루 쪽을 킬워드를 향해 찔렀다. 전혀 예상하지 못한 절초, 기사의 창술이라기보다는 야경꾼이나 암살자들이나 쓸 법한 변칙 기술이었다. 퍼시발이 펼친 이 등 뒤 찌르기는 창날이 아니라 자루 쪽이 킬워드를 향해 날아들었다.

그러나 킬워드는 그것도 쳐냈다. 연속 공격에서 변칙 기술의 콤비네이션도 동물적인 반사신경으로 쳐내는 킬워드도 대단하지만 그런 킬워드를 상대하는 퍼시발 역시 놀랍다. 퍼시발은 킬워드가 이 연속 공격을 할 것을 예상하고 있었는지 킬워드가 쳐내는 창의 힘을 받아서 반대쪽으로 회전, 짧게 잡고 있던 창대를 잡고 이번엔 킬워드를 향해 날 쪽으로 찌르기를 한다. 애초에 변칙 등 뒤 찌르기를 창자루로 사용한 것은 상대가 자루를 쳐내는 힘을 이용해 날

부위로 찌르기 위해서였으리라.

슈욱!

퍼시발의 창이 공기를 관통했다. 킬워드는 우뚝 멈춰 섰고, 퍼시발 역시 창을 쥔 채로 멈춰 서 있다. 그들 사이로 싸늘한 정적이 흘렀다.

어느덧 길게 드리워진 그림자는 분명히 퍼시발의 창이 킬워드의 머리를 관통하고 있었다. 하지만 킬워드는 퍼시발의 마지막 공격마저 종이 한 장 차이로 피하고 오히려 퍼시발의 몸통에 칼자루에 달린 폼멜로 일격을 가한 뒤였다.

퍼시발은 복부에 꽂힌 강력한 일격에 호흡 곤란을 겪으며 앞으로 쓰러졌다.

"휴우! 제법인걸!"

킬워드는 오른쪽 귀를 매만졌다. 퍼시발의 창이 스치고 지나가며 그의 귓바퀴가 살짝 찢어져 피가 흐르고 있었다. 이런 엄청난 공격을 받았음에도 불구하고 고작 긁힌 상처 하나라니? 퍼시발은 고통 속에서도 그 모습을 보며 탄식했다.

아리마대 요셉의 후손이며 페리노어왕의 아들이라고 하지만 퍼시발이 기사가 된 것은 매우 최근의 일이다. 그 전까지는 어머니에게 납치당하시피 끌려가 조용한 산속에서 은둔자로서 살아야 했다. 그의 어머니는 페리노어왕과 기사들의 호전적이고 야만적인 생활에 넌더리를 내고 자신의 아들은 그런 무식한 기사들로부터 떨어뜨려야겠다고 마음먹은 것이다. 하지만 타고난 피는 어쩔 수 없는지 퍼시발은 산에서 장대로 새를 잡으며 어머니를 봉양했는데 하늘을 나는 새를 장대로 잡을 정도로 뛰어난 창술의 소유자였다.

후에 어머니를 벗어나 페리노어왕의 아들로서의 권리를 되찾고 난 뒤 그는 단 일격으로 모든 적수를 쓰러뜨렸다. 하늘을 나는 새조차 떨어뜨리는 창술인데 인간을 상대로는 무적일 수밖에 없었다.

그런 그가 오늘 첫 패배를 겪은 것이다.

"제가 졌습니다."

"대단하군. 경험이 별로 없는데도 이 정도라니. 싸워서 내 피를 보는 건 정말 오래간만인걸. 아니, 현생에선 이번이 처음인가."

킬워드는 귀에서 흘러나온 핏방울을 손으로 찍어서 핥고 귀를 어루만졌다. 상처의 피는 순식간에 지혈되어 흐르는 게 없다. 킬워드는 쓴웃음을 지었다.

"그래, 퍼시발. 내 밑에 들어오는 건 어때?"

"네?"

"커뱅 백작과 싸우는데, 아니, 앞으로도 계속될 싸움에서 유능한 인재가 필요해."

킬워드는 지금 미치도록 인재가 필요했다. 칼린이나 카탈린, 마이아가 무능하다는 건 아니지만 직접 전투에서 퍼시발의 적이 되지 못한다는 것은 분명했다.

"그러나 전 아더왕의 궁정에 뜻을 두고 있습니다. 비록 당신이 저를 이겼지만 그 뜻에 따를 수는 없어요."

"휴우. 인재들이 다들 대기업만 원하니까 우리 같은 중소기업은 힘들잖아. 뭐, 아트릭스 상태가 워낙 안 좋긴 하니까 억지로 오라고 하는 것도 좀 양심에 찔리는군."

킬워드는 한숨을 내쉬고 손을 들었다. 그러자 수풀을 헤치고 일단의 궁수와 붉은 머리칼의 여자 기수가 나타났다. 가벼운 복장에 활을 들고 말을 타고 있는 그녀는 칼린의 기마를 빌린 카탈린이었다. 그녀와 궁사들은 킬워드가 커뱅 백작의 기사들을 납치해 올 것을 믿고 이곳 커뱅 백작령으로 침입한 것이었다. 원래 그냥은 침입하기 힘들었겠지만 킬워드가 미리 정찰을 통해 커뱅 백작령의 경계를 뚫고 들어갈 길을 확정해 두었다.

"와아! 이건 뭐야? 정말 해버렸네?"

카탈린은 위험을 무릅쓰고 커뱅 백작령으로 침입해 왔지만 그럼에도 불구하고 반신반의하고 있었나 보다. 하지만 정말 킬워드가 커뱅 백작의 병력을 유도하고 그중 돈이 되는 기사들만 골라서 무력화시킬 줄은 몰랐다. 변변찮은 무기도 없이 맨손으로 이런 일을 할 수 있다는 게 얼마나 놀라운가?

"부상이 너무 심한 자는 커뱅보고 치료하라고 놔두고 괜찮은 이들만 골라서 데려가자. 바닥에 떨어진 무기랑 갑옷도 다 돈이니까 챙겨."

"왠지 도적 같아."

"너희들이 영지에 자금을 넉넉하게만 쌓아뒀어도 내가 이 짓 안 했지. 나라고 좋아서 이러는 줄 알아? 응?"

"알았어. 또 그 레퍼토리지. 영지 자금 거덜 낸 건 내가 아니라니까."

그사이 달려온 레다는 퍼시발을 부축했다. 갑옷을 입은 남자를 일으켜 세우는 건 쉬운 일이 아니지만 퍼시발도 많이 회복되어서 스스로의 힘으로 일어날 수 있었다.

"으윽! 킬워드 경!"

"왜?"

"오늘은 내가 졌지만… 다음에는 절대로… 이렇게 끝나지 않을 겁니다."

킬워드는 그 모습을 보며 쓴웃음을 지었다.

"넌 정말 변함이 없구나."

"네?"

"아니, 기대하지."

킬워드는 자신의 적이 되겠다고 선언한 퍼시발을 쉽게 보내주었다. 카탈린은 그런 킬워드를 도무지 이해할 수가 없었다. 킬워드를 많이 보아온 것은 아니지만 그가 적에게 관대한 성격이 아니라는 건 쉽게 짐작할 수 있었기 때문이다.

"저 기사는 왜 보내줘? 브리튼의 기사는 아군이 안 되면 죽여야지.”

　“그냥… 선대부터 좀 인연이 있어서 말이지. 자, 그럼 가볼까? 잉더크는 남아서 수고 좀 해.”

　킬워드가 그렇게 말하자 수풀에서 머리 하나가 쑥 올라왔다. 잉더크가 엉망이 된 얼굴로 킬워드를 보며 말을 더듬었다.

　“으아, 뭘 어떻게 말입니까?”

　“그야 난 모르지.”

Chapter
07

커뱅 백작 제2차전

아더왕과
각탁의 기사
THE KNIGHTS OF SQUARE

아트릭스와 벨파스트를 잇는 라티나 대로, 그 길 옆에는 용의 등이라고 불리는 언덕이 하나 있었다. 안개가 자주 끼는 습지대에서 이 언덕만은 안개 위로 돌출되어 마치 안개 바다 속에 떠 있는 섬처럼 보였기 때문이다.

아트릭스에 사로잡힌 기사들에 대한 몸값 협상을 위해 커뱅 백작은 직접 호위병을 이끌고 그 용의 등으로 올라오고 있었다. 원래 아트릭스 영주 따위는 안중에도 없던 그이지만 최근 아트릭스 영주가 그의 아들 사에단을 생포한데다가 벨파스트에 찾아와 경비대의 기사들을 납치해 가기까지 한 것이다.

그래서 직접 거동한 그는 정예병들을 이끌고 언덕을 올

랐다. 이날도 우유 크림처럼 두꺼운 안개가 깔려 있었는데 언덕 위에는 안개가 걷혀 있었다.

"올라오시느라 수고했습니다."

언덕 위, 거짓말 보태서 손바닥 두 개면 메워질 작은 평지에는 텐트가 쳐져 있었다. 누덕누덕 기운 그 텐트는 도저히 한 땅을 다스리는 영주의 것으로는 보이지 않았다. 혹시 순례자들의 텐트가 아닐까 하는 생각까지 들었다.

커뱅 백작은 탁자에 다리를 올려두고 앉아 있는 젊은 남자를 보고 어이가 없었다. 검은 머리칼에 푸른 눈을 가진 이 청년은 갑옷도 입지 않고 검도 차지 않은 채 맨몸으로 그를 맞이하고 있었고, 그의 뒤에는 여인만 둘이 있었다. 여자치고는 키가 크고 체격이 컸지만 커뱅이 데려온 우락부락한 중장병들에 비하면 그녀들은 아무런 위협이 되지 않았다.

"어떤 놈이 이렇게 우릴 귀찮게 하나 했더니만 이런 새파란 애송이였나?"

커뱅 백작은 으르렁거렸다. 지금 당장에라도 검을 뽑아서 이 애송이의 목을 칠 수 있을 것 같았다. 하지만 그가 위협을 가하는데도 아트릭스의 영주는 풋, 하고 코웃음 칠 뿐이다.

"뭘 기대하고 계셨기에? 나이 많은 사람에게 당하면 덜 억울하기라도 해? 자, 앉아."

그는 커뱅에게 자리를 내주었다.

"몸값 지불을 유예한다면 어떻게 되지? 아트릭스에선 그 많은 기사들을 먹여 살릴 여력이 없을 텐데. 군량이 부족하지 않나?"

아트릭스가 잡아두고 있는 인질은 아트릭스의 부양 능력을 초과할 정도로 많다. 군마나 사람을 먹이는 것은 가난한 영지에선 부담이 될 테니 이렇게 배짱을 부리면 어쩔 거냐고 커뱅은 넌지시 떠봤다. 그러나 아트릭스의 영주는 젊은이답지 않게 능청맞았다.

"그렇지 않아도 이미 굶기고 있어. 시체가 된 아들을 받고 싶지 않다면 생각 좀 하고 말하지그래?"

"뭣이?!"

"물론 아예 굶겨 죽이는 건 마음이 아파서 못할 수도 있겠지."

아트릭스의 영주 킬워드가 귀를 후비적거리며 불성실한 태도로 말하자 그의 뒤에서 보좌하고 있던 여기사들의 표정이 기묘하게 일그러진다. '그럴 리가 없다'고 자신들의 상관의 말에 반발하고 있는 것이다. 즉, 이 녀석은 사람을 굶겨 죽이는 정도로 마음 아파할 인물은 아니다.

"우린 손님들에게 커뱅 백작이 당신들 몸값 지불을 거부했다고 말해주면 되겠지. 설령 아트릭스를 짓밟고 당신이 승리한다 하더라도 당신의 기사들은 더 이상 당신을 따르지 않을 거야. 자신의 전쟁에 가신들을 소집했으면 그 가신들을 책임지는 게 대영주의 자세 아닌가?"

봉건제도는 계약에 의한 것, 대영주가 밑의 가신들을 보호하지 않는다면 가신들 역시 대영주의 명령을 따를 이유가 없다.

"흥! 입만 살아가지고. 이쪽에도 네 가신인 잉더크가 잡혀 있다."

"헉!"

킬워드는 갑자기 충격 받은 표정으로 하얗게 질렸다.

"아니, 잉더크는… 배반자……."

"웃기는군. 우리 사이에 잠입시켜서 수작 부린 거 아닌가? 그런 식으로 잘도 속였겠다. 그놈 말에 넘어가서 얼마나 큰 피해를 입었는지… 그 녀석을 살리고 싶다면 몸값을 깎아주지그래?"

커뱅은 킬워드의 약점을 잡았다고 생각하고 밀어붙였다. 그러나 킬워드는 마치 자기 손을 잘라내야 하는 부상병처럼 침통한 표정으로 말했다.

"으으… 괜찮아. 잉더크와는 단순한 주종관계가 아니다. 대의를 위해서 그는 자신을 희생할 각오가 되어 있어. 그 한 명을 구하기 위해서 네 많은 가신들을 다 풀어줄 수는 없지."

"사에단과 교환하는 건 어떠냐?"

"안 돼."

"그럼 기사들과는……."

"노!"

"그럼 기사 한 명, 아니, 기사들이 타고 있던 군마라
도……."

"거절한다."

"가문의 문장이 새겨진 칼과 방패는……."

"그것도 안 돼."

커뱅의 표정이 점점 싸늘해진다. 이 녀석이 자신을 놀리
고 있다는 걸 깨달은 것이다.

"그럼 잉더크는 뭐랑 바꿀 건데?"

"음, 그쪽이 20굴덴을 내면… 잉더크를 데려가 주지."

그 말을 듣는 순간 모두들 당황했다. 카탈린은 참지 못
하고 풉, 하고 웃어버렸다. 서로 적대적인 영주들이 몸값
을 교섭하는 살벌한 장소에서 웃어버리자 마이아가 카탈
린을 흘겨보았다. 하지만 카탈린은 언니가 흘겨보든 말든
혀를 날름 내밀고 모르는 체했다.

커뱅 백작은 킬워드의 뒤에 서 있는 여기사들이 신경전
을 벌이는 것을 보고 얼굴이 붉으락푸르락해졌다. 대영주
로서 항상 존중만 받아온 그로서는 비록 적이라 하나 저런
하급 기사들까지 자신을 웃음거리로 만드는 일에 익숙지
못했다.

"뭐? 이 자식, 지금 나랑 장난해? 우리에게는 네놈들 열
배가 넘는 병력이 있다! 지금이라도 당장 쓸어버리는 수가
있어! 이런 다 썩은 땅덩어리의 영주 주제에 무슨 생각으
로 덤비는 거냐?"

"아, 그 점에 대해서는 전적으로 동감이야!"

킬워드는 커뱅의 입에서 아트릭스의 토질에 대한 욕이 나오자 맞장구를 쳤다. 커뱅이 오히려 당황할 정도다.

"말이 났으니 말이지, 아트릭스는 너무 척박해. 심정 같아서는 그냥 거저 주고 싶다."

"뭐?!"

"그런데 정말 넌 이런 거 갖고 싶냐? 취향 한번 독특하구나."

이 자식이 지금 무슨 소리를 하는 거지? 아트릭스가 너무 척박해서 미치기라도 했나? 커뱅은 종잡을 수 없는 킬워드의 태도에 당혹스러워했다.

"크윽, 무례한 놈들. 더 이상 이야기해 볼 것도 없다. 내 병력은 이미 지척에 와 있다. 몸값은 네놈이 원하는 대로 지불하지. 하지만 넌 그 금화를 써보지도 못하고 죽을 거다."

"그건 네 생각이고, 기사들을 데려가고 싶으면 금화부터 쌓아놓지그래?"

킬워드는 커뱅 백작을 약 올리며 시시덕거렸지만 잠시 후 킬워드의 앞에 진짜로 금화가 쌓였다. 꽤 많은 금액을 불러서 커뱅도 그 정도 금을 마련하는 데는 꽤 걸릴 것이라고 생각했던 킬워드의 표정이 약간 굳어져 있다.

"어떠냐? 당장 인질들을 해방해라."

커뱅은 킬워드와 그 일당의 표정이 굳는 것을 보고 쾌감을 느꼈다. 아마 인질을 붙잡아두고 침략의 시기를 조금이라도 더 늦추려고 했겠지만 커뱅은 군대를 끌고 온 이상당장 승부를 결정 지을 셈이었다. 이런 가난한 땅의 애송이 영주를 상대로 골머리를 썩는 건 치욕이었으니까.

커뱅은 킬워드의 앞에 금화를 쌓아둔 뒤 코웃음치고 돌아가 버렸다.

"이거 이러면 어쩔 수 없지."

킬워드는 금화와 은화가 쌓인 탁자를 보고 어깨를 으쓱해 보였다. 이리되자 칼린이 당황스러워했다.

"괘, 괜찮습니까? 인질들을 풀어주면 커뱅은 바로 대군을 이끌고 대대적인 공격을 가할 겁니다."

"몸값을 받고 안 풀어줄 수는 없잖아, 앞으로도 이 장사를 계속하려면."

"하지만 우리가 이제 돈을 받아서 어쩌란 겁니까? 커뱅이 말하는 대로 우리는 저 돈을 쓰지도 못할 겁니다. 게다가 적은 병력의 수도 질도 압도적입니다. 거기에 기사들을 더하다니요."

칼린은 다 잡은 적들을 돈 받고 풀어주는 것이 자신들의 목을 조를 수도 있다는 것에 두려워했다. 커뱅은 기사들에 대한 몸값뿐 아니라 군마에 대한 비용도 지불했다. 그리고 중세시대에 있어서 기마병의 위력은 절대적이다. 지금 잡고 있는 인질만 해도 정면승부를 벌인다면 아트릭스의 병력을 쓸어버리고도 남을 이들이다. 계략을 써서 잡긴 했지만 그 계략이 언제까지 통한다는 법이 없는데, 이렇게 풀어줘도 되는 것일까?

"괜찮아. 우리 입장에선 언제 쳐들어올지 모르는 적을 상대로 계속 경계 태세를 취할 수 없어. 이렇게 도발해 둔 덕분에 적이 쳐들어올 시간은 확실히 알게 되었잖아? 게다가 커뱅에겐 꽤 심각한 약점이 있거든?"

"그, 그건 다행이군요."

"우리는 전신이 약점투성이라는 게 문제지만."

킬워드는 금화를 받고 약속대로 커뱅의 기사들을 풀어 주었다. 사예단과 그 휘하 기사들은 커뱅에게 돌아갔는데 킬워드가 풍기던 뉘앙스와는 달리 고문을 당한 이도, 굶긴 이도 없어서 바로 전투에 참가할 만했다.

커뱅 백작은 인질로 잡혔던 이들을 즉시 군대에 투입해서 병력을 재편성, 단 하루 만에 전투 준비를 끝마쳤다. 그리고 건방진 아트릭스 영주 킬워드의 버릇을 고쳐 주기 위해 진군을 개시했다.

이로써 아트릭스는 다시금 풍전등화의 위기를 맞이하게 되었다.

* * *

커뱅은 라티나 대로가 눈에 들어오는 평지에서 말을 멈

쳤다. 그의 뒤를 따르던 무수한 기사와 병사들 역시 전쟁을 수행하기 위한 목재와 물자를 가지고 오다 멈춰 섰다.

"자, 이 건방진 놈들에게 이제 쓴맛을 보여주자! 그동안 당한 굴욕을 설욕할 때가 왔다!"

커뱅은 직접 진두에 나서서 병사와 기사들에게 연설을 시작했다. 원래 아트릭스 같은 군소 영주를 상대하는 데는 그가 직접 나설 것도 없었다. 그러나 삼남인 사에단이 포로로 잡히고 그 교섭 과정에서 자신에게 농간을 부린 킬워드를 생각하니 이번 일은 직접 나서지 않고선 참을 수가 없었다.

대영주로서는 특이한 돌출 행동이라고 볼 수 있겠지만 현재 커뱅 백작의 군대는 그러한 커뱅의 행동을 이해하고 받아들이고 있었다. 왜냐면 군대의 중추가 되는 귀족 계급, 기사들의 상당수가 아트릭스에 포로로 잡히는 굴욕을 겪었기 때문이다. 지도자가 흥분하면 군 참모들이 말려야겠지만 그들도 다들 기사 계급이고, 그 기사 계급들이 아트릭스의 킬워드에게 농락당하다 보니 설욕전에 대한 욕구가 강했다.

그때 커뱅의 옆에서 달려오는 고깔모자를 쓴 남자가 있었다. 전방 척후를 보냈던 이가 아트릭스의 방어선을 관찰하고 돌아온 것이다.

"백작님, 아트릭스 경계 지대가 평소보다 물이 줄어 있습니다. 상류 쪽에 댐을 설치하고 있음에 틀림없습니다."

"호오, 수공을 가할 것이다 이건가? 어리석군. 이 늪이 물을 얼마나 빨아들이는지 모르는 건가?"

여기서 수공을 해봤자 늪의 물이 살짝 불어나는 정도지 그걸로 병마(兵馬)를 쓸어버리거나 할 수는 없다. 대체 왜 이런 짓을 하는 걸까?

"상류 쪽으로 우회해서 댐을 확인하시는 게……."

"상류 쪽은 길이 좁아. 대군을 운용하는 데 불편하다. 만약 거기서 매복을 당하게 된다면 꽤나 번거롭지. 우리는 가교와 판자를 준비했으니 수공을 당하더라도 할 만하다. 이쪽 병력이 놈들의 여덟 배가 넘는데 뭐가 걱정인가?"

"그래도 병력의 일부를 떼어서 별동대를 운용하심이 좋을 듯합니다."

"병력을 분할해 봐야 각개격파의 빌미를 제공할 뿐이지. 단숨에 밀어버리고 끝내지!"

신중한 고깔모자 참모의 조언과 전투에 능한 커뱅의 강경한 작전, 이 두 작전 중 어느 쪽이 옳다, 그르다고 말할 수 없는 상황이다. 병력이 여덟 배가 넘는 이상 괜히 병력을 분산시키고 루트를 우회하는 것보다 넓은 곳에서 전 병력을 투입하는 게 이득이라는 건 전투의 상식이다. 진흙탕이 많은 상류 쪽으로 돌아가 게릴라전을 펼치게 되면 수가 적은 적이 압도적으로 유리해지는 데다가 기사들의 증언을 토대로 보면 킬워드 개인의 무력이 엄청나게 뛰어나다. 뛰어난 무력을 갖춘 개인을 상대로 할 때는 넓은 개활지를 골라야지 늪지에서 싸울 수는 없다.

"자, 그럼 진군!"

커뱅의 1진인 기사들이 휘하 병사들을 이끌고 앞으로 나가기 시작했다. 그때 아트릭스 쪽에서 연기가 올라오는 게 보였다.

"연기 신호인가?"

"상관없어! 우리는 적의 여덟 배나 된다! 공격!"

커뱅은 직접 선두에 서서 말을 몰았다. 그렇게 앞으로 나가자 곧 킬워드군의 진지가 눈에 들어왔다.

킬워드군은 라티나 대로의 다리에 돌과 나무들을 쌓아서 다리를 막아두고 있었다. 다리를 향해 기병들이 돌진해 오는 것을 원천봉쇄하기 위함이었으리라. 그렇게 다리를 봉쇄한 아트릭스군은 다리 밑의 늪지 어귀에 포진하고 있었다. 이 늪지를 강으로 삼고 도하해 오는 적들을 요격하기 위한 준비를 하고 있는 것이다. 상류에 댐을 세우고 수공을 준비한 것도 바로 이 때문인 것 같았다. 그러나 커뱅은 코웃음 쳤다.

"어리석은 놈들이 죽음을 재촉하는구나!"

그는 보병들을 앞으로 보내서 다리를 막는 것들을 치우게 하고 미리 준비한 판자들을 늪지에 던져서 깔게 했다. 늪은 물보다 무거워서 몸으로 건넌다면 건너기가 쉽지 않지만 강물처럼 빠르게 흐르지 않기 때문에 뭔가를 던져서 메우기도 쉬웠다. 커뱅의 병사들이 그렇게 늪을 메우며 가교를 설치하는 동안 궁병들은 늪 이쪽 어귀에 서서 적들을 향해 화살을 쏘았다.

"커뱅 병사들이 보입니다!"

아트릭스 진영에서도 점차 접근해 오는 커뱅 백작의 병사들이 눈에 들어왔다.

"모두 방패 들어!"

킬워드의 명령에 커다란 나무 판을 머리 위로 드는 병사들은 자신들의 행동을 반신반의하고 있었다. 그러니까 이 나무판자가 바로 방패다. 육박전용으로는 쓸모가 없겠지만 화살을 막는 데는 그럭저럭 쓸모가 있을 것이다. 하지만 워낙 엉성하게 만든 것인지라 그들도 반신반의하고 있었다.

'너희들이 만들고 못 믿으면 어쩌자는 거야?'

그러나 병사들이 믿든 안 믿든 간에 이제 그들의 목숨은 이 방패에 달려 있었다. 그들이 방패를 들자마자 하늘로부터 화살비가 쏟아진다.

쉬쉬쉭!

"으아악!"

방패를 들고 있던 병사들은 방패에 전해지는 충격을 받고 놀라서 비명을 지른다. 화살이란 것의 위력이 상당해서 전투 경험이 없는 자들은 놀라게 마련이다.

"맞지 않았으면 비명 지르지 마! 사기 저하된다!"

킬워드가 명령했지만 다들 방패 너머로 느껴지는 화살의 묵직함에 호들갑을 떨고 있었다. 보다 못한 카탈린이 활을 들었다.

"이쪽도 응사한다! 다들 활을……."

그러나 킬워드는 응사하려는 카탈린도 말렸다.

"안 돼! 아직 쏘지 마! 더 끌어들여야 해! 자, 뗏목을 띄워!"

화살의 비가 쏟아지는 가운데 준비된 병사들이 장대를 들고 뗏목을 띄우기 시작했다. 그들은 뗏목 위에 풀과 진흙이 엉긴 것 같은 것을 실어두었는데 그 안에 횃불을 던진 뒤 뗏목을 물 위에 놓고 장대로 밀어서 커뱅 진영으로 보낸다. 이 작업을 하는 동안 방패를 든 이들이 그들을 화살로부터 지켜내고 있었다.

조직적으로 움직이는 것을 보니 사전에 연습을 많이 한 것 같은데 그래도 화살로 쓰러지는 이들이 속출했다.

"뭐하는 거지?!"

"집중적으로 쏴라!"

커뱅의 기사들은 킬워드군이 이상한 짓을 하는 것을 보고 반사적으로 경계했다. 화살의 비가 그들에게 집중되자 킬워드군은 병력을 더 투입해 판자를 들고 그들을 지키게 했다. 정말 중요한 것인가 보다.

"어리석은 놈들! 계속 늪을 메우며 진군하도록!"

커뱅은 화살 막는 데 혈안이 된 킬워드군을 비웃었다.

커뱅 백작의 군대는 수가 압도적으로 많기에 킬워드군이 무슨 짓을 하더라도 다 대응할 수 있었다. 일부 병력은 화살을 쏘아서 킬워드군의 움직임을 방해하고, 또 나머지 일부는 다리를 막고 있는 돌더미를 치운다. 나머지 부대는 늪을 메우며 발판을 만들고 있었다.

현재 상황에선 커뱅의 군대가 압도적으로 유리하다.

"봐라! 이 압도적 병력 차를! 애초에 상대가 안 되는 놈들이 선발대 일부 좀 꺾었다고 기고만장해져서 건방을 떨었겠다!"

커뱅은 백여 명의 궁사 앞에서 꼼짝도 못하는 아트릭스의 병력을 보며 어이없어했다. 이놈들은 대체 뭘 믿고 덤빈 걸까?

"이 싸움, 이겼군요!"

커뱅의 참모들도 아트릭스군이 아무것도 못하고 농락당하는 것을 지켜보고 있었다. 그런데 킬워드군이 뭔가를 물에 띄워 보내는 게 아닌가? 늪이라서 잘 떠내려 오지 않지만 그들은 그것을 장대로 밀면서 억지로 이쪽으로 보내고 있었다.

"밀기 힘듭니다!"

킬워드의 병사들이 죽는소리를 했다.

"무리해서 밀진 마라! 너희가 먼저 쓰러지면 안 되지!"

킬워드는 화살을 양손으로 쳐내며 진두에서 지휘를 하고 있었다.

"자, 그럼 이제 진군 속도를 좀 늦춰볼까! 카탈린, 저들이 판자로 길을 만드는 곳 정면으로 궁병과 투석병을 배치해!"

"그러나 이런 화살비 속에서……."

"네가 해내지 못하면 우린 전멸이다! 그리고 마이아, 작업은?"

"하고는 있습니다만 병사들이 화살에 겁을 먹어서……."

"스트립쇼를 하든 뭘 하든 애들 시선 좀 끌어봐!"

"스트립쇼? 그게 뭡니까?"

"아, 진짜! 뭐가 됐든 저 뗏목을 밀어 보내! 어서! 저게 우리 진 내에 있으면 우리도 위험하다!"

킬워드는 병사들에게 준비시킨 뗏목을 적진으로 밀어 보낼 것을 명령하며 천천히 후퇴하기 시작했다. 물론 그런 킬워드의 움직임은 커뱅 백작 측에서도 한눈에 알 수 있었다.

"응? 뭐야, 저놈들은?"

"뗏목을 띄우고 있는데요?"

뗏목 위에는 검은 벽돌로 만든 이글루 같은 게 있다. 그 이글루에서 연기가 뭉실뭉실 피어오른다. 아트릭스군은 장대로 그 뗏목을 밀쳐 내고 있는데 화살을 경계하면서 엉거주춤한 자세로 밀어내고 있었다.

"저 뗏목, 연기가 나는데… 설마 저걸로 화공을 가할 셈이었나?"

"설마요. 저게 우리 판자에 충돌해도 불 따윈 옮겨 붙지 않습니다. 안개와 비가 가득한 곳에서 무슨……."

"그런데 꽤 열심히 띄우는군. 혹시 모르니 궁사들에게 저놈들을 집중 공격하라고 해."

"네. 응?"

커뱅과 참모들이 준비하는 사이 아트릭스 진영의 병사들이 슬링에 돌을 재서 돌팔매를 시작한다. 하지만 화살비를 피하느라 엉거주춤한 상황에서 제대로 된 위력이 나올리 없다. 돌팔매도 여기저기 엉성하게 날아가고 위력도 부실해서 비웃음을 살 뿐이다.

"아 놔, 저 화상들하곤."

"이거 뭐, 원시인들하고 싸우는 것 같네."

커뱅 백작의 병사들이 작업을 하며 비웃을 정도다.

"한때 얼스터 대영주는 아더왕의 선대인 우서 팬드래건을 위협할 정도로 강력했다는데, 얼스터도 몰락했군."

그러나 선두에서 작업 중인 병사들은 돌이 날아오자 난처해하고 있었다. 조준은 형편없지만 상대의 공격에 노출된 채로 작업을 해나가는 것은 이래저래 신경이 쓰이게 마련이다.

"돌이래도 맞으면 골치 아파!"

"방패 똑바로 들어서 우릴 엄호하란 말야! 헉헉! 으……."

갑자기 늪을 메우던 병사 한 명이 넘어져서 진흙탕에 쓰러진다.

"어? 이 친구, 왜 이래?"

"돌에 맞지도 않았는데. 어이, 이봐."

병사들은 아직 사태의 심각성을 모르고 동료를 부축하기 위해 진흙탕에 들어왔다. 그러나 잠시 후 그들도 실신한다.

"아니?"

곧 여기저기서 병사들이 헐떡이기 시작한다. 구토를 하는 이들, 바닥에 주저앉는 이들, 두통을 호소하는 이들이 속출한다. 그뿐만 아니라 말도 헐떡이다가 쓰러지고 더러는 주인의 통제를 어기고 도망치는 말들이 나왔다.

"이게 어찌 된 일이냐?"

커뱅은 갑자기 악몽 속에 떨어진 기분이었다.

*　　　*　　　*

킬워드는 상대가 쓰러지기 시작하는 걸 보고 피식 웃었다.

"약발이 슬슬 먹히기 시작하는군. 그럼 반격할 차례로군. 반포위진을 잡고 투석을 해볼까?"

그 모습에 놀란 건 아트릭스군도 마찬가지였다. 그들은 지금 눈앞에서 벌어지는 일을 이해하지 못했다. 무서운 기세로 늪을 메우며 덤벼들던 병사들이 갑자기 쓰러지기 시작하는데 그 기세가 장난이 아니다.

"어, 어떻게… 무슨 일이 벌어지고 있는 거죠? 킬워드님은 마법사이신가요?"

마이아는 당황스러워서 그렇게 물었다. 그러나 킬워드는 고개를 설레설레 저었다.

"나중에 설명해 줄게. 반포위진 형성!"

그러나 병사들은 우당탕, 쿵탕 자기들끼리 부딪치고, 엎어지고, 아주 난리가 났다. 진형을 자유자재로 바꾸기엔 병사들 숙련도가 너무 떨어진다.

"아, 젠장. 반포위진은 무슨, 그냥 투석용 돌 쌓아둔 데로 가서 서!"

킬워드의 명령을 들은 병사들은 돌더미에 가서 섰다. 이미 쌓아둔 돌더미에 선 그들은 밧줄을 꼬아 만든 슬링을 잡고 돌을 슬링에 장전했다. 화살에 비해선 원시적이고 명중률도 기대할 수 없는 무기지만 무리가 이것을 들게 되면 이야기가 달라진다.

"그냥 멀리 던지기라고 생각해! 표적을 맞추긴 바라지도 않으니까 위로 부어!"

킬워드의 호령에 따라서 병사들이 돌을 던지기 시작했다. 무기력해진 커뱅의 병사들 위로 돌이 쏟아지자 모두들 당황했다. 몇몇 사람은 방패를 들고 그들을 구하러 갔지만, 그런 이도 곧 숨을 헐떡이며 늪에 쓰러져 갔다. 쓰러진 이들이 길을 막아서 물속으로 뛰어든 병사들은 더욱 빨리 기절했다.

"뭐, 뭐냐, 이건?!"

커뱅은 지금 이 상황을 도저히 이해할 수가 없었다.

"갑자기 선두부터 쓰러지기 시작했습니다."

"젠장! 무슨 요술인가! 일단 회군! 빠져나가자!"

그러나 돌아나가기도 쉽지 않다.

"늪지대에 물이 차 있어서 쉽지 않습니다!"

그들이 메우며 들어온 길은 돌아나가기엔 너무나 좁았다. 병력을 회군시키기란 본디 어려운 법. 더구나 수공의 여파 때문에 물이 불어나 늪지와 진탕은 점점 확대되고 있었다. 이 진탕에 들어가면 순식간에 병사가 쓰러졌기 때문에 다들 킬워드가 물에 독을 풀었다고 생각하게 되었다.

방패를 들고 투석을 막는 병사들은 갑자기 무거워지는 방패에 비명을 질렀다.

"으윽! 바, 방패가 왜 이리 무거워지지?"

"힘들어. 으으으윽!"

"우웨에엑!"

커뱅 백작의 군대가 박살 나는 것을 보며 킬워드는 팔짱을 끼었다. 이제 커뱅 백작군은 더 이상 전투를 수행할 능력이 없다. 물론 저들 총병력을 생각해 보면 쓰러진 이들은 극히 일부분이지만 보이지 않는 독의 위협은 엄청난 것이다. 겁이 난 병사들은 섣불리 들어서질 않고, 그런 이들은 공간만 차지하기 때문에 다수의 병력을 앞세운 커뱅 백작으로서는 오히려 병력 운용의 장애물이 된다. 이런 상황에까지 몰렸으면 이제 승리를 선언해도 오만하다 하지 못하리라.

"후, 이번에도 이겼군."

킬워드가 승리를 선언한 순간 카탈린이 킬워드에게 달려오더니 폴짝 뛰어 그의 목을 끌어안았다.

"킬워드! 어떻게 한 거야, 이건? 무슨 마법이야?"

킬워드는 그런 카탈린을 무표정하게 밀쳐 내며 설명했다.

"마법은 아니고, 급성 일산화탄소 중독이지."

"네?"

마이아는 의아해했다. 일산화탄소라는 건 뭘까?

"뗏목 위에 쌓아두고 태우고 있는 것은 늪지대의 갈대나 나무가 쌓여 탄화된 갈탄(褐炭)으로, 석탄으로서는 가장 가치가 떨어지는 것이지. 얼스터 곳곳에는 이 갈탄이 잔뜩 매장되어 있어. 아마 지금 내가 하지 않더라도 몇몇 놈들은 이미 쓰고 있었을걸."

실제로 이 갈탄은 사람들이 늪지 근처의 진흙을 퍼내 얇게 펴서 말린 뒤 연료로 쓰고 있었다. 술을 만들 때 연료로 쓰곤 했지만 화력이 강하지 않아서 쓰임새가 적었다.

"호오, 그런 게 있었어? 특산물로 팔 수 있을까?"

별 생각 없이 사는 것 같은 카탈린도 아트릭스의 장기 재정 문제를 걱정하고 있었다.

"아니, 유감스럽게도 산업혁명이 일어나면 모를까, 그 전에는 상품성이 없는 물건이지. 탈 때 독가스가 나서. 나무가 풍족한 지금 시대에 그냥 나무를 때지 뭐하러 취급하기 힘든 갈탄을 태우나? 게다가 갈탄 매장량은 얼스터 말고 알비온에도 풍부해."

"아, 그래?"

"응. 브리튼에는 갈탄보다 더 질 좋은 무연탄도 많지. 하지만 갈탄에서 독가스가 나오는 점 때문에 이번 화공에 쓸 수 있었어."

"그럼 수공은 왜 하신 거죠?"

"독가스라고 해도 염소 가스나 시안 가스처럼 한 방에 골로 보내는 건 아니라서 오랜 시간 흡입시켜야 하거든. 그걸 위해서 수공을 가한 거야. 진창에 빠지면 힘을 써야 해서 숨이 거칠어지고, 더 많은 독가스를 단기간에 흡입하게 되니까. 운동을 하게 되면 산소 요구량이 늘어나게 되어서 보다 빨리 일산화탄소에 중독되지."

킬워드의 설명을 들은 마이아와 카탈린은 붕어로 퇴화한 것처럼 눈과 입을 깜빡였다. 대체 뭔 소리를 하는지 알아들을 수가 없다. 그 모습을 본 킬워드는 피식 웃었다.

"뭐 못 알아듣는 게 당연하지. 하여튼 저걸 태우면 유독 가스가 나오고 그걸로 저놈들을 취하게 만들었다 이거지.

오케이? 자, 그럼 추격하자."

"예?"

"마이아, 정예병을 모아서 나와 함께 가자! 늪지 위쪽 가스가 없는 곳에 뗏목을 연결해서 도망치는 커뱅의 병력을 친다!"

"도망친다고 해도 그 수는 여전히 엄청나게 많은데요? 정예병만 뽑는다면 우리 수도 별로 안 될 텐데……."

"괜찮아. 일산화탄소 중독은 그렇게 쉽게 바로 낫는 게 아니야. 지금이라면 어린애 손목 비트는 것보다 더 쉽다. 직접 칠 필요도 없어. 힘을 쓰게 하면 알아서 자멸하거든."

킬워드는 악마처럼 웃어넘겼다.

병력을 빼면서 커뱅 백작과 기사들, 보병들은 다들 만신창이가 되어 있었다. 킬워드 일당이 만들어둔 갈탄 뗏목은 불어난 물을 따라서 커뱅 백작군의 후위로까지 깊숙이 들어와 있던 바람에 광범위한 일산화탄소 지대가 형성되어 있었다. 그 안에서 살겠다고 늪을 헤치고 나오려 하니 다들 빨리 일산화탄소에 중독된 것이다.

"헉헉! 으윽! 이 악마 같은 놈! 머리가 돈다."

커뱅도 말안장 위에서 구토를 하며 휘청거렸다. 킬워드가 무슨 재주를 부린 건지는 모르지만 모두들 이번 아트릭스의 영주는 마법사임에 틀림없다고 수군거리고 있었다. 명색은 신교도지만 여전히 미신에 약한 사람들은 이제 킬워드를 두려워하고 있었다. 이래서야 싸워서 이길 수 있을 리 없다.

그때 후위에서 소란이 일었다.

"으윽! 맙소사! 아트릭스 놈들, 추격해 옵니다!"

"뭐, 뭐라고? 이놈들, 돌았나! 독을 풀었는지 마법을 썼는지 모르겠지만 그거 한 번 성공했다고 기고만장하기는. 우리는 아직도 놈들의 배 이상… 웨에엑!"

그때 킬워드가 부하들을 이끌고 나타났다. 후위는 별다른 저항도 하지 못하고 킬워드 일당에게 돌파당하고 있다. 궁사들이 그나마 상태가 좋았지만 초반에 몰아쳐 공격하느라 화살을 다 소모해 버렸고, 급하게 도주하느라 화살통을 버려 버린 바람에 화살이 없었다. 육박전을 해야 하는 병사들은 힘이 없어서 칼조차 빼 들지 못하고 있었으니 괴력을 지닌 킬워드 앞에서 추풍낙엽처럼 나가떨어질 뿐이었다.

"안녕, 커뱅과 그 휘하 기사 여러분! 오래간만에 보는 것 같아! 기쁘지?"

"우윽! 네, 네놈! 아트릭스의 킬워드!"

"뭐, 싸울 처지가 아닌 것 같군. 자, 그럼 마이아, 기사들을 무장 해제시키고 잡아. 아, 아니, 모셔. 귀한 고객들이니까. 우리 아트릭스 영지에 호텔을 지어야겠어. 손님 모시기가 이렇게 장사가 잘되어서야."

"네. 뭔 소린지는 잘 모르겠지만 무장 해제시키고 체포하면 되는 거지요?"

마이아는 저항하지 못하는 기사들의 무장을 해제시키고 그들을 붙잡았다. 그들 중에는 물론 커뱅 백작 본인도 끼어 있었다.

킬워드는 치욕으로 몸을 떠는 커뱅 백작에게 다가가 그의 어깨를 툭툭 두들겨 주었다.

"흑흑, 영주 노릇하기 힘들지, 커뱅? 화나도 너무 화내지 마. 지금 화내면 요절한다?"

"크아아악!"

커뱅은 격노했지만 그 때문에 구역질이 치밀어 올라 바닥에 머리를 처박고 토악질을 해야 했다. 킬워드는 그런 커뱅을 다독이고 일어났다.

"자, 그럼 모두들 기사 전용 호텔로 안내해 드리지! 웰컴 투 더 호텔 캘리포니아!"

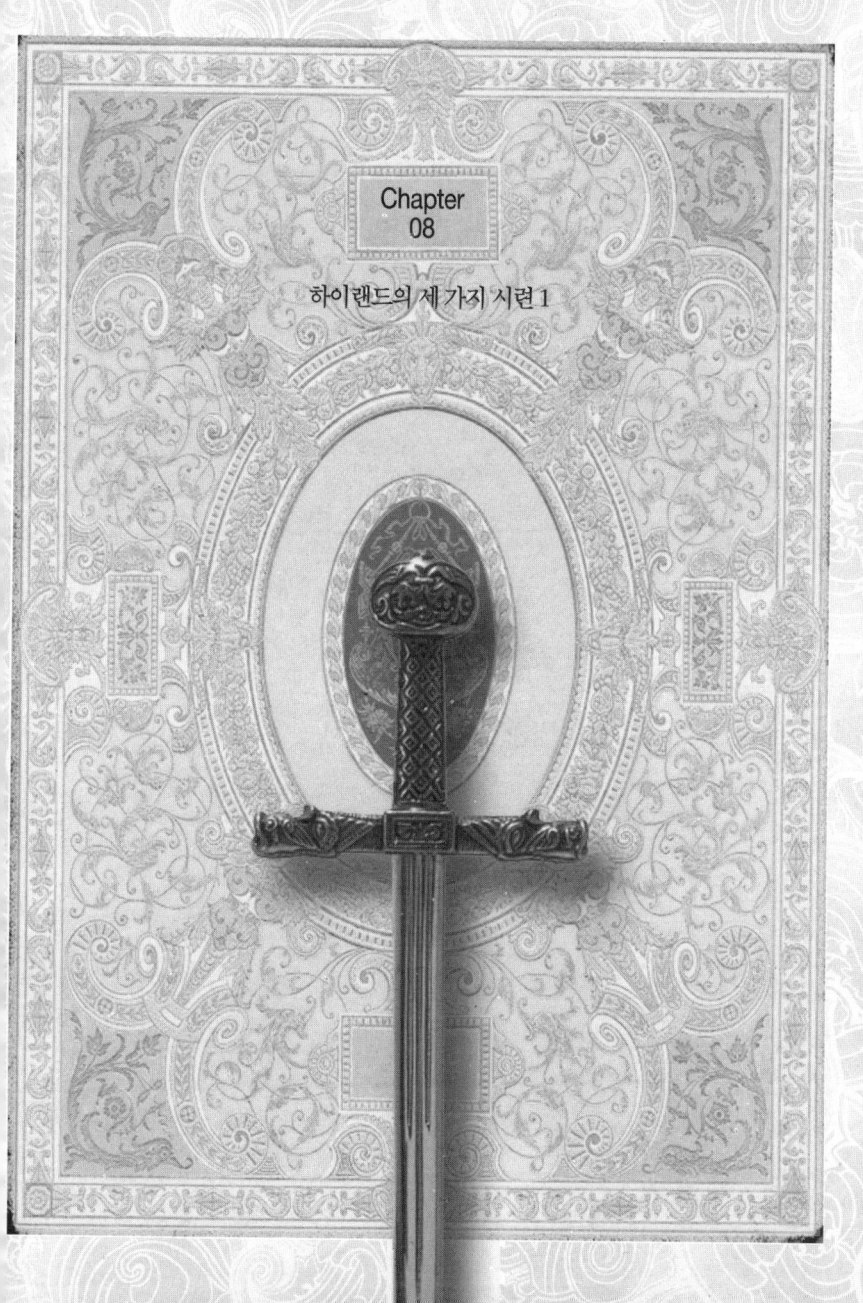

Chapter
08

하이랜드의 세 가지 시련 1

아더왕과
각탁의기사
THE KNIGHTS OF SQUARE

　기근과 가난, 주변 세력의 힘에 휩쓸리며 바람 앞의 촛불 신세였던 아트릭스에 새 영주 킬워드가 부임했다. 그는 절대 불가능하다고 여겨졌던 아트릭스 방어전을 훌륭히 수행했을 뿐만 아니라 무려 커뱅 백작 본인을 생포하는 위업을 달성했다. 약 여덟 배 이상의 적을 상대로 성도 없이 거둔 승리라고는 믿어지지 않는 대승이었다.

　커뱅 백작뿐만 아니라 많은 기사들이 아트릭스에 포로로 잡힌 탓에 커뱅 백작은 막대한 전쟁 보상금을 내고 풀려났다. 이 보상금이 얼마나 막대했는지 커뱅의 영지 벨파스트에는 은과 금이 동이 날 정도였다. 커뱅 백작은 군대를 일으킬 돈이 없어졌으니 그에게 위협받던 아트릭스는 잠시간의 평화를 얻을 수 있었다.

게다가 벨파스트의 금은이 아트릭스로 흘러들어 갔다는 소문을 듣고 많은 상인들이 찾아와 아트릭스는 때아닌 호황을 누리고 있었다.

아트릭스의 영주관 앞에는 상인들이 천막을 치고 시장을 열고 있었다. 각종 상품이 좌판에 깔렸는데 병사로 참전해 급료를 받았던 사람들이나 병기와 건물을 보수하는 인부들이 그 상품의 주요 구매자였다. 아트릭스 영주 킬워드는 몸값이 들어와 재정이 확충되자 영지 곳곳의 건물이나 둑을 보수하면서 사람들을 고용했고, 그들에게 돈이 생기자 상인들의 주머니도 덩달아 두둑해지기 시작했다.

몇 주 전만 하더라도 꿈도 꾸지 못할 활기가 아트릭스 전역을 메우고 있었지만 정작 이 기적을 가져온 장본인인 킬워드는 벌레 씹은 표정으로 강둑 위를 걷고 있었다. 진흙 섞인 물이 농경지로 범람하는 것을 막기 위해 건설한 이 강둑도 과거 라티나 제국이 얼스터를 지배하던 시절 만들어진 것이라서 보수할 게 너무나 많았다.

"열심히 몸값 벌어서 영지에 다 퍼붓는구나. 그래도 나아질 기미가 보이지 않는군. 차라리 대마라도 키울까?"

킬워드는 말 위에 타서 영지를 시찰하고 있었다. 아트릭스 일대의 자작이긴 하지만 그가 타고 있는 말은 군마 훈련을 받지 않은 늙은 짐말이었다. 반면 그의 뒤를 따르고 있는 여기사는 검붉은 색의 깃털이 우람한 군마를 타고 있었다. 마이아 서레드가 그의 호위란 명목으로 따라오고 있었다.

"일단 승리를 거두었으니 추수할 시기까지는 커뱅 백작이 다시 군대를 일으키긴 못할 겁니다."

"커뱅 뒤에 다른 놈들이 없다면 그렇게 되겠지."

킬워드는 말을 탄 채로 둑 위를 거닐다 둑 옆에 아무렇게나 자라난 갈대를 손으로 잡고 뽑았다.

"네?"

"너희들은 아무래도 국제적인 정세에 대해서 무지하구나."

킬워드는 긴 갈대를 휘둘러 땅 위에 그림을 그리기 시작했다.

"이게 에이레 섬이다. 이게 브리튼 섬이고."

킬워드는 땅 위에 두 개의 섬을 그렸다.

"브리튼의 아더는 이 섬만으로 만족하지 않고 에우로파 대륙 본토에까지 영향을 확장하고 있지. 그런데 배후에 아직 신교도가 아닌 에이레인들이 존재하고 있다. 어떻게 생각하나?"

"배후가 불안하군요."

마이아는 킬워드가 말하는 것을 바로 이해했다.

"그렇지. 그 배후를 정리하지 않으면 비대해진 영토를 확장할 수가 없어. 그래서 커뱅이 교두보 역할을 하면서 에이레인들을 정벌하려고 하는 거다. 알겠냐? 커뱅을 물리치긴 했지만 그건 어디까지나 잠시 적의 공세를 막은 것에 지나지 않아. 틀림없이 커뱅은 다시 공격해 온다. 부족한 물자는 본토에서 운송해 와 메우겠지."

"즉, 커뱅 백작의 공격은 그 개인의 의향이 아니라 브리타니아 전체의 의향이라 이거군요."

"그렇지."

킬워드는 허름한 라티나 시절의 방죽을 돌아보았다. 방죽 안쪽은 농경지가 설치되어 있었는데 농작물을 키우자는 건지 돌을 키우자는 건지 알 수 없을 만큼 돌이 많았다.

"그러면 어떻게 하실 겁니까?"

"그렇다 하더라도 커뱅 백작이 바로 움직이진 못할 테니까 그 틈에 어떻게든 대비를 해야지."

"그렇다면 서부 산악지대의 하이랜더들을 만나보시겠습니까?"

킬워드와 함께 영지 시찰에 나섰던 마이아가 물었다. 과거에는 하이랜더와 교섭의 여지도 없었지만 킬워드가 커뱅 백작을 대파한 후로는 하이랜더들도 킬워드와 협력하는 것에 대해 다시 생각하게 될 것이다.

"물론. 커뱅을 잠깐 파산시키긴 했지만 그의 뒤에는 브리타니아 조정이 있다. 커뱅의 패배를 보고도 가만히 웃어 넘길 리가 없어. 빨리 국력 전체를 강화해야 하는데 현재로서는 답이 그것밖에 없지."

그러자 마이아가 한숨을 쉬었다.

"그렇다면 그전에 고백할 게 하나 있어요."

"응? 뭐지? 사랑 고백? 아니면 청혼인가?"

킬워드가 뻔뻔스럽게 반문하자 마이아의 얼굴이 새빨개졌다. 이 인간은 대체 뭔 소리를 이렇게 뻔뻔스럽게 하는 걸까?

"저와 카탈린은 하이랜더입니다."

"응. 그럴 거라고 생각했지. 칼린에게 귀띔도 받았어."

킬워드는 고개를 끄덕였다. 카탈린이나 마이아나 혈통 면에서 따지고 본다면 아트릭스의 영주보다 위에 있었다. 그런 그녀들이 아트릭스의 가신인 것은 하이랜더들이 아트릭스 영지에 허수아비를 세우고 그를 이용해 커뱅을, 더 나아가 브리타니아에 대한 완충재로 쓰기 위해서였으리라.

즉, 마이아와 카탈린 이 둘은 원래 킬워드를 조종해야 하는 입장이라는 뜻이다. 그럼에도 불구하고 그녀가 자신의 정체를 밝힌 것은 킬워드가 그녀의 역량으론 조종할 수 없는 존재임을 인정하는 것이리라.

"하이랜더들은 이전 아트릭스 영주에게 실망한 적이 있어요. 당신은 분명히 남다르지만 장로들은 그리 쉽게 당신을 믿지 않을 거예요. 게다가 장로들은 지금의 상황에 안주하고 있으니… 설득이 쉽지 않을 겁니다. 그렇지만 장로들도 대드루이드의 의견을 존중하지 않을 리는 없지요."

"대드루이드?"

"장로를 만나기 전에 우선 그를 만나세요. 그가 당신을 인정하면 장로들도 인정하지 않을 수 없을 겁니다. 게다가 그의 강력한 마법은 분명히 우리에게 큰 힘이 될 거예요."

마이아의 말을 들은 킬워드는 한숨을 내쉬었다.

"아, 그래? 그것참, 기대되는군. 왠지 앞으로도 고생문이 열릴 것 같은데?"

*　　　*　　　*

바위들이 칼날처럼 비죽비죽 솟아 있었다. 험준한 바위 틈으로 드문드문 드러난 목초지 위를 안개가 집어삼키고 있었다. 안개가 가득한 험한 산길을 따라 세 마리 군마가 달리고 있었다.

경사가 있는 험한 길이라 속도는 느렸지만 상당히 말을 잘 다루는 이들이 아니라면 내려서 끌고 가는 것만 못한 길을 그들은 수월하게 이동해 갔다.

그들은 목초지가 끝나는 비탈 밑에 형성된 마을로 향했다. 마을의 제일 북단에는 산지를 등에 지고 사면을 파서 만들어진 커다란 통나무집이 있었다. 집이라기보단 광산의 입구처럼 보이는 이곳은 두꺼운 문과 방책으로 삼엄하게 경비되고 있었다. 문은 어찌나 큰지 장정 한 명이 문짝 하나를 겨우 열 수 있을 정도였다. 집의 문짝이라기보다는 성문에 가까웠다.

기마가 달려오자 집 앞을 지키고 있던 장정들이 문을 열어주었다. 육중한 문에 두 명의 장정이 매달려 한 짝씩 열자 정오임에도 불구하고 횃불을 피우고 있는 실내가 모습을 드러냈다. 어두컴컴한 실내로 밖의 안개가 유입되어 들어와 공기를 축축하게 만들었다.

안에는 하이랜드의 장로들이 모여 있었다. 그들은 화롯불을 중심으로 빙 둘러앉아서 새로이 문을 열고 들어온 이들을 주목했다.

"이제 왔나, 맥더프 경. 우리를 모아두고 제일 늦게 도착하다니 대체 무슨 배짱인가?"

장로들 사이에서 눈이 가는 젊은 남자가 일어나 빈정거렸다. 하지만 다른 이들은 맥더프 경의 지각에 대해서 문제 삼지 않았다. 왜냐면 그는 다른 장로들을 위해서 가장 번거로운 작업들을 직접 처리해 왔기 때문이다. 그가 늦었다면 그만큼 중요한 일이 있었을 것이다.

"아트릭스가 커뱅 백작을 격퇴했다고 합니다."

문을 열고 들어간 남자 세 명 중 한 명, 맥더프가 후드를 벗었다. 검게 그을린 피부와 뻣뻣한 턱수염, 눈 밑 광대뼈에 수평으로 칼을 맞아 새하얗게 변색된 상처를 가진 30대 중반의 강인한 외모가 모습을 드러냈다.

다른 두 명은 그의 시종이었는지 그의 망토와 검을 받아들고 좌우로 나뉘어 뒤로 물러섰다.

맥더프 경은 장로들 자리로 가서 그 자리에 앉았다.

"맥더프 경, 그게 사실인가?"

먼저 자리에 모여 있던 사람들은 들어온 이의 말을 들으며 놀라고 있었다.

"아니, 이상하구려! 아트릭스의 지세로 어떻게 커뱅 백작을 격파할 수 있단 말이오?! 이건 사기가 분명합니다!"

"그러나 커뱅 백작이 수모를 겪고 당분간 전투할 여력을 잃었다는 건 부인할 수 없는 사실이오. 게다가 마이아를 통해서 우리와 이야기를 나누고 싶어 한다더군요. 어떻게 하겠습니까?"

맥더프 경이 장로들에게 킬워드의 의향을 전하자 처음에 그의 지각을 흠잡았던 젊은 영주가 코웃음 쳤다. 맥코이와 맥더프, 이들 두 가문은 서로 인접한 땅을 두고 다투는 오랜 원수 집안으로 사사건건 싸우고 결투하고 피를 보던 집안이다.

"흥! 맥더프, 자네 사촌인 마이아와 카탈린 둘이 그 영주란 놈에게 어떻게 된 거 아냐? 그렇지 않고서야 그런 거짓 정보가 나올 리 없지."

너무나 내용이 황당해서인지 맥코이는 맥더프가 가져온 정보를 믿지 않았다. 아니, 맥더프를 싫어해서일 수도 있었다.

"맥코이, 너희 집안 놈들이 우리 가문에게 입방정 허투루 찧다가 당한 꼴을 보고도 아직도 못 배웠나?"

"닥치시지, 맥더프! 모두가 모여 있는 자리에서 징징대고 싶나?"

으르렁거리며 험악해지는 분위기가 조성된다. 그러나 당사자들만 험악할 뿐이고 다들 이런 일을 많이 겪어서 그런지 별로 심각하게 여기질 않는다. 맥코이나 맥더프뿐만이 아니라 하이랜더들의 기질이 원래 거칠고 야만적이라 사소한 일로 칼부림하기 일쑤였기 때문이다. 그런데 그때 갑자기 문이 쾅 하고 공성추에 맞은 것처럼 우렁찬 소리와 함께 활짝 열렸다. 장정이 한쪽씩 붙잡아야 열 수 있는 묵직한 문이 이렇게 호쾌하게 열리는 것은 처음인지라 모두들 당황했다.

그러나 그들의 문을 열고 들어오는 것은 투구를 쓴 야만인 전사들이 아니라 검은 머리칼에 팔짱을 낀 젊은 남자였다.

그는 팔짱을 낀 채로 오만하게 장로들을 굽어보며 걸어 들어왔다. 그의 뒤에는 곤란한 표정을 짓고 있는 금발과 적발의 여성들이 걸어 들어오고 있었다.

"마이아!"

맥더프는 사촌 여동생들이 들어오는 모습을 보고 경악했다. 그렇다면 저 남자가 바로 아트릭스의 영주 킬워드란 말인가?

"안녕하신가, 하이랜드의 장로 여러분? 내가 바로 아트릭스의 새 영주 킬워드요."

"대드루이드를 먼저 뵙자고 했는데……."

"못 말린다니까."

마이아와 카탈린은 장로들 앞에 갑자기 난입해 버린 킬워드를 보며 이마를 손으로 짚었다.

킬워드는 장로들이 허락하지도 않았음에도 성큼성큼 걸어와 멋대로 자리에 털썩 앉았다. 하이랜더의 영주들이 앉는 자리에 앉은 그는 모닥불을 바라보더니 피식 웃고는 주위 영주들의 얼굴을 돌아보았다. 다들 표정이 벌레라도 한 마리씩 입에 물고 맛을 음미하는 중 같았다.

맥더프는 그럼에도 불구하고 헛기침 몇 번으로 불쾌한 기색만 보인 뒤 친절하게 말을 걸었다.

"이야기는 많이 들었네, 아트릭스의 킬워드. 커뱅 백작의 침략을 물리치고 몸값을 듬뿍 뜯어냈다지?"

"웃기시네. 난 별로 못 들었어. 너 혼자 이야기 진행시키지 말라고, 맥더프. 커뱅을 잡아서 죽인 것도 아니고 돈 받고 풀어줬으니까 브리튼에게 찍히지도 않았을 거야."

맥코이는 맥더프의 말에 반론했다. 그러자 맥코이를 따르는 호족 중 한 명도 찬동했다.

"게다가 저자는 신교도 수도원에서 자랐다며? 본인도 신교도일 것 아냐?"

장로와 킬워드 모두가 다 그를 바라보며 한숨을 내쉬었다. 별로 못 들었다며 킬워드의 이력을 읊고 있으니 어이가 없다.

"쉿. 일단 이야기나 하게 놔두자고, 맥도날드."

맥코이가 그를 부르자 킬워드가 갑자기 풋, 하고 웃었다.

"풋. 뭐, 이름이 정말 맥도날드야? 어이, 베이컨 더블 치즈버거 세트 하나 주문해도 되나?"

왜인지는 모르지만 킬워드는 맥도날드의 이름을 듣자 웃음을 참지 못하겠다는 표정이다. 그러자 분개한 맥도날드가 그를 협박했다.

"닥쳐! 우리 입장에선 네놈이 지닌 땅을 빼앗아 버릴 수도 있으니까. 용맹한 하이랜드의 용사들에 비하면 아트릭스의 병사들 따윈 늙은 수탉만도 못해."

"하지만 그 늙은 수탉만도 못한 병사들을 가지고 커뱅 백작을 막아낸 사람이 있다면 예사 인물이 아니라는 것쯤은 알겠지? 일단 이야기나 좀 하게 해주지그래? 당신에게 이득이 될지도 모르잖아? 친목을 도모해서 나쁠 건 없다고 보는데?"

하이랜드의 영주들은 자신들의 위협이나 모욕을 아주 유들유들하게 받아 넘기는 킬워드의 태도에 당혹스러워했다. 그를 모욕하고 있는데도 불구하고 화를 내지도 않고 그렇다고 비굴하지도 않다. 나이는 젊어 보이는데 수완이 예사롭지 않다. 하긴 그러니까 아트릭스를 커뱅의 창날에서 지켜낼 수 있었으리라.

왜 마이아와 카탈린이 그의 편으로 돌아섰는지 이해가 안 가는 것도 아니다. 그러나 킬워드가 유능하고 뛰어나다고 하더라도 그와 손을 잡는 것은 별개의 이야기다.

"당신이 원하는 친목을 도모하기 위해서는 하이랜드의 젊은 청년들의 피를 흘려야겠지? 이야기 좀 해주겠나. 왜 우리가 한때 우리를 배반한 아트릭스를 위해서 피를 흘려야 하지? 왜 너의 전쟁을 위해서 우리가 피를 흘려야 하냔 말이지."

맥코이가 그렇게 물었다. 맥코이로서는 맥더프가 주축이 되어 벌이는 일이라면 무엇이든 간에 일단 다리를 걸 필요가 있었다. 다른 장로들도 그런 점을 알고 있었지만 그럼에도 불구하고 맥코이의 의문은 정당한 것으로 여겨졌다.

다른 장로들도 일제히 질문을 던졌다.

"커뱅은 왜 살려서 보냈나? 죽여 버리지 않고?"

"커뱅에게 이겼다는 것도 믿기 힘들지만 죽이지 않았다는 점은 더욱더 믿기 힘들군. 요행으로 이겼다면 즉시 그를 죽여서 승리를 굳혀야 할 게 아닌가?"

"커뱅과의 전쟁은 사실 사기가 아닌가?"

"자네가 브리튼의 앞잡이로 우리를 산악지대에서 끌어내 일망타진하기 위한 첩자가 아니란 증거가 있나?"

그들이 그렇게 말하자 킬워드가 피식 웃었다.

"그야 커뱅은 얼마든지 다시 붙잡을 수 있기 때문이지

요. 두려운 상대가 아니고, 다음에도 적군을 지휘해 주길 바라는 지휘관이다 보니 풀어주었소. 그게 대답이 되려나?"

"아니……."

"당신들에게야 커뱅이 어려운 상대일지 모르지만 내가 보기엔 너무나도 약점이 많았소."

킬워드가 그렇게 말하자 하이랜더들은 그가 자신들을 무시한다고 여기고 발끈했다. 하이랜더들은 이 산악지대에서의 싸움에서 절대적인 자신감을 가지고 있었다. 산에서 싸우는 것이라면 누구를 상대로도 이길 수 있다고 믿고 있는 것 같았다.

"이 산악지대에서 농성을 하는 한 우리는 얼마든지 버틸 수 있다. 솔직히 내려가서 아트릭스를 위해 싸우자는 건 나도 마음에 내키지 않는군. 말이야 동맹이지만 침략당한다면 우리보단 아트릭스가 당할 게 아닌가? 우리는 우리 땅이 아닌 자네의 땅을 구하러 가야 할 테고."

"아트릭스를 위해서 싸우자는 소리라면 그럴 수도 있겠지. 하지만 아트릭스가 넘어가면 다음은 당신들 차례야."

킬워드가 따지고 들자 장로들 모두가 발끈했다. 아트릭스의 영주가 협력을 구하러 온다고 해서 저자세로 나올 줄 알았는데 킬워드는 마치 맡겨둔 것 찾으러 온 사람처럼 당당하다. 맥코이가 발끈해서 킬워드에게 삿대질을 했다.

"우린 산을 등지고 충분히 버틸 수 있다니까. 평지에서 싸워야 하는 아트릭스나 걱정이겠지."

"그럴까? 밭은 물론이고 목초지에 다 불을 놓으면 뭘 먹고살려고? 저들이 환경론자라서 안 그러는 줄 알아?"

"그, 그런 신들이 노할 짓을!"

"지금 우릴 협박하는 건가!"

장로들은 킬워드의 발상은 상상도 하지 못했는지 깜짝 놀랐다. 설마 화공을 해서 다 태워 버리겠다니? 목초지가 타서 없어지면 확실히 목축도 못할 테고, 그렇게 되면 그들은 산에서 더 살아갈 수 없게 된다. 다만 모두 목축 민족인 하이랜더 사이에서는 화공이 금지되어 있기 때문에 적들이 화공을 쓸 수도 있으리라는 생각 자체를 못했던 것이다.

"뭐가 어찌 되었든 지금 아쉬운 건 그쪽이 아닌가? 엎드려서 빌고 애원해도 부족할 판에 대등하게 거래를 하려 하다니 웃기는군. 맥더프, 자네 사촌들은 잘도 이런 녀석에게 굴복하고 사는군. 응?"

그들은 카탈린과 마이아가 완전히 킬워드에게 돌아섰다고 생각하고 있는지 맥더프를 비난했다.

"닥쳐, 맥코이. 사촌들은 사촌, 나는 나다."

맥더프는 맥코이가 빈정거리는 것에 마음이 상했는지 등에 짊어진 검을 빼 들었다.

"아트릭스 영주, 혈혈단신으로 여기까지 온 배짱은 대단하지만 우리는 하이랜더야. 그렇게 쉽게 자네 혓바닥에 놓아나서 우리 피를 흘릴 수는 없지. 자신을 증명하지 않은 자는 사내 대접을 받을 수 없거든?"

그 모습을 본 킬워드는 한숨을 내쉬었다. 뭐 원래 쉽게 해결 볼 수 있으리라고는 생각하지 않았지만 저항이 이 정도일 줄이야.

"증명이야 쉽지만… 당신들을 납득시킬 때쯤이면 과연 당신들이 내게 쓸모가 있을지 모르겠군."

"뭐?"

"다들 장애인 주차 구역을 마음껏 사용할 수 있는 몸이 될 테니까 말야. 아, 지금 시대에는 차가 없군. 주차장 걱정 없어서 좋겠어?"

킬워드는 가만히 서서 눈을 감았다. 그 순간 그의 몸에서 우득우득 하고 뼈마디가 맞춰지는 소리가 들렸다.

그때 그 모습을 보던 카탈린이 기겁을 해서 맥더프를 말렸다.

"죽고 싶지 않으면 그만둬요!"

"이 무슨 무례한 짓입니까!"

마이아는 하이랜드의 장로들을 돌아보고 고함을 질렀다.

"아니, 너희들, 왜 그의 편을 드는 거야?"

맥더프는 당황해했다. 마이아와 카탈린은 하이랜드의 영주이면서 아트릭스의 땅을 받은 가신이다. 킬워드에게 매료되어 그를 아끼고 편든다 하여도 하이랜드의 사람들과 저울질해 보면 당연히 하이랜드 쪽으로 기울 거라고 생각했다. 그런데 그녀들이 맥더프의 앞을 가로막다니?

"뭐긴 뭐겠어. 네 사촌들이랑 뭔 일이 있었겠지."

맥코이가 피식 웃으며 말하자 맥더프도 깜짝 놀랐다.

"너, 너희들 설마? 아무리 남녀 간이라지만……."

맥더프는 사촌 누이들을 의심스럽다는 듯 쳐다보았다. 그러자 킬워드가 어깨를 으쓱해 보였다.

"뭔가 애먼 생각을 하고 있는 것 같은데 여기서 싸움을 말리는 건 날 위해서 말리는 게 아니라 당신을 위해서 말리는 거야."

"뭐, 뭐라고? 날 모욕할 셈이냐?!"

맥더프가 치를 떨었지만 킬워드는 하품을 하며 딴청을 피웠다.

"아니, 뭐, 모욕이라기보다는… 부인할 수 없는 사실을 말하는 거지."

킬워드가 그렇게 말하자 모두들 질려 버렸다. 이건 이미 친목을 도모하고 어쩌고 할 게 아니다. 어쩌면 이렇게 오만방자할 수가 있을까? 하이랜드의 사람들은 설마 아트릭스에서 오히려 배짱을 부릴 줄은 몰랐다. 커뱅이나 다른 영주들과 맞닿아서 고생하는 건 아트릭스지 그들이 아니기 때문이다.

"이……!"

맥더프가 칼자루를 만지작거렸지만 그 순간 킬워드의

뒤에 선 카탈린과 마이아가 그러지 말라고 손을 마구 내저으며 격렬하게 움직이는 걸 보니 선뜻 뽑질 못하겠다. 그때 갑자기 문이 벌컥 열렸다.

"모두 멈춰요!"

아침의 산새 소리처럼 아름다운 목소리가 모두를 제지시켰다. 장로들은 즉시 거친 표정을 거두고 멈춰 섰다.

"대드루이드님!"

마이아와 카탈린이 동시에 그렇게 외쳤다.

*　　　*　　　*

소년, 아니, 소녀라고 해야 할까? 금발을 목덜미까지 기른 10대 초반 정도로밖에 보이지 않는 가녀린 체구의 인물이 걸어 들어왔다. 새하얀 피부에 매끈한 콧잔등, 장미처럼 발갛게 상기된 뺨을 가진 이 인물은 정말 천사처럼 아름답다. 그가 목소리를 내어 맥더프를 만류했다.

"그의 말대로입니다. 싸우면 당신이 죽어요, 맥더프!"

대드루이드가 그렇게 단언하자 장로들은 모두들 황당해했다.

"아니… 잠깐만요?"

"뭐야? 의외네. 대드루이드가 어린애였어?"

킬워드가 마이아를 돌아보며 물어보자 마이아가 깜짝 놀라더니 그의 옆구리를 팔꿈치로 푹 찔렀다.

"무슨 그런 실례의 말을! 저분은 광명신 루 라바다의 이름을 이어받은 티르 나 노이의 수문장 루님이에요!"

"아야! 뭐야? 영주보다 드루이드라 이거야?"

대드루이드 루는 킬워드에게 다가와 공손히 인사를 했다.

"안녕하세요, 아트릭스의 영주님. 킬워드라고 하셨죠?"

그는 투명한 푸른 눈동자로 킬워드를 바라보았다. 표정이 너무 진지한 게 마치 사랑에 빠진 소년 같다. 뚫어지게 쳐다보는 게 왠지 부담스러워서 킬워드가 시선을 돌렸다.

"그런데 당신… 정말 인간인 겁니까?"

그 순간 킬워드가 피식 웃었다. 역시 마법을 쓴다는 소문이 아예 헛소문은 아닌 것 같다. 이 소년은 킬워드의 존재를 꿰뚫어 보고 있는 것 같다. 명확하게 알아보진 못하는 것 같지만 예사롭지 않다는 걸 알아본 것만 해도 상당한 안목이다.

"아니라면, 루?"

"로망스어로 루크라고 불러주세요. 신의 이름을 대역하는 오랜 관습도 제 대에서 끝이 날 것 같으니까."

루, 혹은 루크라 불리는 소년(루크란 이름을 쓴다면 아마 소년일 것이다)은 킬워드를 살펴보더니 한숨을 내쉬었다. 그의 정체에 대해서 직접 물어본다 하더라도 원하는 대답은 얻지 못할 거라는 걸 알았기 때문일까?

"그래? 그래서 당신의 선택은 어떻지, 대드루이드? 아트릭스의 영주인 나와 협력하는 것에 대해서 어떤 결론을 내릴 텐가?"

"얼스터가 브리튼의 압제에서 벗어나기 위해서라면 나는 당신을 따르겠습니다."

루크가 그렇게 말하자 모두들 당황했다. 방금 전까지 킬워드와 설전을 벌이고 있었는데 대드루이드가 그를 인정하면 장로들의 입장이 난처해지는 것이다.

"아니, 루님!"

"단, 당신께 세 가지 난제를 내겠습니다. 이걸로 자신의 가치를 증명해 주세요. 하이랜드의 영주들과 싸워서 가치를 증명하는 것보단 생산적일 겁니다."

루크는 장로들이 본격적으로 불만을 토하기 전에 선수를 쳤다.

"항상 토가 달리는데? 커뱅을 물리치는 것만 해도 엄청난 난제였다고."

킬워드가 항변했지만 루크도 그건 알고 있었다.

"압니다. 하지만 이 정도 해주시지 않으면 저야 납득하더라도 장로들은 납득하기 힘들 겁니다."

"좋아, 조건부터 들어보지."

킬워드는 루크에게 손을 내밀어 그와 악수를 나누었다.

"그럼 즉시 세 가지 난제 중 하나를 제시하도록 하지요. 아인트 등대의 거울을 되찾아 주세요."

킬워드와 악수를 나눈 루크는 그렇게 말했다.

"등대의 거울?"

"오랜 옛날 라티나 제국의 사람들이 세운 등대입니다. 그 등대의 불을 반사해 주는 커다란 금속 거울이 있었는데, 오래전 브리튼의 사람들이 침략해 왔을 때 바닷속에 빠졌습니다. 거울이 없으면 등대의 불을 밝혀도 안개를 뚫고 나가지 못하니 서쪽 바다에 배를 띄우고자 한다면 반드시 필요합니다."

루크가 그리 말하며 의미심장한 표정을 지었다. 바다에 나갈 수 있어야 한다. 그것은 아트릭스의 상황을 둘러본 킬워드가 내린 결론과 일치했다.

"새로 만들 수는 없나?"

"그만큼 크고 깨끗한 거울을 만들기란 쉽지 않지요. 게다가 사람들은 라티나 제국 시절의 거울에 주술적인 의미를 부여하고 있습니다. 설령 새로 만들어온다 하더라도 옛날의 거울을 건졌다고 믿게 하는 게 좋을 거예요. 사람들은 믿고 싶은 것을 믿게 마련이니까."

마법을 사용하고 사람들에게 신앙적 지도자로서 인정받는 대드루이드로서는 해선 안 될 말 같다만, 킬워드는 이 드루이드 소년이 왠지 마음에 들었다.

"뭐, 그렇다면 새로 만든다 하더라도 옛날 것을 찾아보고 모양을 비슷하게 만드는 게 좋겠지. 바다 어디에 빠졌지?"

킬워드는 그 정도는 난제도 아니라고 여기고 있었다.

북해에 인접한 하이랜드의 북쪽 사면은 도끼로 팬 장작처럼 반듯한 절벽으로 이뤄져 있었다. 이 험한 절벽에도 바위가 무너져 쌓이고 사람들의 손길이 닿은 길이 있었지만, 그 길이라고 해도 어지간히 날랜 사람이 아니면 감히 엄두를 내지 못할 길이었다. 그 길을 향해 흑발의 청년 킬워드는 심호흡을 하며 차분차분 내려가고 있었다. 눈이 시리게 푸른 하늘과 그 하늘을 집어삼킬 것 같은 검푸른 바다가 밑에서 소용돌이 치고 있었다. 바닷바람이 강하게 불 때마다 기압이 급변해서 숨을 쉬기 힘들어졌다. 킬워드는 호흡을 고르면서 천천히 밧줄을 따라 길을 내려갔다.

파도가 몰아치는 곳의 비교적 평평한 암초 위로 킬워드가 착지하자 위에서 밧줄이 내려온다. 킬워드는 그 밧줄을 잡고 절벽에서 살짝 거리를 주며 팽팽히 해주니 그 밧줄을 잡은 마이아와 카탈린, 루크가 내려왔다.

"흐음……."

킬워드는 절벽을 내려오느라 헐떡이는 사람들을 내버려 두고 주위를 둘러보았다. 파도가 들이치는 날카로운 바위들과 암초가 있는 바위 지대다. 북해의 거친 조류가 부딪치면서 바닷속이 시퍼렇게 보인다.

"해수욕을 즐길 곳은 절대 아니로군."

킬워드는 한숨을 내쉬었다. 이런 곳을 잠수해야 한단 말인가?

"대충 여기 근처일 겁니다."

루크는 지팡이로 바위 사이를 짚으며 어정쩡한 자세로 서서 바다를 가리켰다.

파도가 들이칠 때나 빠질 때마다 물살이 소용돌이치는 험악한 곳, 그 소용돌이를 따라 원형으로 칼날 같은 암초들이 늘어서 있다. 킬워드는 그 모습을 보고 한탄했다.

"지금 나보고 저 안의 걸 건지라고? 이봐, 염수에 빠진 금속이 제 형상을 유지하고 있을 리가 없어. 지중해처럼 속 파도가 없는 바다면 모를까 여긴 대서양이랑 맞물려 있어서 해류가……."

"일단 있는지 확인해 보죠. 잠시만요. 정신 집중을 해야 하니까."

그렇게 말하고 옷을 벗으려던 루크는 갑자기 얼굴을 붉힌다. 카탈린과 마이아, 킬워드가 자신을 보고 있다는 사실을 깨달은 것이다.

"얼른 해."

"…에이."

루크는 갑자기 옷을 입은 채로 물속으로 뛰어들었다. 뭐지? 부끄러워서 자살이라도 한 걸까? 킬워드가 깜짝 놀랐을 때 갑자기 한 마리 물고기가 튀어올랐다.

"오, 제법인데. 이건 좀 마법 같다."

'마법 같은 게 아니라 마법 맞지.'

마이아와 카탈린은 마법에 대해서 심드렁한 반응을 보

이는 킬워드를 보고 기막혀했다. 하지만 그녀들이 보기엔 킬워드 역시 마법사였다. 이해하지 못할 힘을 쓴다는 점에 있어서는 그도 루크와 다를 바가 없었다.

잠시 뒤 젖은 채로 바위로 올라오는 루크가 보였다. 저런 돌개 물살 속에서 무사히 살아나오는 걸 보면 과연 그가 물고기로 변했던 것은 사실이리라.

"있어요. 물 안에 가라앉아 있는데 안쪽은 잠잠한 편이에요. 녹이 많이 슬었지만 괜찮을 것 같아요."

루크는 물고기로 변신해 들어가서 거울을 먼저 살펴보았던 것이리라. 킬워드는 그런 루크를 보고 물었다.

"기왕 들어간 김에 직접 건져오지 그랬어?"

"물고기는 손발이 없으니까요."

"큰 문어로 변신하면 가능하지 않을까?"

"문어 변신은 못해요. 이 변신도 얼마나 힘든 줄 알아요? 제가 혼자 끌어올릴 수 있으면 굳이 당신을 부르지도 않았어요!"

루크는 숨을 헐떡이며 그렇게 답했다.

"그래? 그런데 너 혹시 여자애냐?"

"제가 왜 그런 것에 대답해야 하죠?"

루크는 당황스러워했다.

"음… 잠깐."

킬워드는 물에 젖어서 추위에 떠는 루크의 옆으로 돌아가더니 가슴 부위를 게슴츠레한 눈으로 보았다.

"조금 나온 것 같기는 한데."

"아아악!"

루크가 비명을 지르며 도망가자 킬워드는 피식 웃었다. 장난은 여기까지 하고 이제 그에게 주어진 과제를 해야 할 차례다.

"아, 정말 내가 저 검푸른 물속으로 들어가서 건져야 하나?"

킬워드는 차디찬 물, 파도에 따라 회전하는 돌개 물살을 보며 한숨을 내쉬었다.

"젠장! 마이아, 밧줄 좀. 카탈린하고 함께 단단히 잡고 있어."

킬워드는 밧줄을 팔과 허리에 감고 옆에 있는 바위 중 큼지막한 것을 들었다.

"이걸 밸러스트 삼아서 들고 들어간다 쳐도 어떨까. 물살이 너무 세서 힘들 것 같기도 하고."

바위를 들고도 킬워드는 물에 들어갈지 말지 망설이고 있었다. 그러나 곧 각오를 다진 듯 표정이 굳어갔다.

"그럼 들어가지."

킬워드가 물에 뛰어들자 루크는 킬워드의 뒷모습을 바라보며 젖은 옷을 손으로 비틀어 짰다.

"…이상한 사람이야, 정말."

잠시 후 킬워드는 무사히 바위를 잡고 기어 올라왔다.

이런 격류 속에서 물고기도 아닌데 살아 나오는 걸 보면 정말 인간이 아니다. 그는 흠뻑 젖은 채로 걸어나와 투덜거렸다.

"젠장! 내가 왜 들어갔지! 라이트도 없잖아! 너무 어두워서 아무것도 안 보이네!"

"어때요?"

마이아가 물어보자 킬워드는 고개를 설레설레 저었다.

"다 삭았어. 청동 거울이 바닷물에 들어갔는데 얼마 못 가는 것도 당연하지. 거울은 새로 만든다!"

"보통 이런 영웅적 퀘스트는 그런 꼼수가 안 통하는 게 아닌가?"

카탈린이 중얼거리자 킬워드가 기특하다는 듯 그녀를 바라보았다.

"오호, 호메로스라도 읽었나?"

"조금. 하지만 호메로스나 일리아드의 퀘스트는 신화의 신들이 개입한 거고, 아인트 등대의 거울은 고작해야 인간의 유물이니까 꼼수가 통할지도 모르겠네. 잘해봐, 영주님."

카탈린은 거울을 만들겠다는 킬워드의 말에 엄지를 세워 보였다.

"캄브리아(라티나 제국 시절, 얼스터의 이름) 사람치고 호메로스를 보다니 기대한 것보다 학식이 꽤 풍부한데, 카탈린. 뭐 결과가 좋으면 다 괜찮아. 거울 품질만 괜찮으면 내가 아니라고 해도 다들 이래저래 소문 붙여서 난리가 날 걸."

그러자 루크도 그런 킬워드의 의견에 찬성했다.

"저도 그 의견엔 찬성이에요. 그 거울이 정말 라티나 제국 시절의 것이든 신들이 만든 것이든 상관없어요. 전 등대가 제대로 작동해서 얼스터가 배를 띄울 수 있으면 그걸로 족해요. 거울이 있으면 되지 마법의 거울까진 필요가 없거든요."

그러면 애초에 물에 들어가게 하지 말던가. 킬워드는 어이가 없어서 루크를 노려보았다.

"얼스터 땅에서 배를 띄울 수 있는 저지대 해안가, 벨파스트는 브리튼에 장악당했으니까. 하이랜드 쪽의 바다는 낭떠러지 밑에 있어서 배를 띄울 수가 없지. 하지만 암초가 너무 많아서 등대가 있다고 해도 배 띄우기는 난감할 것 같은데?"

"그래도 배를 띄워야 우리에게 미래가 있지요. 얼스터는 안개도 잦고 일조량이 부족해서 농사와 목축에만 의존하면 말라죽을 수밖에 없어요. 신들이 그러했듯 이 땅을 떠나지 않고선 희망이 없지요."

티르 나 노이로 떠난 다나 신족들을 떠올리며 루크는 한숨을 내쉬었다. 겉보기로는 사랑스러운 소녀나 소년의 모습인데, 이런 걸 보면 확실히 생각이 깊어 보인다.

"그럼 두 번째 임무도 그에 관련된 건가?"

킬워드가 질문을 던지자 루크는 고개를 끄덕였다. 루크는 킬워드가 뭔가 초인적 존재라는 걸 알아차린 시점에서 그를 이용해 얼스터의 미래를 위한 초석을 다질 생각을 하고 있었다.

"숲의 수호자를 물리쳐 주세요."

그 말을 들은 순간 킬워드의 몸을 수건으로 덮어 말려주던 마이아와 카탈린이 깜짝 놀랐다.

"네?!"

"숲의 수호자라면 그?!"

"뭔데 그래?"

킬워드는 놀라는 그녀들을 보며 눈을 크게 떴다.

"배의 용골을 만들 만한 큰 나무를 베려 하는데 숲의 수호자가 방해가 됩니다. 당신에게 검을 들이댔던 하이랜더 호족 맥더프의 영지에 위치한 검은 계곡 숲에 살고 있어요. 그 괴물만 물리치면 모두들 당신을 인정하지 않을 수 없을 겁니다."

루크는 킬워드에게 다음 명령을 내렸다. 그러나 마이아와 카탈린은 그 이야기를 듣고 당황을 감추지 못했다.

"잠깐만요! 검은 숲의 수호자를 잡으라니요! 그건 말도 안 돼요! 아니, 당신의 의무에도 반하는 일이 아닌가요?! 검은 숲의 수호자는 신들의 권속이잖아요?!"

마이아가 루크에게 항명했다.

"하이랜더 쉰 명이 가도 다 죽거나 병신이 되었잖아요! 그걸 잡으라고요? 아무리 킬워드가 괴력을 가지고 있다지만……."

카탈린 역시 반신반의했다. 그러나 루크의 태도는 단호했다.

"얼스터의 배반자 아트릭스가 하이랜드의 대영주가 되려면 그 정도는 해줘야지요."

마이아와 카탈린은 난처한 표정으로 킬워드를 돌아보았다. 이건 너무 터무니없으니 거절하라고 그녀들은 눈으로 신호를 보내고 있었다. 하지만 킬워드는 피식 웃어넘겼다.

"아주 제대로 부려먹는구나. 거울은 만들고 갈 테니까 먼저 맥더프에게 가서 손님 맞을 준비나 해두라고 해."

"저도 거울 만드는 거 보면 안 돼요?"

"누가 보고 있으면 부끄러워서 작업이 잘 안 되거든? 마이아랑 카탈린도 루크와 함께 먼저 맥더프에게 가 있어."

그러자 카탈린이 물었다.

"거울도 만들 줄 알아?"

"물론. 너무 잘 만들어서 탈이지. 그 만드는 비법을 현세에 남기면 안 되니까 먼저 가 있어. 준비해야 할 게 많거든."

"어쩔 수 없죠."

마이아로서는 킬워드가 현세니 뭐니 하는 소리를 이해

할 수 없었지만 그가 뭔가의 이유로 제약을 받고 있다는 건 알 수 있었다. 아마 설득한다고 해결되는 문제가 아니겠지.

그때 카탈린이 킬워드에게 물었다.

"그럼 혹시 나를 위해서 뭔가 만들어줄 수 있어?"

그 질문은 상당히 뜬금이 없어서 마이아도 벌컥 화가 났다. 이 여동생은 대체 왜? 킬워드도 어이없다는 듯 카탈린을 바라보았다.

'화내요, 영주님!'

마이아가 그런 말이 목구멍까지 튀어나오려 할 때 킬워드는 피식 웃어버렸다. 그 모습을 보고 마이아는 갑자기 목 안으로 말이 쑥 들어가는 느낌을 받았다.

"이봐, 내가 왜 너를 위해서 뭔가를 만들어야 하냐?"

"손재주 좋다면서? 만드는 김에 약간이라도……."

"…하아, 쩝. 뭐, 별로 기대하지 마라."

"응. 후후후. 아, 그런데 이거 혹시 무서워져서 달아나는 거 아냐? 수호자 상대하기 싫어서 핑계로……."

"달아날 거면 애초에 달아났지. 영지 꼴은 개판이지, 적은 강대하지. 그런데도 여기까지 왔다. 이제 그만 몸과 마음을 바쳐 충성을 다할 때 아니냐?"

"아이참, 부끄럽게. 몸은 바쳐도 안 받았으면서."

카탈린이 킬워드의 농을 받으며 능청을 떨자 마이아가 흘겨본다.

"흥. 나중에 내가 세계 정복이라도 해봐. 그땐 국민교육헌장이니 국민의례니… 전 인류에게 강제적으로 매일 충성을 맹세하게 만들 테다."

"그, 그런 광신도 같은 짓을……. 아무리 아트릭스 백성이 무식해도 그런 짓을 시키면 가만있지 않을 걸요?"

당황한 마이아가 반박하자 킬워드는 아무 대답 없이 웃기만 했다.

맥더프는 자신의 오두막에서 정성스럽게 칼을 갈고 있었다. 숫돌에 칼을 대고 조심스럽게 민 뒤 물로 숫돌을 씻었다. 날이 번뜩이면서 칼날에 그의 얼굴이 비쳐 보였다. 칼이나 무기류가 부족한 하이랜더에게는 숫돌을 가는 작업은 공들여 해야 할 일이었다. 맥더프 역시 지금 갈고 있는 칼은 무려 조부 때부터 내려오던 칼로, 아끼고 아껴서 아직까지 용케도 형태를 유지한 몇 안 되는 고검(古劍)이었다. 그는 칼을 다 갈고 수건으로 손을 닦으며 걸어나왔다.

오두막의 입구에는 대드루이드 루크가 지팡이를 가슴에 안은 채 천천히 걸어오고 있었다.

"루님, 소문으로 들었습니다만 그게 진심이십니까?"

"응. 그에게 숲의 수호자를 상대하게 할 예정이다."

지팡이를 짚고 맥더프의 집 어귀에 선 루크는 그렇게 말했다.

"음, 저는 드루이드님이 그를 마음에 들어하는 줄 알았습니다. 설마 이렇게 죽여 버리실 줄은⋯⋯."

"누가 들으면 오해하기 딱 좋은 소리군."

"하지만 그게 그거 아닙니까? 신이 만든 괴물을 인간이 어찌할 수는 없습니다."

"그도 범상한 인간은 아니야. 역으로 말해서 그렇기 때문에 그만이 수호자를 해치울 수 있을 거야."

그때 울타리 문이 열리고 마이아와 카탈린이 들어온다. 마이아는 차게 굳은 표정을 하고 사무적으로 말했다. 아마 맥더프와 루크가 나누는 대화를 들은 것 같다.

"킬워드님이 오셨습니다."

반면 카탈린은 신이 난 상태다.

"거울을 가지고 왔어. 보라고!"

그러자 맥더프가 한숨을 내쉬었다. 킬워드의 용모가 이국적이지만 매력적이라는 건 그도 잘 알겠다. 그렇지만 사촌 여동생들이 왜들 이렇게 그를 좋아하는지 모르겠다.

"흥, 그 바다에서 거울을 건진다는 건 불가능해! 보나마나 가짜⋯ 아니?"

그때 킬워드가 거울을 들고 안으로 걸어 들어왔다. 손으로 만지면 지문이 묻을까 봐 천에 감싸고 가져온 거울은 지금까지 본 어떤 거울과도 달리 선명했다.

"헉!"

"아니, 이건 뭐야?!"

모두들 그 모습을 보고 경악했다.

"아아, 이렇게나 맑고 깨끗한 거울이 있다니!"

카탈린은 황홀해서 견디지 못할 지경이었다. 게다가 외장도 아주 훌륭하다. 고대 라티나인들이 좋아하던 두 신인 아폴론과 아르테미스를 새긴 청동 테두리가 거울의 외관을 장악하고 있었다.

"어때?"

킬워드가 소감을 묻자 루크가 당혹스러워했다.

"노, 놀랍군요. 대체 어떻게 만든 겁니까?"

너무 놀라서 루크도 그만 실언을 하고 말았다. 킬워드와 카탈린, 마이아가 눈치를 주었지만 맥더프도 이미 그 말을 들었다.

"아니, 잠깐. 이걸 자네가 만들었다고?"

"아니, 뭐, 꼭 그런 뜻은 아니야. 하지만 아말감과 유리를 붙인 현대식 거울을 너희들이 언제 봤겠어. 이 유리는 석영과 붕산, 규산염을 섞어서 만든 건데 그런 재료 구하기가 좀 힘들었어야 말이지. 게다가 촉매로는 산화알루미늄을 써야 했는데 내가 무슨 분석기를 가지고 있는 것도 아니라서 만져 보면서 대충 지질학이랑 때려맞춰 가면서 만들었지. 더 중요한 건 꽤 괜찮은 세라믹 압연 롤러를 만들었다가 후대에 남기지 않기 위해 부숴야 했다는 건데, 나 참, 공업 기술이 부족한 세상에서 맨땅에서 헤딩하는 심정으로 만들려니 잠도 제대로 못 잤어."

킬워드 자신도 자신의 손재주가 자랑스러운지 딱히 만

들었다는 걸 부인하지 않는다. 그러나 맥더프가 코웃음 쳤다.

"하하하, 농담도 잘하시는구려. 이런 물건을 어찌 현세의 인간이 만들 수 있겠습니까? 요정이나 난쟁이가 아니고선 만들 수 없을 겁니다. 오, 맙소사! 진짜로 이걸 바다에서 건져 내다니."

그 말을 듣는 순간 루크나 킬워드나 다들 어이없어했다.

'아니, 원래 거울도 라티나 제국 장인들이 만든 건데, 그 애들이 요정이나 난쟁이였나?'

'거봐. 내가 만들었다고 해도 안 믿을 거라니까. 아니, 그런데 왜 이리 섭섭하지?'

킬워드와 루크는 서로 눈빛으로 마음을 교환했다.

*　　　　*　　　　*

킬워드는 거울을 맥더프에게 넘겨주었다.

"이건 잘 깨지니까 조심해. 금속 거울과 다르다. 충격을 가하면 도자기처럼 산산조각 날 거야."

"아, 그, 그렇군요."

금속 거울도 떨어뜨리면 다시 갈아야 해서 조심히 다루는 것은 마찬가지지만 유리 거울은 그에 비할 바가 아니다.

"자, 그럼 다음 단계로 넘어가지. 맥더프는 이 거울이나 가져다 등대에 설치해. 난 숲의 수호자를 잡을 준비를 하겠다."

"설마 혼자 싸울 셈이오?"

"기본적으로는……. 다만 밑 준비를 해야 하고 전투 시 보조할 인물이 필요하니까 마이아와 카탈린을 데려갈까 하는데."

"그녀들도 하이랜드의 호족이오. 특히 그녀들의 혈통에는 왕가의 피가 흐르고 있지. 만에 하나 위험을 겪게 하느니 내 휘하의 용사를 빌려주겠소."

맥더프는 그리 말하며 두 명의 남자를 소개했다. 둘 다 붉은색의 상의를 입고 있는 붉은 머리칼의 남자였는데 수염을 텁수룩하게 기르고 도끼를 등허리에 차고 있었다.

"…스타트랙에서 붉은 셔츠 입은 대원은 꼭 초반에 사고로 죽어주는 역할이었지."

"네?"

"아니, 그런 게 있다고. 제길, 말해봐야 알아들을 리도 없지."

킬워드는 하늘을 올려다보았다. 지금 이 세계에서 그의 말의 진의를 이해하고 받아줄 수 있는 사람은 없을 것이다. 그가 진심으로 흉금을 터놓고 이야기할 수 있는 사람도 없다. 그는 가혹한 고독 속에서 살아왔고, 앞으로도 그렇게 살아야 할 것이다.

'아니, 그게 산다… 라고 할 수 있는 걸까?'

킬워드가 상념에 잠혀 있을 때 카탈린이 뭔가 기대하는 눈초리를 하고 슬쩍 다가왔다.

"혹시 나에게 뭐 줄 거 없어?"

"…그 정도로 뻔뻔하게 굴면 좀 그렇군."

킬워드는 그렇게 말하면서도 품 안에 손을 넣어서 뭔가를 꺼냈다. 청동 접철이 붙은 작은 접이식 손거울이 그 안에 있었다.

"세라믹 압연 롤러를 기껏 만들고 부수는 게 아까워서 더 만들어뒀을 뿐이야. 받아둬. 그리고 뒤에는 'Made in China'라는 마법의 문구를 적어놨으니까 후대에 마음껏 물려줘도 돼. 알겠어?"

"우와!"

카탈린은 킬워드에게 받은 접이식 손거울을 펼쳐 보고 감탄했다. 이런 거울은 아마 어디의 왕후장상이라 하더라도 가질 수 없는 물건이리라. 흥정만 잘하면 천금을 받을 수도 있을 텐데 이런 걸 그녀에게 주다니.

"고마워!"

카탈린은 킬워드의 목을 끌어안고 뺨을 비볐다. 킬워드는 어이가 없는지 허허, 하고 웃어버렸다.

"……"

마이아는 그런 여동생과 킬워드를 복잡한 심정으로 바라보고 있었다. 그렇게 하지 말라고 하는데도 카탈린은 아무래도 킬워드에게 마음이 넘어간 모양이다.

마이아는 그런 카탈린이 부럽기도 하고 짜증나기도 했다. 마이아가 보기에도 킬워드는 분명히 매력적인 남자다. 여자라면 그저 깔려고 하는 야만스런 하이랜더들이나 앞에선 얌전빼는 신교도들과는 전혀 다른 기묘한 매력이 있었다. 하지만 그에게는 일반인이 관여할 수 없는 뭔가 심각한 문제가 있다. 그 자신은 이 세상에 녹아들지 못하고 세상을 달관한 채로 살아간다. 같은 공간에 있지만 차원이 다르달까?

마음은 가지만 가까이 가면 위험하다. 위험성이 느껴지는 인물이다. 카탈린도 아예 모르지는 않을 텐데 겁도 없이 킬워드에게 들러붙는다. 그걸 보고 있자니 참 복잡하다. 카탈린이 애교가 많은 성격이라 이런저런 이득을 취하는 것이 부럽기도 하지만 그녀 자신이 카탈린처럼 애교를 부리자니 낯간지러워서 할 수가 없다. 워낙 성격이 대쪽 같아서 여동생처럼 쉽게 애교를 떨거나 누군가에게 요구하는 것을 할 수가 없었다. 그래서 늘 카탈린에 비해서 손해를 보며 사는 느낌이 든다.

킬워드는 그런 생각에 잠긴 마이아를 보더니 손짓했다.

"마이아, 네 것도 준비했어. 누군 주고 누군 안 주는 게 좀 그래서. 그리고 역시 압연 롤러 있을 때 만들어두는 게 낫지."

"아, 아니요. 저는 딱히……."

"그냥 만든 거니까 받아둬."

킬워드는 그녀에게도 거울을 건네주었다.

"역시 내가 좀 손재주가 좋지? 아니, 마이아에겐 칼 같은 게 더 나았으려나?"

킬워드는 마이아에게 거울을 건네주고 그녀에게 미소를 지어 보였다.

"음, 아, 아니, 그런 건……. 고마워요."

"그럼 난 수호자 상대할 때까지 좀 쉬어두지. 며칠간 코크스로 하나 만들고, 세라믹스 굽고, 압연 롤러 만들고, 유리 만들고 해서 작업하느라 고생했어."

킬워드는 하품을 하며 물러났다. 마이아는 복잡한 심경이 되어서 킬워드를 바라보았다.

*　　　*　　　*

다나 신들의 황혼이 찾아왔을 때 신들은 자신들의 권세가 이 땅에서 다했음을 깨닫고 저 멀리 피안의 땅 티르 나 노이로 떠났다. 하지만 그들의 수호자, 그들의 권속은 여전히 이 땅에 남아서 없어진 주인들을 대신해 주인들의 땅을 지킨다.

하이랜더의 땅에 남아 있는 검은 숲의 수호자는 그런 다나 신족의 오래된 수호자 중 한 명이었다. 그 정체는 거대한 바위의 거인으로 고목 껍질 같은 피부를 가지고 있고 머리엔 커다란 나무를 이고 나무 사이를 걷는 자였다.

안개가 깔린 숲을 거닐며 거인이 움직일 때마다 그 머리에 둥지 튼 새들이 날아다닌다.

루크는 그런 거인의 모습을 보며 한탄했다. 원래 드루이드인 그는 저 신성한 거인을 해쳐서는 안 되었다. 하지만 다나 신족들이 티르 나 노이로 떠난 지금, 사람들은 신의 도움 없이 스스로 자신의 목숨을 건져야 했다. 그것을 위해선 신의 수호자라도 죽일 수밖에 없다.

"하이랜드 지역 대부분의 나무들은 취사와 난방을 위해 자라자마자 곧 베어버렸습니다. 배의 용골로 쓸 만큼 크고 튼튼한 나무들은 이 숲에서밖에 자라지 않지요. 하지만 신들이 남겨둔 수호자가 이 숲을 지키며… 그를 죽이는 자는 신들의 저주를 살 것이라고 합니다."

루크는 그리 말하고 킬워드를 돌아보았다. 킬워드는 루크의 복잡한 표정만으로도 대충의 내막을 알겠다는 듯 고개를 끄덕이고 있었다.

"과거에 저 괴물에게 덤벼들었다가 많이 죽었다며?"

"과거 맥더프의 조부와 야심찬 대드루이드, 마나난이 벌인 일이지요."

"마나난?"

신의 이름이 나오기에 킬워드는 의아해했다. 마나난이라면 다나 신족의 마법사들의 신. 그런 이름을 언급하다니?

"제 아버지입니다. 강력한 마법사 신의 이름을 받은 위대한 대드루이드로서 티르 나 노이의 수문장이었던 마나 난은 이대로는 얼스터에 미래가 없다고 여기고 배를 띄워 티르 나 노이로 직접 가기 위해 수호자에 도전했습니다. 하지만 막대한 피해만을 입고 패하고 말았죠. 그날 이후로 얼스터와 다나 신들에게 절망한 그는 캔터베리 주교에게 세례를 받고 멀린이란 이름으로 다시 태어났습니다."

"멀린이라면… 카멜롯의?"

킬워드는 쓴웃음을 지었다. 멀린, 아더왕의 후견인 우서 팬드래건 시절부터 충성을 바쳐 온 마법사다. 그가 루크의 아버지라면 루크의 나이는 대체 몇 살일까?

"아더왕의 가장 믿음직한 신하이자 스승이지요. 얼스터 사람들이 브리튼에 대한 본격적인 저항을 포기한 것은 멀린의 존재를 두려워하고 있기 때문이기도 합니다. 그것 때문에라도 당신은 수호자를 꺾어야 해요. 멀린조차 살해하지 못한 신의 사자를 처단함으로써 사람들은 멀린에 대한 공포를 떨치고 브리튼에 저항할 수 있겠지요."

"그래? 하지만 두 번째 시련은 또 갑자기 너무 거창해진 느낌인데."

킬워드는 안개가 자욱한 숲을 거니는 거인을 보며 한숨을 내쉬었다. 저런 것과 싸우라니? 하이랜드 놈들은 너무 자신들의 몸값을 높게 잡았다.

"두 번째가 이 정도면 세 번째는 얼마나 하려고?"

멀린조차 실패했던 수호자를 죽이라는 임무는 확실히

과하다. 그에 대해서 루크는 이렇게 답했다.

"안개와 불을 뿜는 종말의 뱀을 잡는 겁니다."

"하이랜드에 미녀들만 삼천 명쯤 있고 그 삼천 명이 다 내 궁녀가 된다고 해도 손해 보는 느낌인데?"

"대신 대드루이드인 제가 당신의 심복이 되어드리죠."

"얼스터의 독립을 달성하고도 계속 싸우겠다면 그래도 내게 충성할 건가?"

"일단 얼스터의 독립을 지킬 때까진 충성을 맹세하지요. 하지만 그후는, 글쎄요. 전 당신을 잘 모르고, 지키지 못할 약속을 덥석 하고 싶진 않군요. 다만 당신이 보여주는 비전이 매력적이라면 떠날 이유가 없겠지요."

"말은 잘하는군. 마음에 들었다. 마이아! 카탈린!"

킬워드는 수호자가 두려워서 계곡에 들어서지 않고 저 멀리 언덕 아래에서 지켜보고 있는 마이아와 카탈린을 불렀다. 그 목소리가 커서 수호자를 부를까 봐 루크도 긴장할 정도였다.

"예!"

"내가 말하는 위치에 준비할 게 있어. 병사는 데려오지 않았지만 사람 좀 쓸 수 있을까? 공사를 해야 할 것 같아서 말이야."

"네. 그렇긴 한데 뭘 준비하려고요?"

"검은 숲의 수호자를 묻을 무덤이지!"

킬워드는 사람들에게 지시를 내려 여기저기에 함정을 만들었다. 함정이라고 해도 저 커다란 거인을 상대로 제대로 효과를 보기 쉽지 않다. 그래서 킬워드는 필요한 곳에 돌무더기를 쌓게 하고 자루에 흙을 담게 하는 정도의 작업을 사람들에게 시켰다. 사람들은 신의 수호자에게 접근하는 것조차 두려워했기 때문에 맥더프와 마이아, 카탈린이 나서서 사람들을 설득해 주지 않았다면 작업자를 구할 수조차 없었으리라.

킬워드는 무예에 통달하고 기술과 손재주가 뛰어났지만 사람들 다루는 데는 서툴렀다. 사람을 다루려면 잘하는 사람을 칭찬하는 것뿐만이 아니라 못하는 사람도 어르고 달래고 품을 줄 알아야 하는 법이다. 그러나 킬워드는 좋고 싫음이 명확하다. 본인도 그런 점이 사람들 대할 때 좋지 못하다는 걸 알기 때문에 칼린이나 마이아, 카탈린에게 그런 점은 많이 의지하고 있었다.

"시키신 대로 진지 공사는 끝내놓았습니다. 하지만 킬워드, 저희가 이번 전투에 나서면 장로들이 그다지 좋아하지 않을 겁니다."

마이아는 킬워드 앞에 무릎을 꿇었다. 냉랭하고 무미건조한 어투지만 그녀가 보이는 행동 하나하나는 우아하고 예의 발랐다. 과거 꼭두각시 영주로 킬워드를 불러들였을 때와 지금의 행동은 천지 차이다.

"노르드 왕가의 피가 흐르기 때문에? 조모 대에서 섞인 피라면 너무 희석되어서 왕위 계승권도 그다지 없을 텐데. 하이랜더들은 이상한 데에서 기대를 하는군."

"저희 조모께서 아버지를 낳으셨을 때… 해산한 그날 탯줄을 스스로 끊고 양손에 도끼를 하나씩 쥐고 쳐들어오는 브리튼 병사들의 목을 잘랐거든요. 미신 좋아하는 사람들 입장에서는 집착할 만하지요."

"아, 그래? 그거 멋지네. 그래, 알겠어. 마이아와 카탈린은 물러나. 나도 너희들이 앞으로의 싸움에서 다치는 건 싫으니까. 이 앞은 이제 나의 싸움이다."

킬워드는 충직한 두 여기사를 남겨두고 검은 숲으로 걸어 들어갔다.

킬워드는 흑요석을 깨서 돌창을 여러 자루 만들었다. 강철로 창날을 만들면 가격이 비싸진다. 아트릭스가 커뱅의 기사들을 생포해 몸값만으로 막대한 돈을 벌었지만 아트릭스는 여전히 가난했고, 커뱅과 브리타니아가 이대로 가만히 있을 리가 없기 때문에 앞으로의 전쟁 준비금을 마련해 두어야 했다.

"그렇다고는 해도 흑요석이라니 원시인도 아니고……. 언제쯤 돈을 펑펑 쓸 수 있게 될까?"

킬워드는 그런 돌로 된 투창을 여러 자루 만들고 맥더프가 준비해 준 두 명의 용사에게 창을 들게 했다. 이러한 장비 외에 도끼를 준비했다. 그야말로 전쟁이라도 할 것 같은 준비였지만 상대가 상대니만큼 다들 납득하고 있었다.

킬워드는 그렇게 준비한 장비를 챙기고 전장으로 향했다.

"자, 그럼 각오는 되어 있나?"

"네!"

"말은 잘한다. 저거랑 싸울 마음을 먹다니 너 바보냐?"

"네?"

용사들이 당황스러워했다. 이 남자는 지금 무슨 소리를 하고 있는 걸까?

"아니, 그냥… 여차하면 무기는 내버려 두고 도망가도 된다는 걸 말해주고 싶어서였다. 너희들도 개죽음당하는 건 싫겠지? 장비를 들고 오라고는 했지만… 여차하면 도망가도 좋으니까 반드시 도망가서 목숨을 지키도록!"

킬워드는 용사 두 명에게 그렇게 말하고 창을 투척기에 재었다. 나무 자루로 만든 투척기에 창대를 끼운 킬워드는 숨을 고르며 바위 위에 서서 거인을 노려보았다. 창을 던지기엔 너무나도 먼 거리다. 그러나 그것은 일반인들에게나 해당되는 문제다. 킬워드에게는 이 정도는 충분하다.

"간다!"

킬워드의 기합과 함께, 신의 수호자와 킬워드의 싸움이 막을 올렸다.

수호자는 걷고 있었다. 신들이 자신에게 부여한 영역을

거닐며 신들이 허락하지 않은 이들을 내쫓는 그의 임무를 계속해서 반복해 나가고 있었다. 그런 그를 향해 무언가가 날아들었다.

콰직!

수호자의 관자놀이에 창이 박히는 순간 폭발 같은 먼지가 일어났다. 날아드는 힘이 어찌나 강한지 창이 자루 끝까지 박히나 싶더니 산산조각 나며 거구의 거인이 휘청거린다. 제대로 된 강철 창이었다면 진짜 거인의 머리통을 관통했을지도 모른다.

하지만 거인은 이 정도로 죽지 않았다. 생물이었다면 이 공격이 치명적이었겠지만 거인은 온전한 생물은 아니었다.

그워어어어!

거인은 창이 날아오는 곳을 발견하고 고개를 돌린다. 땅바닥에 거인의 상처에서 흘러나온 녹색 진액이 쏟아진다. 사람의 피라면 실신하고도 남을 양이지만 거인은 멀쩡하게 움직이며 양손으로 바닥의 바위들을 퍼 올렸다.

그와아아악!

분노한 거인은 창이 날아온 방향을 향해 무작정 바위들을 퍼 올려 던졌다.

"저건 괜찮아! 다들 가만히 있어! 한 자루 더 줘!"

킬워드는 바위들이 날아오는 것을 보고 아직 안전하다고 판단한 뒤 부하에게 손을 내밀었다. 하이랜드의 호족인 맥더프가 용사라고 칭한 이들이라 도망치진 않았지만 그들은 겁에 질려 있었다. 전설의 거인, 신들이 만든 수호자의 존재는 그들도 잘 알고 있었다. 하지만 그 신의 수호자의 머리통에 구멍을 날린 창을 던진 이는 바로 그들의 옆에 있는 청년이 아닌가? 이 청년이 보인 힘은 분명히 인간의 능력을 확실히 초월하고 있었다.

"다음 발 간다!"

킬워드는 창을 잡고 숨을 들이쉬더니 흡, 하고 기합과 함께 창을 뿌렸다. 그가 창을 던지는 순간 그의 발아래 땅이 깨지고, 창이 울부짖으며 공간을 찢고 나아간다.

콰직!

이번엔 거인의 어깨에 창이 박혔다. 창대가 힘을 이기지 못하고 부러진다. 아니, 사실 공기를 뚫고 날아갈 때 이미 던지는 힘을 이기지 못하고 창대가 부러져 있었다. 그렇지만 부러진 창이라 해도 위력이 엄청나다.

크르르르!

거인은 다시 날아온 창에 고통스러워하며 주위를 두리번거렸다. 킬워드는 가만히 숨을 죽이고 있었지만 그가 창을 던질 때 사용한 힘이 너무 강력했다. 킬워드의 발아래 갈라진 땅으로부터 흙먼지가 일어나 안개 사이로 번지며 황색으로 안개를 물들였다.

"제길."

거인은 마침내 자신을 공격한 이들의 위치를 잡아내었

다. 거인은 다시금 바위를 집어 들고 그사이에 킬워드가 창을 던져 다시금 거인의 몸을 강타했다. 거인은 날아드는 투창을 그대로 몸으로 받아내며 바위를 던졌다. 방금 전과 달리 이번에는 꽤나 정확하게 킬워드를 향해 집어 던졌다.

여러 개의 바윗덩이가 날아드는 모습을 본 킬워드는 정색을 했다. 이번 궤도는 심상치 않았기 때문이다.

"이건 위험하다! 피해!"

킬워드는 그리 말하고 지면을 박차더니 순식간에 옆의 나무를 잡고 뒤로 돌아갔다. 그러나 일반인들이 그런 움직임을 보일 수 있을까?

바위가 땅에 떨어졌다가 무서운 기세로 튀어오르며 구른다. 미처 피하지 못한 맥더프의 부하 한 명이 바위에 치였다.

"으아아악!"

땅을 찍고 튀어오르는 바위는 무서운 기세로 인간을 통째로 갈아버렸다.

"젠장! 창 놓고 도망가! 얼른!"

그러나 땅을 치고 뒤집으며 무서운 기세로 달려오는 거인의 모습을 보면 도망가는 게 또 얼마나 의미가 있는지 모르겠다. 걷는 자세는 몸이 커서 느릿느릿해 보이는데 다가오는 속도는 엄청나다.

"으아아!"

남은 한 명이 창을 내려놓고 뒤돌아서 도망치기 시작했

다. 하지만 거인이 달려오면서 바닥에 있던 바위가 그 발에 채여 날아들었다. 킬워드는 앞으로 훌쩍 뛰어들어 바위와 지면 사이로 가볍게 빠져나갔지만, 바위는 창이 있던 곳을 치고 지나가 바닥에 떨어진 창들을 다 분지른다. 그러고도 데굴데굴 굴러간 바위가 도망치고 있던 맥더프의 부하를 뒤에서 덮쳤다.

"쳇!"

킬워드는 바닥에 떨어진 창이 부러지고 사람이 죽는 것을 보며 이를 악물었다. 그사이 수호자는 인근의 생나무 하나를 움켜쥐더니 뽑아 들어 곤봉처럼 치켜들었다. 나무 뿌리가 끊어지며 흙과 바위가 우수수 쏟아진다. 햇빛이 가려서 긴 그림자가 드리워지는데 그 위압감이 이만저만한 게 아니다. 하지만 킬워드는 바닥에 내려놓았던 도끼를 한 손에 한 자루씩 양손에 쥐고 그 거대한 거인을 노려보았다.

"열 번 찍어서 안 넘어가는 나무 없다는데 어디 한번 열 번 찍어볼까?"

물론 저 정도 크기면 열 번 아니라 백 번을 찍어도 안 넘어가게 생겼다.

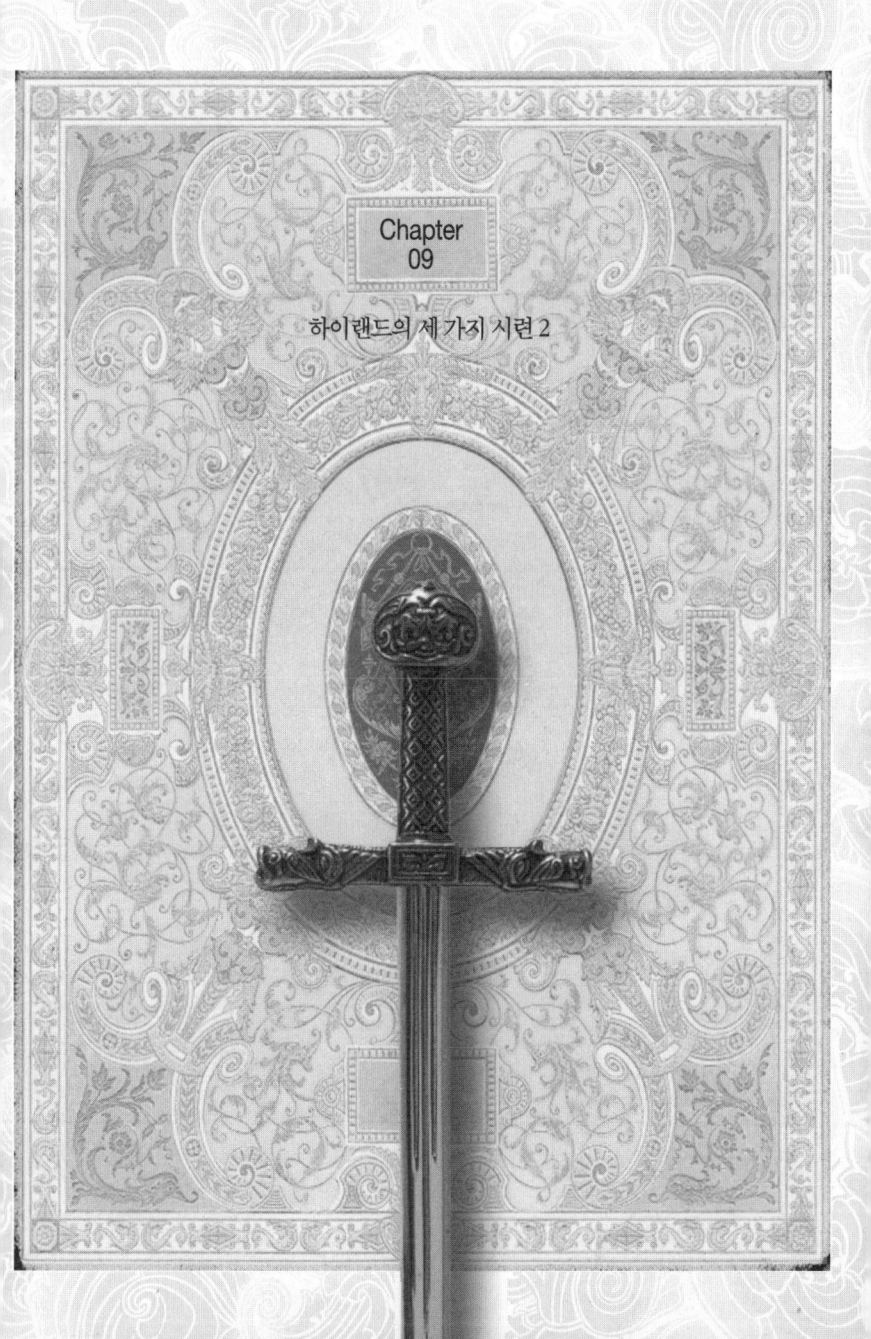

Chapter
09

하이랜드의 세 가지 시련 2

아더왕과
각탁의 기사
THE KNIGHTS OF SQUARE

그워어어!

거인이 뽑아 든 나무를 휘두르며 킬워드에게 덤벼든다. 동작이 느려 보이지만 그건 어디까지나 너무나 거대해서 그런 것이지 맞게 되면 뼈도 추리지 못할 것이다. 그러나 킬워드는 거인의 압박감을 웃어넘기곤 숲의 거목을 향해 달렸다.

"간다!"

킬워드는 거목을 발로 타다닷, 밟고 마치 평지처럼 타고 올랐다. 순식간에 거인의 키를 넘어선 킬워드는 나무를 박차고 뛰어올라 거인의 머리 뒤쪽으로 착지했다.

그는 손에 쥐고 있던 도끼 두 자루 중 한 자루는 등허리

벨트에 찔러 넣고 그렇게 빈손으로 수호자의 머리에 자란 나무들을 붙잡았다.

수호자는 자신의 머리에 달라붙은 킬워드를 떨쳐 내기 위해 고함을 지르며 머리를 흔들었다. 하지만 그렇게 흔들어도 킬워드는 꼼짝도 하지 않는다. 보통 사람은 한 손으로 자신의 체중을 지탱하기도 힘들 텐데 이렇게 휘두르는데도 떨어지지 않다니. 킬워드의 손아귀 힘이 어느 정도인지 알 수 있었다. 킬워드는 자신을 잡으려고 머리에 손을 올리는 수호자를 보며 한 손에 쥔 도끼를 자루 끝으로 옮겨 잡은 뒤 크게 휘둘렀다.

퍽!

킬워드를 붙잡으려던 수호자의 손에 도끼가 꽂힌다. 깜짝 놀란 수호자가 손을 빼는 사이 킬워드는 그 도끼를 머리 위로 치켜들더니 수호자의 머리 옆을 도끼로 강타했다.

우워!

수호자가 당황하는 사이 킬워드는 그 머리에 매달려 연거푸 도끼를 찍었다. 킬워드를 잡기 위해 손을 머리로 가져오는 수호자였지만 킬워드는 수호자의 머리에 난 나무를 옮겨 잡으며 요리조리 피하며 계속 머리를 벌집으로 만들었다.

참다못한 수호자는 머리를 나무를 향해 겨누더니 앞으로 달렸다. 나뭇가지들 사이로 머리를 들이밀고 들이받아 킬워드를 떨어뜨릴 셈이다.

"나 참!"

킬워드는 거인의 머리에서 손을 놓고 미끄러지듯 등을 타고 내려오며 거인의 등에 도끼를 박았다. 미끄러져 내리던 킬워드의 몸이 거인의 등에 도끼를 박으며 멈춰 섰다.

그워어어!

거인이 달려 거목들 사이로 뛰어들자 마른 나뭇가지 부러지는 소리가 요란하게 울려 퍼진다. 그러나 킬워드는 이미 거인의 등으로 옮겨온 덕분에 별 영향을 받지 않았다. 그는 거인의 등에 박아 넣은 도끼를 한 손으로 거머쥐고 또 한 자루 짊어지고 있던 도끼를 꺼내 이번엔 거인의 몸통을 연타했다. 퍽퍽, 요란한 소리와 함께 수호자의 피부를 이루고 있는 나무껍질 같은 각질이 부서지며 녹색 진액이 사방으로 튀었다. 수호자 입장에선 기가 막힐 노릇일 것이다. 이렇게 악랄하게 들러붙어 자신을 괴롭히는 상대는 처음일 테니까.

수호자는 등에 달라붙은 킬워드를 떼어내기 위해 손을 가져가면서 몸을 좌우로 비틀었다. 유연성이 부족해서 손은 킬워드에게 닿지 않지만 몸을 휘두르는 관성이 장난이 아니다.

"큭!"

킬워드는 양손에 도끼를 단단히 쥐고 몸을 웅크려 거인의 등에 달라붙어 보았지만, 도끼가 거인의 등에서 뽑혀 나오며 내팽개쳐졌다.

"젠장!"

그동안 거인의 몸에 달라붙어서 재미를 많이 보았지만 역시 일이 이렇게 잘 풀리기만 할 수는 없는 법이다. 킬워드는 거인의 몸에서 튕겨져 나가 나무들이 우거진 지역으로 떨어졌다. 공중에서 자세를 잡으려 했지만 나무들 사이로 자란 덩굴이 킬워드를 덮쳤다.

우드드드득!

뭔가가 부러지는 소리와 함께 킬워드의 몸이 허공에서 굴렀다. 덩굴이 킬워드의 몸을 받아내면서 얽혀 있던 나뭇가지가 부러진 것이다. 보통 사람이라면 사지나 목뼈가 부러질 수도 있겠지만 워낙 강력한 근력을 가진 킬워드는 그 정도 충격에서도 크게 다치진 않았다. 그러나 덩굴에 얽혀서 거꾸로 매달리게 되었다.

"크아아악!"

거인은 킬워드의 흔적을 찾으며 고개를 돌리다 킬워드가 공중에 거꾸로 매달려 있는 것을 발견했다. 전신에 도끼 자국이 난 거인은 격노해서 달려든다. 이 상황에서 치이게 되면 아무리 킬워드라고 해도 생명이 위험하다.

"쳇!"

킬워드는 허공에서 몸을 웅크려 도끼를 휘둘러 발목을 묶고 있는 덩굴을 잘랐다. 머리부터 거꾸로 떨어지지만 그는 공중에서 몸을 틀어 정확하게 지상에 착지했다.

"열 번은 충분히 찍었는데, 넘어가는 시늉도 안 하는군."

킬워드가 지상에 떨어지자 생나무 곤봉을 휘둘러 다시 덤벼든다. 곤봉이 휘둘러질 때마다 바람 소리가 요란하고 나무뿌리에 붙어 있던 흙과 돌이 사방으로 어지럽게 튀어 구른다. 하지만 킬워드는 커다란 바위 절벽 틈 사이로 파고들어 나무 곤봉의 공격을 피했다. 킬워드가 바위틈으로 숨자 거인은 팔을 집어넣어 킬워드를 잡으려 한다.

상대가 덩치는 작아도 만만치 않다는 걸 알았으면 이런 곳에 함부로 팔을 집어넣진 않을 텐데?

"톰과 제리도 못 봤나?"

킬워드는 거인이 자신을 잡으려 하는 것을 보고 도끼를 양손에 쥔 채로 벽을 손과 발로 지탱하며 기어올라 거인의 팔을 피했다. 그리고 팔을 넣느라 낮춰진 거인의 미간을 향해 도끼 한 자루를 집어 던졌다. 벌목이나 전투에 쓰이는 커다란 도끼를 마치 작은 손도끼라도 되는 양 날쌔게 던지니 거인의 미간에 도끼가 꽂혀서 꼬리를 파르르 떤다. 그러나 수호자는 그다지 통증을 느끼지 못하는지 킬워드를 쫓아 바위벽에 매달렸다. 킬워드는 바위벽을 기어올라 절벽을 타고 오르는데 그 속도가 전광석화 같다. 그러나 거인은 바위에 기어오를 필요도 없이 그저 발돋움을 좀 하면 킬워드를 잡을 수 있었다.

끄워!

거인은 킬워드를 잡기 위해 몸을 일으키더니 살짝 도약해 킬워드를 잡으려 했다. 하지만 킬워드 역시 절벽을 잡은 채 손과 배근력의 힘만으로 도약해서 위쪽 절벽을 붙잡았다. 거인이 손을 휘둘렀지만 킬워드는 바위를 잡은 채 몸을 진자처럼 흔들어 다리를 위로 들어 올리고 절벽에서 물구나무를 서면서 거인의 손을 손가락 세 마디 정도의 차이로 피했다.

"세상에!"

루크와 마이아, 카탈린은 먼 거리에서 그 싸움을 지켜보고 있었다. 거인이 요동을 치고 있음에도 불구하고 킬워드가 전혀 밀리지 않고 오히려 거인을 괴롭힌다. 숲에서 새가 날아오르고 바위산 중턱에 매달린 거인이 아우성치고 있는 게 보인다. 킬워드는 너무 멀어서 보이지 않는다.

"맙소사! 쉰 명이 넘는 용사가 고전했던 수호자를 혼자서 저렇게……."

루크는 킬워드의 활약에 경악했다. 쉰 명의 용사가 고전했다고 본인 스스로 말하긴 했지만 과거 저 수호자와 맞서 싸운 쉰 명의 용사가 다들 뼈도 추리지 못하고 완전 박살이 났었다. 그 정도면 고전했다고 말하기도 부끄러운 수준이다.

"이 정도면 장로들도 다 인정할 수밖에 없지요?"

카탈린은 킬워드의 활약을 보면서 손에 땀을 쥐고 있었다. 킬워드는 혼자서 저 강력한 거인을 상대하면서 과거 쉰 명의 용사보다 훨씬 심한 타격을 입히고 있었다. 게다가 그는 함정을 설치한 곳으로 거인을 유도하고 있었는데 이대로라면 물리치는 것도 꿈이 아니다.

분명히 기뻐해야 할 일이지만, 마이아는 마냥 기뻐할 수가 없었다. 킬워드가 보이고 있는 능력이나 행동을 볼 때 아트릭스 영주와 전혀 피가 이어지지 않은 인물이라는 건 이제 분명하다. 저자는 킬워드의 신분을 빼앗은 다른 이다. 아니, 대체 인간이긴 한 걸까?

원래 킬워드는 아트릭스 영주 일족이 자살하자 그들의 자리를 대신하기 위해 꼭두각시로 데려온 인물이었다. 그렇기 때문에 마이아나 카탈린, 아니, 다른 어느 누구도 킬워드의 신분에 대해서 의심하지 않았다. 아트릭스는 신분을 위조해 가면서 받아들이기엔 너무 척박하고 위험한 땅이었으니까.

하지만 킬워드가 뛰어난 능력을 발휘해 아트릭스를 장악하고, 단순한 꼭두각시 역할을 뛰어넘어 커뱅 백작조차 위협할 때 마이아는 킬워드의 뒷조사를 하기 위해 수도원으로 돌아가 보았다.

그러나 그녀가 발견한 것은 불에 타서 파괴된 수도원뿐이었다.

마이아는 루크와 카탈린을 옆에 두고 그때의 이야기를 꺼냈다. 그러자 루크도 카탈린도 심각한 표정을 짓고 있었다. 킬워드가 무슨 생각에서 그들과 함께하는지 모르지만, 단순한 꼭두각시로 다루기엔 너무나 강한 인물이 뭔가 목적을 가지고 브리타니아 세력과 적대하고 있는 것이다. 어쩌면 그가 이들을 이용하는 게 아닐까?

"그래서, 마이아는 수도원에 불을 지른 게 그라고 생각하는 겁니까?"

루크가 물어보자 마이아는 말없이 고개를 끄덕였다.

"그런데 어째서 당신은 그를 여기로 데려왔습니까, 마이아? 위험한 인물이라면 그 혼자 브리타니아를 상대하게 내버려 두면 좋았을 것을. 그가 가진 독기, 위험성, 그 모든 것을 브리타니아와 그의 문제로 만들어두었다면 좋을 것을……."

"하지만… 아!"

그때 벼랑이 무너지며 바위더미가 거인을 강타한다. 킬워드가 벼랑 위에 쌓아둔 바위를 밀어서 수호자 위로 바위를 쏟아부은 것이다. 벼랑 위에는 이미 사람들을 통해 준비한 돌과 흙더미가 있었는데, 거인의 추격을 피해 먼저 벼랑을 기어오른 킬워드는 장정 수십 명이 쌓아둔 바위더미를 혼자의 힘으로 밀어 떨어뜨린 것이다.

크아아악!

킬워드의 도끼와 창에 만신창이가 되었던 거인은 쏟아지는 바위더미에 깔려 균형을 잃었다. 벼랑 위의 킬워드를 잡기 위해 몸을 필요 이상으로 일으켜 세운 탓에 거인은 바위더미에 충돌한 순간 균형을 잃고 뒤로 쓰러졌고, 그러면서 바위벽으로 된 벼랑을 발로 차자 벼랑이 허물어지며 더 많은 바위더미가 거인을 찍어 눌렀다. 오랜 옛날 이 땅을 지배하던 다나 신족이 남긴 수호자는 이제 그 힘을 잃고 바위더미에 깔려 허우적거리고 있었다. 상처로부터 녹색 진액이 흘러나와 사방을 물들이고 있는데, 그 진액이 흘러나올수록 거인의 몸짓은 점점 느려졌다. 거인의 생명이 다해가는 게 느껴졌다.

"자아, 마무리다. 너도 그만 사라지는 게 좋을 거다. 네 주인들도 다 떠났으니까."

킬워드는 허우적거리는 거인을 보며 마지막으로 단단한 바위덩이를 밀어 떨어뜨렸다. 바위가 거인의 머리통 위로 떨어지는 순간 거인의 몸에서부터 강력한 힘이 해방되고 거인을 중심으로 숲의 나무들이 갑자기 급속히 생장한다.

수호자가 죽고 그 안에 있던 생명의 힘이 사방으로 뻗어나간 것이다.

루크와 마이아, 카탈린이 머물고 있는 언덕 밑에서 손이 하나 턱 올라왔다. 수호자와의 전투로 엉망진창이 된 킬워드가 언덕 위를 기어올라 바위에 드러누웠다. 옷가지도, 손가락에 감아둔 붕대도, 그가 휘둘렀던 도끼도 엉망이 되었지만 킬워드 자체는 별다른 부상도 없었다.

"겨우 끝났군. 허억, 허억."

"영주님!"

"지형이 고저 차가 심하고 바위가 많아서 망정이지 광활한 평야나 사막 같았으면 아무리 나라도 큰일 날 뻔했어. 꽤 까다롭던걸?"

킬워드는 그리 말하며 도끼 자루를 들어 보였다. 역시 자루가 킬워드의 힘을 이기지 못하고 반쯤 부러져 있었다. 도끼 한 자루는 아예 회수를 못했다.

대드루이드인 루크는 그런 킬워드를 보며 미소를 지어 보였다.

"수고하셨습니다. 당신의 활약은 놀라워요. 진짜 감명받았어요."

"…너무 지쳐서 한 사흘은 쉬어야겠는데. 마이아, 칼린에게 영지 중간 보고 하라고 해. 커뱅이 몸값과 배상금 대느라 전쟁할 처지가 아니긴 하지만 커뱅의 동료들이 도울지도 모르니까. 자, 루크, 세 번째 임무는 뭐지? 정확하게 설명해 봐."

"예."

루크는 바닥에 누운 채로 말을 거는 킬워드에게 자세하게 설명을 시작했다.

*　　　*　　　*

킬워드가 수호자를 쓰러뜨렸다는 사실은 하이랜더들 사이에서 퍼져 나갔다. 물론 모두들 그 소문을 믿으려 하지 않았다. 수호자가 너무나 강력한 데다가 그걸 쓰러뜨리는 장면을 직접 본 이가 별로 없기 때문이다. 그렇지만 수호자가 사라진 건 사실이고 루크도 직접 인정하고 나서니 이제는 믿을 수밖에 없었다.

이들 하이랜더들은 무력이 뛰어난 인물을 숭상하는 문화가 있어서 킬워드가 정녕 수호자를 물리쳤다면 그를 인정하지 않을 수 없다. 킬워드에게 반발하던 많은 장로들이 마음을 고쳐먹고 킬워드를 지지하기로 한 것은 매우 당연한 수순이었다.

하지만 모든 장로들이 다 그렇진 않았다.

킬워드가 하이랜더의 일원으로 받아들여지게 되고, 브리타니아와의 전쟁에서 지도자가 된다면 하이랜드의 장로 중 가장 큰 이득을 얻게 되는 것은 바로 맥더프이리라. 맥더프의 사촌동생인 마이아와 카탈린이 킬워드의 가신인 데다가 지금 킬워드가 머물고 있는 곳도 맥더프의 땅이기 때문이다. 이런 상황이다 보니 맥더프와 원수지간인 맥코이와 맥도날드는 뭔가 수를 써서라도 이 전개를 뒤집을 필요성을 느꼈다.

맥코이와 맥도날드는 앞으로 해야 할 일을 논의하기 위해 다른 장로들에게 비밀로 하고 은밀히 맥도날드의 집에서 만남을 가졌다.

"이야기 들었나? 아트릭스의 영주 놈이 수호자를 쓰러 뜨렸다더군."

"아아, 설마 수호자가 쓰러지다니……."

"믿을 수 없어! 뭔가 사기를 쳤음에 틀림없어!"

"그렇지만 맥코이, 저쪽엔 루님도 붙어 있다고. 더구나 만약 그가 정말 수호자를 쓰러뜨린 용사라면 우리가 싸워 도 승산이 없지 않을까?"

"무슨 소릴 하는 거야, 맥도날드. 이대로는 어디서 굴러 들어 왔는지 모를 놈을 하이랜드의 대영주로 인정해야 할 판이야. 사람들은 벌써 다 승복했다고. 이대로 가만히 있 으면 우리의 주도권을 전부 저쪽에 내줘야 한다!"

"그야 정말로 수호자를 무찔렀다면 뭐… 어쩔 수 없잖 아? 뭐 어때. 이 기회에 호족들간의 반목을 중지하고 브리 튼에 대항하자고."

맥도날드는 꽤나 착실한 소리를 했다. 모든 사람들이 다 들 그런 마음을 먹으면 세상만사가 잘 굴러갈, 그야말로 이상적인 말을 한다. 맥더프와의 사소한 원한은 잊고 넘어 가겠다는 것일까?

"이 한심한 친구야, 킬워드는 맥더프 쪽 사람이야. 이렇 게 되면 우리가 맥더프 밑에 기어들어 가야 한다고. 나는 내가 두목이 아니면 싫다. 하다못해 맥더프 밑에 들어가고 싶진 않아. 그건 자네도 마찬가지 아닌가."

"우리가 왜 맥더프 밑으로 들어간다는 거야? 맥더프는

그 킬워드에게 칼을 겨눈 전적도 있어. 킬워드와 맥더프가 한패거리라면 그런 짓을 했겠어?"

맥도날드는 맥더프가 킬워드와 처음 만났을 때 그에게 칼을 겨누었던 것을 잊지 않고 있었다. 그런 사이에서 쉽게 화해하고, 더 나아가 한편이 된다는 건 맥도날드처럼 단순한 인물의 머리에서는 이해하기 힘들었다.

"만약 그가 맥더프의 사촌과 결혼이라도 해봐. 어떻게 될 것 같나? 그럼 맥더프는 그 녀석과 친척이 된다고. 칼로 겨누었던 일 따위는 물에 씻겨질걸. 그것 때문인지는 모르겠지만 벌써부터 맥더프는 그놈에게 찰싹 달라붙어서 아부 삼매경이라더군."

"그, 그건 싫군. 확실히."

"킬워드라는 놈이 정말 수호자를 물리쳤다면… 수호자와 싸우고 그도 무사할 리가 없어. 세 번째 임무는 아마도… 안개의 뱀을 잡으라고 할 테니까 자네 토지로 올 거야. 내가 사람과 무기를 빌려줄 테니 거기서 같이 잡자고! 맥더프와 킬워드를 함께 처단하자!"

"아니, 아무리 그래도……."

맥도날드는 당황스러워했다. 안개의 뱀은 맥도날드의 영토에서 출몰하는 괴물로 맥도날드 입장에서는 퇴치해준다면 오히려 쌍수를 들고 환영해야 할 일이었다. 그런데 그 틈을 노리고 해치우자니?

맥코이도 그런 맥도날드의 심정을 알기 때문에 그냥 이

야기하는 정도로는 넘어오지 않을 것을 알고 있었다. 그래서 그는 짐짓 안타까워하는 표정을 지으며 말을 꺼냈다.

"휴우! 이건 자네 화날까 봐 말하지 않으려 했는데… 킬워드라는 그놈, 자네 가문을 굉장히 모독하더군. 화장한 광대를 가문의 상징으로 내세우는 건 그로테스크하지 않느냐는 둥, 빅맥 세트는 언제 먹을 수 있냐는 둥……."

"뭐야? 그놈이 감히 우리 가문을 능멸했다고? 그, 그러고 보니 그놈! 처음 볼 때도 그랬어! 영문 모를 소릴 하면서 나를 깔보는데 어찌나 얄미운지!"

맥도날드는 킬워드가 자신의 이름을 가지고 웃었던 것을 떠올리며 분개했다. 원래 놀리려고 한 것이 아니었지만 킬워드는 의도했든 의도하지 않았든 남의 미움을 사는 데에는 특출 난 재능이 있었다.

"그런 놈에게 얕잡아 보이면 자네도 나도 끝장이야. 맥더프와 그 똘마니들이 우리를 얼마나 우습게 보겠어? 매복했다가 해치워 버리자고."

맥코이는 이렇게 맥도날드를 포섭하고 킬워드를 암습할 계획을 짰다.

한편 맥더프는 신이 났다. 그는 아트릭스에 대해서 한 발 걸치고 있는 정도였지만 설마 아트릭스의 영주 킬워드가 이렇게 뛰어난 인물일 줄은 몰랐다. 그에게 칼을 겨누기도 했지만 사촌 여동생들이 킬워드의 가신으로 있는 이상 킬워드가 자리를 잡고 인정받게 되면 맥더프 역시 덩달아 힘을 얻게 된다. 맥코이가 맥도날드를 포섭하기 위해 한 말이 마냥 거짓말이나 헛소리는 아니었던 것이다.

맥더프는 킬워드를 다음 지역으로 안내했다. 세 번째 시련의 대상인 사악한 뱀은 강력한 적임에는 분명하지만 두 번째 시련인 신들의 수호자가 더 강력한 적으로 여겨졌기 때문에 뱀 정도는 어렵지 않게 물리칠 수 있으리라 여겨졌다. 실제로 킬워드는 수호자조차 상처 하나 없이 해치우지 않았던가?

"이 능선만 넘으면 맥도날드의 땅입니다. 맥도날드 놈이 그 뱀 때문에 고생을 많이 했어요."

"대체 어떤 괴물이길래 그래?"

킬워드는 팔짱을 끼고 맥더프를 따라 걸으며 물었다.

"날개 달린 뱀인데 불타는 입김을 뿜는 괴물입니다. 소나 양을 잡아가는데 잽싸고 사람의 말을 합니다."

"뭐, 사람의 말을 해?"

"안개 너머에서 여자의 목소리로 말을 걸어서 지나가는 사람들을 홀려 잡아먹는다고 하더군요."

"골치 아프군. 지성이 있는 괴물은 그렇지 않은 놈보다 훨씬 힘들어."

사람들은 신들의 수호자를 강력한 적이라고 여기겠지만 킬워드 입장에서는 지성이 없는 거대한 거인은 사실 그다지 어렵지 않은 상대였다. 그러나 이들이 말하는 뱀은 어떨는지?

그때 매복을 눈치챈 카탈린이 손을 들어서 모두를 세웠다.

"그전에 상대해야 할 게 따로 있는 것 같은데."

"매복인가?"

킬워드는 한숨을 내쉬고 앞으로 나섰다. 이들이 매복을 눈치채고 경계하기 시작하자 능선 위쪽에 숨어 있던 이들이 모습을 드러내었다. 맥코이와 맥도날드가 궁사들을 데리고 능선 위에서 밑을 굽어보고 있는 것이다.

"젠장, 위쪽이라니 상당히 안 좋군."

지형이 적에게 너무 유리하다. 맥코이와 맥도날드 둘 다 한심한 바보쯤으로 여겼던 킬워드에겐 꽤나 뼈아픈 상황이다.

"이 자식들! 이게 무슨 짓이냐?"

맥더프는 기가 막혀서 그들을 보고 항의했다. 그러자 맥코이가 이를 뿌드득 갈며 외쳤다. 그냥 닥치고 화살을 쏘면 될 걸 꼭 한마디 해야 직성이 풀리나 보다. 그만큼 맥코이와 맥더프의 원한이 깊었다.

"네놈이 밀고 있는 녀석이 하이랜드의 대영주가 되는 꼴은 못 보지, 맥더프!"

"아트릭스의 킬워드! 오늘이 네놈 제삿날이다! 맨날 버거니 뭐니 나불대는 것도 질렸어!"

그들이 그리 외치고 궁사들에게 신호를 보내자 궁사들

이 활에 화살을 잰다. 킬워드는 그 모습을 보고 한숨을 푹 내쉬었다. 상대가 습격하기 좋은 위치를 선점한 것은 맞다. 그러나 하는 짓은 여전히 바보 같다.

"야, 하다못해 너희 영지를 괴롭히는 괴물을 퇴치하게 하고 난 뒤에 치지 그랬냐. 왜 지금 치는 건데? 괴물과 싸우다 죽거나 부상을 입거나 하면 손 안 대고 코 풀 수 있잖아."

킬워드가 그렇게 말하자 맥도날드와 맥코이는 당황했다. 그건 생각지도 못한 듯하다. 맥도날드는 어, 하고 놀라더니만 수염을 손가락으로 꼬면서 버벅거렸다.

"아… 음… 이잇! 네놈에게 그런 모욕을 당하고서 가만히 있으면 어차피 사내 취급 못 받아! 쳐라!"

화살이 날아들자 마이아는 방패를 들고 일행 앞에서 방어에 나섰다.

"잠깐! 당신들, 내가 여기 있다는 걸 알고……."

루크가 맥코이와 맥도날드에게 항의하려 했지만 그 순간 킬워드가 손을 뻗어 루크를 붙잡았다. 한 손으로는 루크의 머리를 누르고 다른 한 손으로 날아오는 화살을 쳐내는데, 만약 킬워드가 나서지 않았다면 루크가 화살에 맞을 뻔했다.

"나서지 말고 고개 숙여! 저 바보들이랑 말할 생각은 버리는 게 좋을 것 같다!"

카탈린이 비탈길에 등을 기대고 활을 장전하며 투덜거

렸다. 그녀의 머리 위쪽 나무 그루터기에 화살이 꽂히는데 그 기세가 흉흉하다. 턱 하고 묵직한 소리가 나는 게 사람이 맞으면 치명상을 입게 생겼다.

"이런, 위치가 너무 안 좋아! 화살 밥이 되기 딱 좋은데!"

"후퇴! 일단 탈출해! 맥코이와 맥도날드는 나중에 처벌하기로 하지!"

킬워드가 그렇게 말하자 마이아가 고개를 가로저었다.

"킬워드, 당신은 하이랜드의 방식을 모르는군요! 설령 부당한 습격이었다 해도 도망치게 되면 그날로 당신은 무시당해요!"

"도망치면 사내 대접 못 받아! 암습했어도 이기면 그게 끝인 동네라고!"

카탈린도 그렇게 말했다. 킬워드는 그런 게 어디 있냐고 항변하려다 입을 다물었다. 생각해 보면 여기 사람들은 목축을 업으로 삼는 민족이다. 농업을 업으로 삼는 이들은 땅의 구분이 명확해서 재산 분쟁을 크게 겪지 않는다. 그래서 그들은 법을 준수하고 사회 공동체의 율법을 준수하며 집단을 이루는 데 익숙하다.

그러나 유목민족은 이야기가 다르다. 그들의 자산은 농업인들의 땅에 비하면 보다 유동성이 높은 가축들이고 소도둑이나 양 도둑에게 항상 위협을 받는다. 그러한 도둑질이나 재산 분쟁에서 시달리는 걸 막기 위해 여기 남자들은 뼛속까지 마초고 과격하다.

'서부 영화의 카우보이들이 툭하면 총질하는 것도 그 때문이지.'

그런 점을 고려해 보면 여기서 물러날 경우 맥코이와 맥도날드의 위상이 올라가 차후 곤란해진다는 걸 알 수 있었다.

"그런 단세포 생물 수준으로 여태까지 살아 있는 게 용하다!"

"어떻게 하시겠습니까! 이 기회에 맥코이와 맥도날드 두 놈 다 요절을 내버리죠."

맥더프는 킬워드의 손을 빌려서 두 적수를 아예 매장해 버리고 싶어서 안달이 났다. 이 녀석도 어딜 거저먹으려고 그러나. 킬워드는 그를 제지했다.

"기다려 봐! 응?"

"아, 안개가? 이렇게 아래쪽까지?"

대드루이드 루크는 갑자기 짙어지는 안개를 보고 당황했다. 이 안개는 바로 그 뱀의 징조였다.

"그 뱀은 평상시는 좀 더 고지대에서 활동해요! 결코 사람들 있는 곳까지 내려오지 않았는데?"

"쉬잇. 소리 죽여."

킬워드는 루크에게 조용히 하라는 신호를 보냈다.

맥도날드가 이끌고 온 궁사들의 공격이 점점 빈도가 줄

기 시작했다. 맥코이와 맥도날드도 이 안개의 의미를 잘 알고 있었다. 그들은 갑자기 안개가 오자 당황해했다.

"아니, 왜 이 괴물은 여기까지 내려온 거야?"

"저놈이 그 괴물을 부리는 거야! 틀림없어!"

맥도날드는 별 근거도 없이 킬워드를 범인으로 지명했다. 안개가 짙어지자 궁사들은 활을 내려놓고 주위를 둘러보며 경계를 하기 시작했다. 안개는 점차 두꺼워져 마치 우유 거품처럼 진하고 탁해졌다. 팔을 내밀면 손끝도 잘 안 보일 정도로 안개가 짙어지자 모두들 움직이지도 못하고 있었다. 이대로 걷다가 발에 나무뿌리라도 채서 넘어지면 죽을 판이다.

궁사 한 명은 갑자기 자신의 등 뒤에서 뭔가 서늘한 느낌이 다가오는 게 느껴졌다. 그리고 다음 순간, 매끄러운 팔 하나가 그의 배를 따라 가슴을 끌어안는다. 젊은 여자한 명이 그의 등 뒤에서 갑자기 그를 와락 끌어안은 것이다.

"후후후. 잡았다."

깜짝 놀란 궁사가 몸을 빼려고 했지만 그게 그렇게 쉽게 되지 않는다. 차디찬 피부의 감촉에 놀라서 다리에서 힘이 빠지고 여자의 팔 힘도 엄청나다.

그 여자는 궁사의 목덜미에 입을 벌리더니 와락 깨문다. 여자의 턱인지라 그리 크게 벌어지진 않지만 교합력이 상당해서 궁사의 목덜미가 찢어지고 피가 왈칵 흐른다.

"끄아아악!"

비명을 지르지만 그 순간 여자는 궁사를 휙 낚아채서 안개 속으로 끌고 들어가 사라졌다.

"이런!"

궁사들은 모두들 당황해서 어쩔 줄 몰라 했다.

"활 대신 무기를 들어!"

맥코이가 고함을 질렀지만 그때 무언가가 맥코이를 향해 날아들었다. 맥코이는 반사적으로 몸을 옆으로 던져 그것을 피했고, 바닥에 떨어진 그것은 맥도날드의 발까지 굴러왔다. 방금 전 여자에게 잡혀갔던 궁사의 시체가 맥도날드의 발 앞에 멈춰 섰다.

"이놈이 아니야!"

안개 너머로 여자의 원망스러운 목소리가 들린다. 맥도날드는 그 모습을 보고 눈을 부라리며 칼을 빼 들었다.

"이 괴물! 내 영지를 어지럽히는 것도 오늘까지다! 쏴라!"

"그, 그만두게! 바보짓 하지 마!"

맥코이가 맥도날드를 말렸다. 이런 안개 속에서 뭘 향해 쏘란 말인가? 그러나 맥도날드는 맥코이의 제지를 듣지 않았다.

"뭐, 바보가 바보짓 하는 게 당연하지."

밑에서 엄폐물 뒤에 숨어 있던 킬워드가 한마디 했다.

맥도날드의 지시하에 안개 속에 숨어 있던 궁사들이 몸을 일으켜 안개 속의 괴물을 향해 화살을 날렸다. 그러나 안개 속의 괴물은 무서울 정도로 빠른 속도로 움직이며 바람을 일으켜 날아드는 화살을 쳐냈다.

"내가 기다린 것은 너희들이 아니야!"

갑자기 안개를 뚫고 화염이 뿜어져 나온다. 두꺼운 소나무만 한 화염 기둥이 궁사들 사이에서 작렬하자 궁사들이 비명을 지르며 나가떨어졌다.

"끄아아악!"

"사람 살려!"

화염은 안개를 태워 없앴다. 안개 속에서 움직이는 괴물의 모습이 그 덕분에 드러났다. 상반신은 젊고 아름다운 여성의 모습을 취하고 하반신은 뱀처럼 긴 꼬리를 가진 채 천사와도 같은 깃털의 날개를 가진 괴물이 울부짖고 있었다. 신기하게도 그녀의 머리칼 사이에는 붉은색의 꽃 한 송이가 귀 위쪽에 매달려 있었다.

"나는 당신을 기다려 왔어! 구원자! 신들의 대자(代子)여! 날 구해달라고!"

그 뱀의 여성은 다시 안개 속으로 뛰어들었다. 맥도날드의 병사들이 손도끼와 곤봉으로 무기를 바꾸어 들었지만 안개 속에서 빠르게 움직이는 괴물을 당해낼 재간이 없었다. 병사들은 하나둘씩 괴물에게 끌려 들어가 살해당했다.

콰드드득!

목뼈가 부서지는 소리와 함께 핏방울이 후드드득 경사면의 흙 위로 흐른다.

　"처음 몇 년간은 당신을 위해서 세상의 모든 것을 바치리라 결심했어! 다음 몇 년간은 당신을 원망하는 마음에 당신이 찾아와도 아는 체도 하지 않으리라 했지! 그렇지만 그런 마음은 내 안에서 맴돌 뿐! 당신은 나타나지 않았어."

　뱀의 괴물이 원망하는 소리를 하며 안개 속을 이동하자 루크와 마이아, 카탈린이 킬워드를 바라본다. 심히 미심쩍어하는 눈초리로 바라보고 있는 걸 본 킬워드는 한숨을 내쉬었다.

　"대체 무슨 짓을 했어요?"

　루크가 물어보자 카탈린은 이미 기정사실로 받아들였다.

　"설마 저런 괴물과 그렇고 그런 사이라니……."

　"신기하네요."

　마이아도 눈을 가늘게 뜨고 흘겨보자 킬워드가 손을 내저었다.

　"다들 조용히 해. 왜 저 뱀이 부르는 게 나라고 생각하는 거야?"

　"그럼 아니에요?"

　"……."

　킬워드는 자신을 추궁하는 여자들의 눈초리에 똑바로 대답하지 못했다. 그사이 불기둥이 맥도날드의 병사들을 강타했다. 이제 맥도날드나 맥코이 쪽에선 이쪽을 상대할 여력이 없어 보인다.

"날 망각 속에 버려뒀어!"

괴물은 정말 서러운 듯 울부짖고 있었다. 사람들은 안개 속에서 엎드려 괴물이 자신들을 발견하지 못하도록 자세를 낮추었다. 괴물이 안개를 풀긴 하지만 그녀 자신도 이 안개 속에서 사물을 파악하는 게 힘든지 사람들이 엎드리자 주위를 두리번거리며 노성을 낼 뿐 희생자가 생기지 않았다. 사람들은 안개를 피해, 괴물을 피해 이동하기 시작했다. 그때 얄궂게도 킬워드 일행과 맥도날드, 맥코이 일행이 만났다. 맥더프나 맥코이나 서로 원수이긴 하지만 맥더프가 입에 손가락을 가져가서 조용히 하자는 신호를 한다.

"카탈린, 저 여자 머리에 달린 꽃을 쏴서 떨어뜨릴 수 있겠어?"

킬워드가 그렇게 물어보자 카탈린은 의아해했다.

"꽃이 달려 있어요?"

"응. 귀 위쪽에 확실하게."

"발작하고 있는 광년의 머리에 달린 걸 어떻게 쏴서 떨어뜨려요?"

"그래도 가급적 저 꽃을 노려. 저게 저 뱀의 뇌간에 뿌리를 내려서 착란을 일으키고 있으니까."

킬워드는 그리 말하며 안개가 가득한 언덕을 기어서 오

르기 시작했다. 그런 킬워드에게 목소리를 죽인 마이아가 질문을 던졌다.

"그게 없어지면 말해서 통할 상대인가요?"

"그건 아니지만 나도 부하 덕 한번 보자."

"내가 활을 들고 다니지만 그렇게 비현실적인 명사수는 아니라고."

"그래도 부탁해."

킬워드는 카탈린에게 그렇게 부탁을 하고 맥코이와 맥도날드에 다가가 그들의 허리에 찬 칼을 뽑아 들었다. 동작이 너무 빨라서 맥코이와 맥도날드는 칼이 뽑혀 나가고 나서야 알아챘다.

"너희들은 나중에 보자."

킬워드는 그 말을 남기고 갑자기 벌떡 일어나 뚜벅뚜벅 뱀을 향해 걸어갔다. 안개가 흩어지고 킬워드와 뱀이 서로를 마주 본 채 섰다.

*　　　*　　　*

아름다운 여성의 모습과 기괴한 뱀의 하반신, 잘 연마된 청동 검을 연상시키는 날카로운 손톱을 가진 이 마물은 그 기괴함이 지나쳐 두려움과 혐오감을 불러일으킨다. 하지만 킬워드는 그런 마물의 앞에 당당히 서서 빈정거렸다.

"제법 말발이 서는구나, 뱀. 하지만 광기에 지배당하면

시인의 말을 해도 설득력이 없는 법이지."

"당신은… 당신을 만나는 것은 이번이 처음인가? 아니면……."

"뭐든 좋아. 날 죽이고 싶은 거 아니었나? 덤벼라!"

킬워드가 양손에 쥔 검을 각각 들어 보이자 뱀은 머리를 양손으로 짓누르고 비명을 질렀다.

"아아아악!"

그다음 순간 모두의 눈앞에서 뱀의 모습이 사라졌다. 뱀 여자는 옆으로 움직여 시야를 벗어나 빠르게 킬워드에게 덤벼든 것이었다. 그러나 킬워드의 모습 역시 뱀 못지않은 속력으로 시야에서 사라졌다.

킬워드의 손에 들린 칼이 수은으로 된 것처럼 긴 은백색 잔광을 흩뿌리며 공간을 가른다. 킬워드와 뱀의 모습이 나무와 바위 사이로 빠르게 스쳐 지나가며 돌풍을 부른다.

휘이이잉!

어찌나 움직임이 빠른지 둘 사이에서 돌풍이 일어나며 안개가 흐트러진다. 구경하고 있는 이들 사이에서는 검은 그림자들이 흐르는 것처럼 보인다. 킬워드는 두 자루의 검을 마치 수족처럼 휘두르며 뱀이 뻗어오는 팔을 다 쳐냈다. 두꺼운 비늘이 뱀 여자의 팔에서 돋아나 칼날을 튕겨내며 두꺼운 쇳소리를 낸다. 하지만 킬워드의 검이 좌우로 교차하며 그녀의 날카로운 손톱을 잘라내고 피가 튀게 만들었다. 보통 사람은 눈이 돌아갈 만큼 빠른 움직임이었지만 이 움직임에서도 킬워드는 우위를 점하고 있었다.

"꺄아아악!"

뱀 여자는 날카로운 고음의 비명을 지르며 물러났다. 손톱이 깊이 잘려 나간 손가락 끝에서 피가 방울져서 떨어진다.

"미안. 내가 손톱 다듬는 재주가 좀 없지?"

킬워드는 빈정거리며 그녀를 노려보았다. 이 상황만 보면 킬워드가 우세한 것으로 보이지만 킬워드의 손안에 들려 있는 칼은 벌써 여기저기 이가 깨져 있었다. 저 뱀 여자의 비늘과 손톱이 너무 튼튼한데 비해 맥코이와 맥도날드의 검은 대충 만들었다.

'아니, 원래 어지간히 잘 만들어진 검도 놋쇠 같은 저 비늘과 손톱이랑 충돌하면 상하게 되어 있기는 하지.'

킬워드는 칼이 부러지지 않도록 신경 쓰며 뱀 여자의 움직임을 주시했다. 뱀 여자는 다시 무서운 기세로 킬워드에게 덤벼들었지만 킬워드는 그녀를 훌쩍 뛰어넘어 나무 위에 올라섰다가 인근 바위로 도약했다. 활을 겨누고 있는 카탈린으로서는 정말 입에서 욕이 절로 나왔다.

"저렇게 빠른데 어떻게 쏘라고?"

그때 루크가 카탈린의 앞에 서더니 양팔로 원을 만들었다.

"여길 봐요, 카탈린."

카탈린이 원 안을 들여다보니 킬워드와 뱀의 모습이 흐

릿하게 환영으로 보인다. 마치 수면 위에 떠오르는 영상처럼 흐릿하지만 그들을 중심으로 주위가 흐르기 때문에 빠른 움직임을 눈으로 좇느라 고생할 필요가 없었다.

"이 안으로 쏘도록 해요, 카탈린."

"음!"

카탈린은 루크가 시키는 대로 그의 팔 안으로 화살을 쏘았다. 화살이 루크의 팔 사이를 지나며 일렁이더니 정확하게 뱀 여자의 머리에 박혀 있는 꽃에 명중했다.

"꺄아아악!"

뱀 여자가 머리를 감싸 쥐며 비명을 질렀다. 그 모습을 본 킬워드가 감탄했다.

"맙소사! 처음으로 부하 덕을 봤어!"

"아트릭스의 부실한 사람들과 대드루이드인 저를 비교하면 곤란하지요! 흠흠!"

"활을 쏜 건 나라고!"

루크와 카탈린이 서로의 공을 주장한다. 그 모습을 보던 마이아가 한숨을 푹 내쉬었다.

"아직 끝난 게 아니야! 집중해!"

"그건 그렇지."

킬워드의 대답과 동시에 뱀 여자가 킬워드에게 뛰어들었다. 킬워드가 검을 들어서 그녀의 공격을 막아냈지만 이가 나간 칼이 이 빠른 돌격을 버텨낼 리가 만무했다.

우득!

칼이 부러지는 것과 동시에 킬워드는 몸을 틀어 무시무
시한 회전력을 더해 뱀 여자의 허리에 발차기를 넣었다.
그러나 뱀 여자는 온전한 뱀으로 변신하면서 킬워드의 발
차기를 흘려보내고 독사의 이빨을 킬워드에게 쑤셔 박으
려 했다.

"미안하지만 안 통한다고!"

킬워드는 부러진 검을 십자로 엮어서 독사의 입을 막아
냈다.

쉬이이익!

뱀의 입에서 불꽃이 혀를 날름거린다. 화염을 토하려는
것일까? 그러나 킬워드는 불꽃이 눈앞에서 번뜩여도 침착
하기만 했다.

"어이쿠! 이런. 나의 실수."

킬워드는 등 뒤쪽을 확인하고 일부러 뱀의 입을 돌렸다.
불꽃의 숨결이 뿜어져 나오며 맥코이와 맥도날드를 덮친
다.

"으아악!"

킬워드는 맥코이와 맥도날드에게 화염을 뿜어내게 하
고 무릎으로 뱀의 턱 밑을 강타했다. 놀란 뱀이 입을 다물
자 그 머리를 양손으로 붙잡고 번쩍 치켜들더니 바닥에 내
리꽂았다.

쩡!

청동 종이라도 때리는 듯한 소리와 함께 뱀이 고꾸라졌

다. 뱀은 그 상황에서도 포기하지 않고 몸으로 킬워드를 조이려 했지만 킬워드는 부러진 검의 자루를 거꾸로 쥐더니 뱀의 머리통 옆을 강타했다.

"아아아악!"

"이봐, 괴물 모습이면 때리는 데 부담이 덜하지. 변신해 봐. 혹시 알아? 여자 모습이면 안 때릴지?"

킬워드는 자신을 조이려고 몸통으로 접근하는 뱀에게 부러진 검을 휘둘러 쳐내며 그렇게 말했다. 그러자 뱀은 다시금 상반신은 여인, 하반신은 뱀인 형태로 변신했다.

"이, 이렇게?"

그 순간 킬워드는 방긋 웃었다.

"믿었냐? 남자한테 잘 속는 여자는 인생 조지는 거야."

킬워드는 공을 차듯 거칠게 발로 뱀 여성을 걷어차 버렸다. 뱀 여자의 몸이 붕 뜨더니 비탈길 아래로 데굴데굴 굴러가 쓰러졌다.

"껍질이 부드러워지니까 잘 박히는군. 어때? 이제 정신 좀 차렸냐?"

킬워드는 뱀 여자에게 걸어갔다. 뱀 여자는 겁에 질려서 몸을 일으켜 세웠다.

"잠깐만. 아, 아파."

"당연히 아프라고 때린 거야. 이제 더 아픈 걸 찔러주지. 각오는 되어 있나?"

날이 다 빠진 부러진 검을 바닥에 떨어뜨리고 대신 작은 단검을 꺼낸다. 장검보다 이런 단검이 오히려 구조적으로 더 튼튼하다. 킬워드가 예리한 단검을 들이밀자 뱀 여자는 당황스러워한다.

그때 킬워드는 바닥에 뭔가가 있는 것을 발견했다. 방금 전 뱀 여자의 머리에서 떨어져 나온 꽃이 바닥에 굴러다니고 있었다. 킬워드는 그 꽃을 발로 차올리더니 손에 쥐었다.

"이 꽃은… 흠, 어디……."

킬워드는 꽃을 입으로 가져가 꽃잎을 물어뜯었다. 그리곤 씹어먹는 게 아닌가?

"혹시나 했지만 이건 역시 암브로시아로군. 이건 이곳 캄브리아(얼스터의 옛 이름)는 물론이고 로망—갈리아(브리튼과 프랑크 일대) 지역 어디에서도 나지 않을 텐데. 아니, 정확히 말하면 일반적인 인간들이 다룰 물건은 아니지. 넌 뭐지, 뱀? 이 꽃은 어디서 났나?"

킬워드가 추궁하자 뱀은 적극적으로 해명하기 시작했다.

"나는 케찰코아틀의 후손이야. 그 꽃은 나도 몰라!"

케찰코아틀이란 단어를 듣는 순간 킬워드는 멈칫했다.

"살려줘! 나, 나는 아무것도 기억나지 않는다고!"

꽃이 떨어진 뱀은 더 이상 공격을 가하지 않고 오히려 자비를 구걸했다.

"이 꽃을 네게 심은 놈이 있을 거다. 정말 모르나?"

킬워드는 뱀에게 그렇게 물어보았다. 그러나 뱀은 정말 기억을 잃었는지 고개를 저으며 겁에 질린 표정으로 킬워드를 바라보고 있을 뿐이다.

"그래, 그럼 어쩔 수 없지."

킬워드의 손아귀에서 단검이 핑그르르 회전했다. 상식적으로는 여기서 이 뱀을 죽이는 게 옳겠지만 킬워드는 한숨을 내쉬었다.

"사람들을 해친 네 죄는 매우 크다. 아무리 암브로시아에 중독되었다 하더라도 네가 한 짓에는 책임을 져야 한다. 하지만 네가 정말 케찰코아틀의 혈족이라면 널 죽이는 대신 유용하게 쓸 수 있을 것이다."

"설마!"

맥코이와 맥도날드가 화염에도 죽지 않았는지 부스스하게 그슬린 모습으로 일어나서 따지고 들었다.

"저 괴물을 부하로 쓰겠다는 말이오?"

"애초에 루크님이 요구한 것은 저 괴물의 죽음이오! 당신이 저 괴물을 죽이지 않으면 우린 당신을 인정하지 않겠소!"

"저런 괴물에게 자비 따윈 필요없소!"

맥코이와 맥도날드가 그런 억지를 부렸지만 장본인인 루크가 이 자리에 있었다.

"괴물을 퇴치하라는 건 괴물의 피해에서 사람들을 구하

라는 것이었습니다. 만약 저 괴물이 더 이상 해를 끼치지 않게 된다면 죽이지 않고 해결하는 것도 나쁘지 않지요."

루크에겐 정체불명의 킬워드와 저 해괴한 괴물을 옹호할 생각은 없었다. 하지만 그가 있음을 알고도 기습을 감행한 맥도날드와 맥코이가 원하는 대로 이야기를 끌고 나갈 생각도 없다. 맥도날드와 맥코이는 괜히 나섰다가 본전도 못 찾게 되었다.

"그러나 이건 너무합니다. 제 부하들을 저 괴물이 죽였는데……."

맥도날드는 자신의 부하를 죽인 뱀을 노려보며 말꼬리를 흐렸다. 킬워드는 그런 맥도날드를 한 번 바라보고 쓴 웃음을 지었다.

"보시다시피 케찰코아틀의 혈족이라고 주장하는 뱀. 너와 같은 괴물은 기사들은 물론 다른 사람들에게 안 좋은 인상을 준다. 모습을 바꿀 수 있는가?"

"그, 그렇다면 하반신도 인간 여자로?"

"그게 무슨 쓸모가 있어?"

"아니, 쓸모야 많지."

뱀이 그렇게 말하자 이 자리에 모인 사내들은 동감해서 고개를 끄덕였다. 암 쓸모는 많다. 하지만 킬워드는 시큰둥한 표정이었다.

"좋아, 내가 당신의 무기가 되겠어. 인간이 만든 어떤 무기보다도 강하고 예리한 무기가 되면 어때? 기사들이나 다른 이들의 눈을 신경 쓰지 않아도 될 텐데?"

"그래, 그게 낫겠구나."

킬워드는 바닥에 떨어뜨린 부러진 검을 힐끗 바라보았다. 사실 지금까지 그가 맨손으로 싸운 것은 그의 힘을 버티는 인간의 무기가 드물었기 때문이다. 그녀가 그의 무기로 둔갑하겠다면 그건 꽤나 매력적인 제안이다.

"알겠어, 뱀. 널 내가 거두마. 함정이든 아니든 상관없으니 내 창이 되어라."

킬워드가 그리 말하자 뱀은 기꺼이 킬워드의 앞에 머리를 조아렸다.

"예, 신의 대자여! 저는 당신을 기다리고 있었습니다! 이번에야말로……."

그녀는 순식간에 커다란 뱀으로 변해 킬워드의 오른팔에 감겼다. 킬워드가 뱀에 감긴 팔을 치켜들자 깃털이 휘날리며 뱀이 거대한 장창으로 변했다.

"오오!"

"아아앗!"

모두들 창으로 변한 뱀의 모습을 보며 감탄했다. 심지어 방금 전까지 적대시하던 맥코이나 맥도날드조차 감탄사를 터뜨렸다. 안개의 계곡에서 거주하며 사람들을 해치던 마물을 굴복시켜 무기로 바꾸다니 그야말로 신화 속의 한 장면 같지 않은가! 이리되자 킬워드를 반대하던 호족들도 그를 인정하지 않을 수 없었다.

"그러고 보니 당신들… 제가 있는데도 공격을 가했지요?"

루크가 맥코이와 맥도날드를 노려보자 그들 둘은 즉시 머리를 조아렸다.

"죄송합니다. 전 말렸는데도 맥도날드가 그만……."

"이 자식, 나에게 다 뒤집어씌울 셈이냐? 루님, 절 꼬드긴 건 이놈입니다. 제가 가만히 지내고 있는데도 찾아오더니만 갖은 감언이설로……."

이렇게 되자 이젠 맥코이와 맥도날드가 싸우는데 정말 날이 새도록 싸워도 끝이 없을 것 같다. 그사이에 킬워드는 뱀이 변한 창을 살펴보았다.

"케찰코아틀은 풍요를 가져오는 태양신으로, 불을 뿜는 날개 달린 뱀을 무기로 썼다고 했지. 그래, 이렇게 이야기가 맞아떨어져 가는군. 어디 위력을 볼까?"

그는 큼지막한 바위 앞에 서더니 창을 잡고 힘을 주어 휘둘렀다. 어찌나 빠른지 보통 사람에게는 잔상으로밖에는 보이지 않았다.

"……."

킬워드는 손에 아무런 느낌이 없다는 사실을 깨닫고 바위를 바라보았다. 바위도 아무 일 없이 가만히 서 있다.

"이게 너무 예리해서 베고 지나갔는데 손맛이 없는 건… 아니지?"

킬워드는 분명히 휘두르는 순간 창이 휘어지는 걸 보았

다. 그런데 설마 그게 그건 아닐 테지?

"너 혹시 피했냐?"

"당신 힘 너무 세! 내가 부서져 버려! 다짜고짜 돌에다 휘두르다니 무슨 짓이야?"

역시나.

아마도 창이 바위에 부딪치는 걸 싫어해서 피한 모양이다.

"강철도 바위보다 경도가 낮기 때문에 바위에 대고 도검류를 휘두르는 건 어리석은 짓이라고. 숫돌로 칼을 가는데 왜 돌에다 무기를 휘두르는 거야?"

뱀이 열심히 변명한다. 그런데 말하는 솜씨가 꽤 되는데다가 지식 수준도 높다. 킬워드는 왠지 기뻐서 뱀을 설득했다.

"넌 고작 강철 따위가 아니잖아. 왜 그렇게 자신을 비하하는 거야? 너 자신을 믿어. 넌 할 수 있어. 할 수 있다고!"

그러나 뱀은 킬워드의 말발에 넘어가지 않았다.

"무책임한 소리 하지 마! 당신의 말에 넘어가면 상처 입는 건 나뿐이잖아! 당신은 당신 좋을 대로 즐기기만 하고 그 후유증은 다 내가 감내해야 하다니! 흑흑! 사내들은 다 무책임하다고 하던데 역시 무책임한 남자!"

모두들 뱀의 달변에 할 말을 잃었다. 킬워드가 어, 하고 입을 벌리고 있다가 날벌레가 들어가려고 하자 냉큼 닫았다.

"거 대사가 굉장히 의미심장하다?"

킬워드는 투덜거렸지만 바위에 대고 창을 휘둘러 시험해 보는 건 그만뒀다. 그보다는 아직도 싸우고 있는 맥코이와 맥도날드를 말리는 게 중요했다.

"자자, 그만. 루크, 이걸로 네가 제시한 세 가지 시련은 다 돌파한 것 같은데, 하이랜드의 영주들과 장로들도 이제는 납득하겠지?"

"아직 아닙니다. 반역자는 처단해야지요."

마이아는 티격태격 다투고 있는 맥코이와 맥도날드를 싸늘한 표정으로 내려다보며 그렇게 말했다. 순간 맥코이와 맥도날드는 서로 싸우는 걸 멈추고 식은땀을 뻘뻘 흘렸다. 아마 자기들끼리 다툰 것은 정말 미워서도 있겠지만 스스로 자신들을 벌줘서 문책받는 것을 좀 줄여보겠다는 속셈도 있었으리라.

"뭐? 이미 다 끝났는데?"

"말했다시피 그게 하이랜드의 방식이야. 보복이 확실하지 않으면 무시당해."

카탈린도 맥코이와 맥도날드를 보며 한마디 거들었다. 그러자 킬워드는 어깨를 으쓱해 보였다. 물론 그도 맥코이와 맥도날드가 마음에 드는 건 아니다. 아트릭스의 배반자인 잉더크를 커뱅 백작에게 보내 버린 전적이 있지 않은가? 필요하다면 얼마든지 잔혹해질 수 있고 필요하지 않아도 충분히 잔혹한 그였다. 그렇지만 하이랜더들 사이에서는 좀 이야기가 다르다.

"맥코이, 맥도날드, 다음 전투에서 돌격대를 지휘하도록 해라. 살아남으면 오늘의 일은 기억에서 지워주마."

"아니! 킬워드!"

맥더프 입장에선 원수나 다름없는 녀석들이 이번에 크게 혼날 찬스였는데 이 정도로 봐주는 게 이해가 가질 않았다. 하지만 킬워드는 루크를 돌아보며 동의를 구했다.

"지금은 이런 놈들이라도 필요해. 괜찮겠지, 루크?"

"뭐 당신이 원하신다면야."

루크도 킬워드의 뜻을 존중해 주었다. 그런데 그때였다.

산비탈 아래에서 전령 한 명이 헐떡이며 달려오고 있는 게 아닌가? 카탈린의 부하인 궁사 한 명이 헐레벌떡 산비탈을 뛰어오며 고함을 질렀다.

"큰일 났습니다!"

"뭔 큰일?"

"…아트릭스가……."

"응?"

"아트릭스가 함락당했습니다!"

"뭐? 커뱅인가?!"

"아, 아닙니다! 커뱅이 아니라… 칼린 경입니다!"

"뭐?!"

그 순간 모두들 깜짝 놀랐다. 킬워드가 자리를 비운 사

이, 최악의 경우 아트릭스가 함락당할 것도 예측해 두었
다. 그렇지만 설마 칼린 경이 배반하다니?

"이게 어찌 된 일이지?"

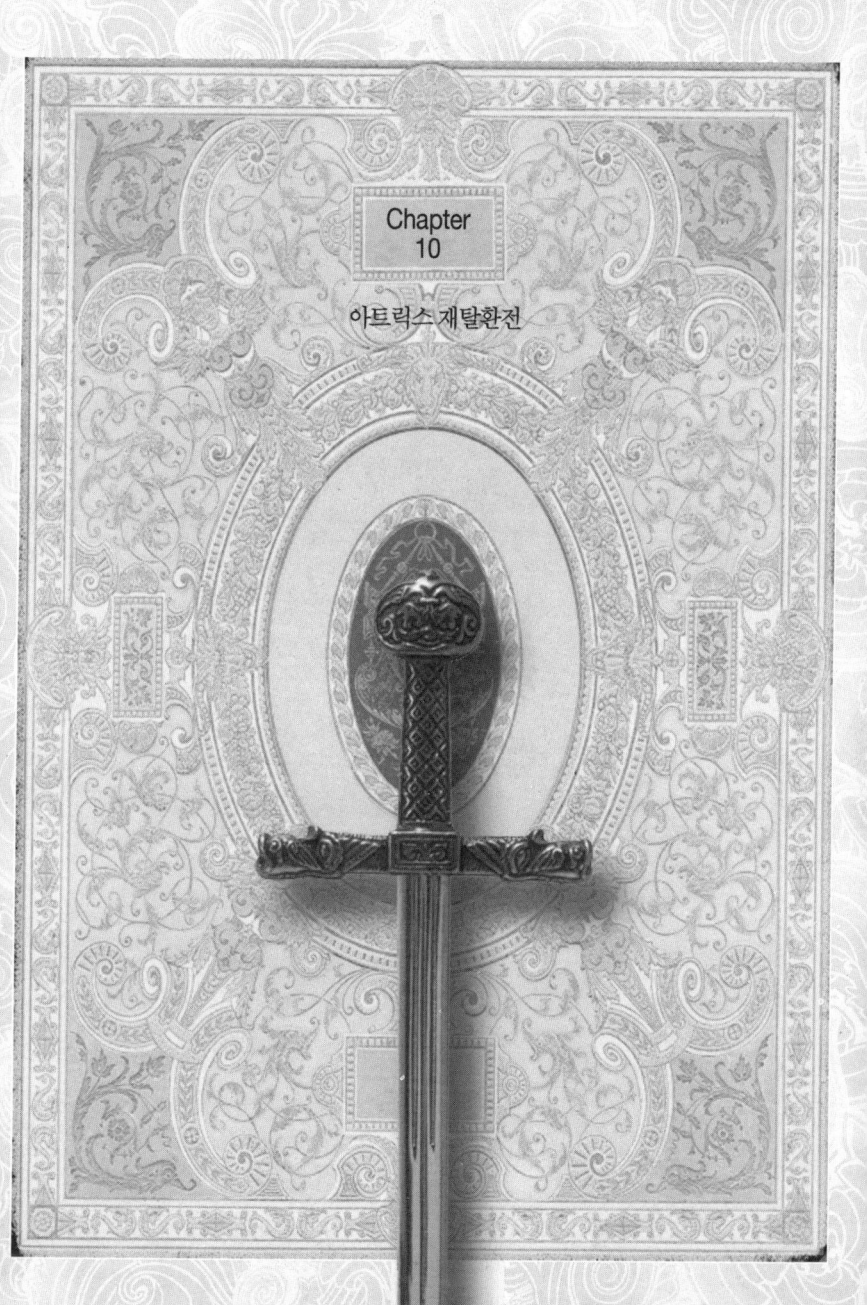

Chapter
10

아트릭스 재탈환전

아더왕과
각탁의 기사
THE KNIGHTS OF SQUARE

정식으론 얼스터 주교이지만 먼스터와 랜스터, 코노트 지역에 제대로 된 신교 교단이 설립되지 않아 사실상 에이레 전역의 주교라 할 수 있는 크라포트 주교는 으리으리한 마차에 몸을 싣고 이동 중이었다. 북부 얼스터 수도원이 파괴되고 그쪽에 파견되어 있던 요타가 실종된 것에 대해서 교황청에서 이제야 연락이 왔다.

교황청에서는 즉각 요타의 행방을 찾아내고 필요할 경우 요타를 제거할 것을 명했다. 하지만 요타가 킬워드란 신분을 얻고 놀라운 무력과 지략으로 대영주 커뱅 백작을 놀림감으로 만들었다는 사실은 이미 널리 알려져 있었다.

크라포트 주교 혼자의 힘으로는 도저히 킬워드를 어찌

할 수가 없다. 이에 중앙 교단에서는 암살자를 파견했다. 그 암살자는 지금 크라포트 주교의 맞은편에 앉아 있었다.

"응?"

크라포트 주교의 맞은편에 앉아 있던 암살자는 문득 뭔가를 느꼈는지 마차 창밖을 바라보았다. 암살자의 왼쪽 눈을 가리고 있는 안대 안쪽에서 푸르스름한 빛이 새어 나왔다. 기괴한 모습이지만 크라포트 주교는 그러려니 하고 깊이 생각하지 않았다. 이들은 교단의 어두운 부분에 관여한 이들로, 이들에게 깊이 파고들면 목숨을 부지하기 힘들기 때문이다.

"무슨 일인가, 시그마?"

"고대의 뱀에 걸어둔 암브로시아가 해제당했어."

시그마라고 불린 청년은 주교 앞에서 다리를 꼰 채로 투덜거렸다. 왼쪽 눈에 안대를 차고 있는 검은 머리칼의 청년은 남은 한쪽의 눈을 희번덕거리며 킬킬 웃었다.

"요타의 솜씨인가 보군. 그래, 이 정도는 되어야지. 중합체에서 막 벗어나서 감 못 잡으면 어쩌나 했는데 괜한 걱정이었어. 하하하하!"

"벌써? 빠르군. 그럼 즉시 다음 계획으로 넘어가도록 하지."

"하하! 얼스터 주교가 직접 아트릭스에 들어갈 셈인가? 용감한걸?"

신교도인 주교가 얼스터 반군 세력의 땅에 들어가는 것

은 확실히 무모한 짓이다. 물론 주교 혼자만 가는 게 아니다. 지금 이 마차의 양옆에는 무장한 기사들이 함께하며 위풍당당하게 나아가고 있었다. 그렇지만 아트릭스에서 커뱅 백작이 패했다면 아트릭스군의 능력은 예사롭지 않으리라. 이런 호위기사들이 얼마나 쓸모있을지 모르겠다.

"네놈이 나를 지켜야 한다. 시그마, 내 목숨을 지키는 게 네 사명 중 하나라는 걸 잊지 마라."

크라포트 주교는 시그마에게 자신의 경호를 떠넘겼다. 주교는 시그마의 능력이 얼스터 반군 사이에서 그를 지키고도 남음이 있다고 믿고 있었다. 그러나 정작 당사자인 시그마는 주교를 무시했다.

"흥, 요타와 싸우는 게 아니라면 흥미없어."

시그마는 다시금 눈을 감았다.

킬워드의 부재중 아트릭스를 지키고 있는 이는 아트릭스의 오랜 가신 칼린 경이었다. 그는 커뱅 백작이 다시금 쳐들어오거나 할 경우를 대비해 킬워드의 병력을 맡아서 영지를 다스리고 있었다. 아트릭스의 영지가 킬워드의 놀라운 수완으로 재편성되긴 했지만 그렇다 하더라도 아트릭스는 가난하고 척박한 영지였기에 칼린 경은 격무에 시달리고 있었다.

그런데 그런 칼린 경에게 얼스터의 주교 크라포트가 찾아왔다. 그는 혼자 찾아온 게 아니라 칼린 경도 익히 알고 있는 기사들과 함께 왔는데 적인지 아군인지 알지 못할 상황이라 일단 이야기를 나누기로 하였다.

"당신은 분명히… 신교도의 주교였지요. 어째서 우리의 땅으로 들어온 겁니까?"

칼린이 크라포트에게 묻자 그의 곁에서 그를 수행하던 젊은 기사가 나섰다.

"안녕하십니까, 칼린 경. 저는 세비우스의 아들 크라수스 에리누스입니다."

그 이름을 들은 칼린은 눈살을 찌푸렸다. 과거 라티나 제국이 브리튼, 알비온, 에이레를 점령했을 때 사람들은 라티나 제국의 지배에 저항했었다. 그러나 그럼에도 불구하고 부유한 이들과 권력자들은 라티나 제국의 문물에 심취했고, 그들 중 일부는 아예 라티나 식으로 이름을 바꾸었다. 세비우스의 아들 크라수스는 바로 그런 라티나 제국인이 되고 싶어하는 랜스터(에이레의 남동쪽 지역, 얼스터는 북부)의 귀족이었던 것이다.

"그래, 크라수스 경, 무슨 일이오?"

"당신들을 지배하고 있는 킬워드는 사실 에이레인이 아닙니다. 저는 비록 세례를 받은 신교도이긴 하지만 저도 에이레인입니다. 종교가 다르다고 해도 같은 민족인 편이 낫지 않나요?"

"무슨 소리를 하는 건지……."

칼린은 고개를 좌우로 저었다. 그러자 주교가 직접 나

섰다.

"당신네 영주 킬워드는 훨씬 옛날에 홍역으로 죽었소. 지금의 영주는 바로 우리 신교도의 탈주자요. 그는 당신들의 신앙을 가지고 있지 않을 뿐 아니라 심지어는 에이레인도 아니지. 그는 우리 교단의 배신자, 우리 교단의 소유물이오."

얼스터 주교 크라포트가 그리 말하자 칼린은 기가 막혀했다.

"지금 대체 무슨 소리를 하는 거요?"

"당신네 영주 킬워드, 아니, 요타의 신병을 넘기시오. 그러면 당신을 아트릭스의 영주로 인정할 뿐만 아니라 커뱅이나 다른 신교도인들에게서 당신의 영지의 권리를 지켜주리다. 주교로서 나의 권한은 막강하오. 내가 명하면 커뱅조차 당신들의 위협이 되지 못할 거요."

"그리고 우리 휘하에는 100명의 갑옷 입은 기사가 있습니다. 전부 에이레인 기사입니다. 당신이 그러겠다고 하면 우리가 병력을 빌려줄 수도 있습니다."

랜스터 호족인 크라수스가 자신의 세력을 과시하듯 말했다. 그의 말이 진실이라면 분명히 아트릭스와는 비교도 안 되는 거대한 병력이다. 그렇지만 칼린은 신중한 사람이었고, 무엇보다 그는 킬워드를 배반할 생각이 없었다.

"아니, 잠깐. 지금 아무런 증거도 없이 달랑 당신들의 말만 믿고 영주를 배반하라고? 그런 알량한 속임수에 넘어갈 것 같소?"

"증거가 필요하시오?"

"아니, 내 말은 그 뜻이 아니라……."

킬워드가 진짜 아트릭스 영주의 적자가 아니라는 건 칼린도 어렴풋이 느끼고 있었다. 눈이 옹이구멍이 아닌 이상 누구든지 그 사실을 알아차릴 것이다. 그럼에도 불구하고 칼린은 킬워드를 따르기로 결심했다. 다 죽어가는 영지를 이용해 커뱅 백작의 침략을 막아내고 오히려 커뱅 백작에게서 돈을 뜯어내어 영지를 되살린 이라면 혈통이나 민족에 상관없이 그의 주군이 되기에 충분했으니까. 그런데 이들이 증거를 가져와 봐야 그의 주군에 대한 음해와 협잡에 불과하다.

"시그마!"

그 순간 칼린은 자신의 등 뒤에서 누가 나타난 것을 느꼈다. 아니, 대체 어떻게? 방금 전까지 아무도 없었는데 이렇게 손쉽게 그의 등 뒤에 나타날 수 있단 말인가?

"아아, 여긴 진짜 더럽게 시골 동네로군."

"아니!"

칼린은 꼼짝도 할 수가 없었다. 그의 목에 뭔가 예리한 것이 닿아 있었다. 상대와의 거리감에서 그게 손톱이라는 걸 알았지만 시그마라는 자가 잡고 있는 어깨에서 전해지는 힘으로 볼 때 그는 손톱만으로 칼린의 목을 떼어낼 수 있을 것이다.

'이런 괴력은……'

킬워드가 보인 괴력과 일맥상통하다. 그렇다면 시그마라는 자는 킬워드와 무슨 관계가 있는 것일까?

"그는 시그마, 당신이 킬워드라고 알고 있는 자와는 형제뻘이오. 교단의 암살자로서 만약 그가 마음먹었다면 당신은 벌써 죽어 있겠지. 자, 어떻……."

크라포트 주교가 칼린을 회유하려고 계속 말을 이어나가자 시그마가 그의 말을 끊었다.

"칵! 닥치라고, 주교. 왜 개소리를 줄줄 늘어놔?"

"뭐?"

"주교, 당신이 뭐라고 말해도 이 남자는 그냥 쉽게는 배반하지 않아. 요타가 아트릭스 영주의 혈족이 아니란 건 그도 이미 알고 있었을 거야. 그럼에도 그가 따르는 건 요타가 그만큼 영웅이기 때문이야. 기사도를 좋아하는 이들이 그런 영웅을 보고 반하지 않으면 그게 이상한 거지."

"무, 무슨 짓이오?"

칼린은 자신의 목에서 손톱을 떼는 시그마를 돌아보았다. 시그마라고 불린 이 청년은 안대를 끼고 있지만, 그 외에는 상당 부분에서 킬워드와 닮아 있었다. 정말 형제라고 생각될 정도다. 그는 어디선가 나타난 꽃 한 송이를 검지와 중지 사이에 끼고 양 손가락을 비비며 빙글빙글 돌린다.

"기사도의 시대에선 다들 영웅을 사랑하지. 하지만 만

약 당신이 그런 영웅적인 힘을 가질 수 있다면? 그때도 요타, 아니, 킬워드의 꽁무니를 졸졸 따라다닐 건가?"

"아, 아니……."

위압감을 느끼며 물러나는 칼린의 관자놀이에 꽃의 줄기가 박혔다. 시그마는 칼린이 미처 도망치기도 전에 그의 머리에 꽃을 박아 넣은 것이다. 순간 칼린의 몸이 벼락이라도 맞은 것처럼 파르르 떨렸다.

"킬워드가 아닌 당신이 얼스터를 브리튼으로부터 독립시키는 영웅이 될 기회를 주지. 잘해보라고."

시그마는 큭큭 웃으며 칼린에게서 손을 뗐다. 머리에 꽂힌 꽃은 순식간에 칼린 경의 뇌리 속으로 뿌리를 내려 박혔다. 그 모습을 보며 크라포트와 크라수스는 진저리를 내며 시그마를 노려보았다. 어쨌거나 이들은 말로 그를 설득하고 싶었는데 시그마는 단숨에 꽃을 꽂아 일을 성사시켰다.

"일 처리는 이렇게 하는 거야, 크라포트."

"이 악마 같은 놈."

크라포트는 시그마의 일 처리에 반발했지만 그렇다고 이미 벌어진 일을 뒤집을 생각은 없었다.

*　　　*　　　*

아트릭스의 대장간은 한때 싸늘하게 식어 있었다. 킬워

드가 아트릭스의 영주가 되기 이전, 너무나도 가난했던 아트릭스는 대장간을 돌려 뭔가를 생산할 필요가 없었다. 그러나 킬워드가 커뱅에게서 막대한 몸값을 뜯어낸 지금에 와서는 쉴 새 없이 화로에 불을 지피고 있었다.

대장장이들은 영주가 발주한 무기를 만드는 한편, 급료를 받아 부유해진 사람들의 개인적인 주문도 함께 처리하고 있었다.

그때 그 대장간을 향해 기골이 장대한 거한이 걸어 들어왔다.

다들 처음에는 그가 누구인지 알아차리지 못했다. 그러나 대장장이들의 곁에서 일을 보조하던 도제 한 명이 반신반의하며 물어보았다.

"칼린님?!"

"이걸 녹여서 나를 위한 검을 새로 벼리도록 해라. 크고 튼튼하게!"

칼린은 노획했으나 파괴된 검과 방패를 대장간에 던졌다. 쇠의 무게가 약 1스톤(14lb=약 6.4kg)은 되어 보였다. 저걸 칼로 벼리라니, 1스톤짜리 검은 대체 얼마나 커야 한단 말인가? 대장장이들은 갑작스레 변모한 칼린의 모습에 당혹감과 두려움을 느끼고 있었다.

"킬워드, 아니, 요타를 토벌한다. 얼스터 민족이 아닌 자를 영주로 할 수는 없어. 크라수스, 당장 병력을 동원하도록. 목적은 요타의 토벌! 그리고 진정한 얼스터의, 아니,

에이레 전역의 독립이다!"

칼린은 대장간의 앞에 서서 그를 기다리고 있던 젊은 기사 랜스터의 크라수스에게 명령을 내렸다. 그러자 크라수스는 의미심장한 미소를 지으며 대답했다.

"옙! 아트릭스의 영주님!"

크라수스와 그의 기사들은 즉시 병력을 재편성하고 영지 밖으로 나간 킬워드를 잡을 준비를 하기 시작했다.

킬워드는 정찰에 나선 루크를 기다리고 있었다. 얼스터의 대드루이드인 루크는 새로 변신해 아트릭스 일대를 돌며 반란을 벌인 칼린과 그에 동조하는 다른 이들의 전력을 확인하고 돌아올 것이다. 문제는 그동안 어떻게 하이랜드의 영주들을 다독일 것인가 하는 게 문제다.

하이랜드의 영주들과 킬워드가 나눈 약속은 지켰다. 그는 등대를 회복시켰고, 검은 숲을 지키는 신들의 수호자를 물리치고, 또한 안개 계곡에서 사람을 잡아먹는 날개 달린 뱀을 잡았다. 이런 영웅적인 업적을 통해서 마이아와 카탈린의 사촌인 맥더프는 킬워드의 확실한 우방이 되었다.

그러나 다른 호족들은 킬워드의 신화적인 힘을 직접 보지 않았고 그저 남들의 입으로 전해 들었을 뿐이다. 그런 이들에게 자신의 영지마저 반란으로 잃어버린 이의 말에 따라 브리타니아의 아더왕과 대항하라는 건 무리다.

게다가 아더왕의 궁정에 있는 기사들, 원탁의 기사들은

다들 신화적인 위업을 달성한 영웅 중의 영웅이다. 킬워드가 다나 신족의 수호자를 물리쳤다 하더라도 원탁의 기사를 적으로 돌리자고 주장하면 받아들이기 힘들 것이다.

"하이랜드의 영주들에게 제공해야 할 땅과 안전, 아트릭스라는 기반이 날아가 버린 셈이로군. 누군지 모르겠지만 타이밍이 꽤 좋은데."

킬워드는 솔직하게 적을 칭찬했다. 그는 맥더프의 집 지붕 위에 올라가 차가운 바람을 맞으며 생각에 잠겼다. 옷자락과 머리칼이 바람에 휘날려 사람을 날릴 만한 위세로 몰아치는데도 그는 마치 석상이라도 되는 양 바람 앞에 우뚝 서서 루크의 귀환을 기다리고 있었다.

그때 저 멀리에서 황색 부리를 가진 매 한 마리가 날아오는 게 보였다. 바람을 뒤에 업고 너무 빨라서 어쩔 줄 몰라 하며 날아오는 폼을 본 킬워드는 팔을 뻗어 날아드는 매를 받아냈다.

"꺄악!"

매가 갑작스레 사람으로 변신하더니 비명을 지르며 지붕 아래로 굴러 떨어진다. 킬워드가 손을 뻗어 그를 붙잡았다.

"가볍구나, 루크."

사람이 아니라 황소라도 가뿐히 끌어올릴 수 있는 킬워드지만 이 소년, 아니, 아마도 소녀? 아니면 그 중간? 하여튼 얼스터의 대드루이드 루크의 체중은 각별히 가벼웠다.

"아, 네."

루크는 얼굴을 붉히며 킬워드의 손을 맞잡고 킬워드와 함께 지붕에서 내려왔다.

"적은 칼린 경이 맞습니다. 그리고 칼린 경의 부장으로 크라수스가 참여했습니다."

"크라수스? 특이한 이름이군. 에이레 식도 노르드 식도 아니군."

"크라수스 에리누스, 더블린을 차지한 랜스터의 대영주입니다."

"이름은 왜 그 모양이야?"

"라티나가 하드리아누스 성벽을 세워 브리튼과 에이레를 정복한 무렵, 모든 에이레 민족들이 라티나에 저항한 것은 아니었습니다. 그들 중에는 발전된 문화를 가진 라티나에 혹해 그들 식으로 살아가야 한다고 주장하는 이들이 있었지요. 크라수스의 일족인 에리누스가 바로 그러한 이들이었습니다."

"총 병력은 얼마나 되지?"

"크라수스는 에이레 제일의 옥토인 더블린과 랜스터를 차지한 대영주로 기사만 백여 명, 그 기사에 딸린 전투 병력이 구백, 도합 천 명의 병력을 이끌고 있습니다. 에이레인 중에선 가장 세력이 큰 인물이라고 할 수 있지요."

"커뱅 백작 못지않은 대군이네?"

킬워드는 그리 감탄했지만 마이아와 카탈린은 다른 의

미에서 놀라워했다.

"칼린 경이 배반을 한 것만으로도 놀라운데 대체 왜 크라수스와 손을 잡았을까요?"

카탈린은 그 점을 의아해했다.

"칼린의 아들이 신교도로 개종한 이들의 손에 죽었어요. 정상적으로는 아무리 해도 배신할 리가 없는데……."

카탈린이 당혹스러워했고, 그것은 마이아도 마찬가지였다. 언제나 냉정을 유지하는 그녀였지만 칼린은 그녀에게 있어서 친척 아저씨나 다름없는 인물이었다.

"칼린 경이 이렇게 배신할 리가 없습니다. 인질이라도 잡힌 게 아닐까요?"

마이아가 그리 말했지만 킬워드는 고개를 저었다. 인질을 잡고 칼린에게 종군을 강요했다면 칼린 경을 우두머리로 하고 크라수스가 그 부장으로 참여하는 기괴한 형태를 취하지 않았을 것이다.

"하이랜드에서 내 체면을 실추시키기 위해서 일부러 칼린을 대장으로 내세웠을 거야. 그렇다면 그렇게까지 나를 경계한다는 건데, 날 경계하고 나에 대해서 잘 아는 인물이 적진에 있다고밖에는 생각할 수 없어. 게다가 이 뱀의 머리에 꽂힌 암브로시아, 이건 그렇게 오래된 게 아니야. 만약 오래되었으면 아무리 뱀이 마물이라 하더라도 꽃을 제거하는 그 순간 충격으로 죽었을 거다."

킬워드는 쓴웃음을 지었다. 언젠가 적이 반응해 올 것은 알고 있었지만 이 반응은 지나치게 빠르지 않은가?

킬워드는 루크에게 물어보았다.

"그럼 우리 측 동원 병력은 어느 정도지?"

"맥더프와 맥코이가 100명씩, 맥도날드가 70명 정도는 동원할 수 있을 겁니다. 도합 270명 정도겠군요."

루크가 그리 말하며 걱정스러운 표정을 지어 보였다. 상대가 다름 아닌 칼린이기 때문에 다른 영주들은 동원할 수가 없었다. 게다가 맥코이와 맥도날드 역시 루크에게 죄를 지어서 백의종군하고 있을 뿐 진심으로 킬워드를 주군으로 생각하진 않으리라. 그런 인물들을 이끌고 전투를 하는 것 자체가 무모하다. 언제 아군 병력이 적으로 돌아설지 모르기 때문이다.

하지만 킬워드는 그 수를 듣고 얼굴에 화색이 감돌았다.

"아트릭스에서 싸울 때보다는 상당히 양호하군. 그래, 뭐, 그 이상은 병력이 있어봐야 돈만 낭비되지."

킬워드는 상대가 아군 병력의 네 배가 넘는 데다가 맥코이나 맥도날드는 그리 호의적이지 않은데도 불구하고 여유가 넘쳐 났다. 확실히 지금까지와는 병력의 질이 차원이 다르다. 그러나 병사들의 육체적인 능력이 뛰어나다고 해서 그게 군대로서 완성되었다고는 말할 수 없으리라.

"문제는 전비가 없어서 다 데려올 수 없어요. 맥코이와 맥도날드는 지은 죄가 있으니 공짜로 부려먹을 수 있습니다만. 병력을 지원하지는 않지만 물자를 지원해 주는 다른 영주들에게 돈을 지급해야 합니다. 전투가 일주일만 넘어가면 군자금이 바닥날 겁니다."

"그놈의 돈이 항상 문제군."

아트릭스에서 나올 때 하이랜드 영주들과의 교섭을 위해 상당량의 금을 가져왔다. 그렇지만 커뱅 백작의 몸값 대부분은 아트릭스 영지에 남아 있었고 킬워드가 개인적으로 소지하고 있는 금으로는 전쟁을 오래 끌 수가 없었다. 커뱅 백작을 생포해 몸값 대박을 터뜨려 한동안 돈 걱정은 안 하나 했는데 아트릭스를 빼앗겨 버리다니.

아무래도 킬워드는 평생 돈 걱정을 하며 살아야 할 팔자인가 보다.

"제가 외교적 교섭으로 하이랜드 영주들에게 전비를 빌리는 형식으로 해서 전투를 더 늘일 수 있습니다만 속전속결로 끝내는 게 좋겠습니다."

대드루이드인 루크의 신용과 위상은 병사들에게 급료를 지불하지 않고도 단기간은 싸움에 열중시킬 수 있었다. 그러나 그런 짓을 하게 된다면 장기적으로는 부하들의 마음을 살 수가 없고 군의 기강을 세울 수도 없다.

"그래서야 진지 공사를 벌일 시간도 없겠군."

킬워드는 지금까지 진지 공사를 벌여 승리의 단초를 마련했다. 진지를 구축해서 싸움을 원하는 방향으로 이끄는 것으로 다수의 적을 손쉽게 격파해 왔던 것이다. 하지만 이번 전투에서는 그런 여유가 없다.

"다행히 이곳은 예로부터 하이랜드 방어선이 설치되어 있습니다. 기병들의 돌격을 막고 화살을 막기 위한 돌로 쌓은 옹벽들이 있지요. 산문이 좁아서 그곳은 난공불락의 요새입니다. 천 명이 와도 능히 한 명으로 막을 수 있습니다."

루크가 지형을 설명하자 킬워드도 그에 동의했다.

"거기에 더해서 지형이 험악해. 기병이 마음껏 돌격하기 힘든 데다가 병력 투입량도 적지. 공격하는 측이 설사 10만 대군이라 하더라도 한 번에 투입할 수 있는 인원은 한정되어 있으니까. 산을 이용해서 싸우면 언제든지 버틸 수 있다는 하이랜드 영주들의 말도 마냥 헛소리는 아냐. 문제는 우리가 장기전을 벌일 처지가 아니라는 거지."

킬워드의 말에 모든 제장들이 애석해했다. 현재 킬워드의 병력은 남에게 빌린 병사들이라 돈을 지불하지 않으면 그를 위해 싸워줄 리 만무하다. 물자도 부족하고 자신의 영지도 부하에게 빼앗겼으니 싸움이 길어지면 길어질수록 킬워드의 인망은 여름날 빙하 녹듯 녹아 없어질 것이다.

아트릭스를 방어할 때는 텅 빈 방어선 때문에 고생하더니 천혜의 방벽인 하이랜드 산문을 앞에 두고선 장기전을 할 처지가 아니라니 이 얼마나 기구한 팔자란 말인가?

"어쩔 수 없군. 매번 기책을 연발해야겠구나."

킬워드는 부하 제장들(이라고 해봐야 맥코이와 맥도날드를 포함한 여섯 명이 전부지만)을 불러 모았다.

***   *   ***

　대장장이들이 칼린을 위해 새롭게 벼린 칼은 길이가 6피트에 무게가 1스톤이나 나가 노르드 출신의 전사라 하더라도 쉽게 휘두를 수 없는 물건이었다. 하지만 늙은 기사 칼린은 그런 거대한 검을 한 손으로 휘두르며 전군의 선두에 섰다.

　칼린을 알고 있던 사람들은 이런 그의 급작스런 변화에 모두들 두려워했다. 무인으로서 부끄럽지 않은 체격이지만 나이가 들어 노쇠해져 가던 노기사가 한 손에 소라도 때려잡을 것 같은 근육질 장한이 된 것은 물론 성격까지 확 변한 것이다.

　그러나 사실상 실권은 크라수스가 쥐고 있다.

　에이레를 배반하고 신교도가 된 것은 물론 자신들을 지배하던 적대국 라티나 사람이 되고 싶어서 안달 난 크라수스가 아트릭스를 통째로 집어삼킨 것에 대해서 불만을 품는 이들이 생겼지만 크라수스의 막대한 군사력이 투입된 지금, 그에게 불만을 표시할 용기있는 인물은 아무도 없었다.

　"공격하기엔 상당히 힘든 위치군요."

　크라수스는 하이랜드로 올라가는 입구 길목을 보며 그렇게 말했다. 사람과 수레가 지나가라고 길을 터놓긴 했지만 그 양옆으로 흉벽으로 삼을 만한 돌담들이 늘어서 있고 길이 구불구불 험하게 늘어서 있어서 들어가기가 쉽지 않다. 대궁을 사용하는 궁사들을 만나게 되면 얼마나 많은 피해를 볼지 헤아리기 힘들었다.

이 관문이 바로 하이랜드 영주들이 고집부리게 만든 근원이었다. 여기를 통과하기 위해서는 천 명의 병력이 오더라도 힘들었다. 성벽이면 때려 부수기라도 하지, 자연 지형이니 그것도 불가능하다.

"킬워드, 아니, 요타의 무력과 지력은 얕잡아볼 수 없소. 이런 지형에서라면 굳이 강행 돌파하는 것보다 시간을 끌어 그의 자금을 끊는 게 낫소."

암브로시아의 꽃이 그의 마음과 육신을 변화시켰지만 아직 정신은 제대로 박혀 있는 것 같다. 하지만 그건 크라수스가 원하지 않았다. 지금 이 병력은 크라수스의 병력이고 이들을 이끌고 나온 크라수스가 돈을 대고 있기 때문이다. 천 명이나 되는 병력을 투입한 것은 단숨에 킬워드를 물리치고 주교의 환심을 사기 위함이었지, 장기전을 벌이며 돈을 펑펑 쓰기 위함은 아니었다.

"뭐 치기 힘든 길이긴 하지만 정공법으로 공격해 봅시다. 상대의 물자가 적으니 곧 항복할 것이오."

크라수스는 그리 말하고 정찰병을 보냈다. 칼린은 크라수스의 의견에 반대했지만 정찰병을 보내는 것은 반대할 이유가 없어서 일단 정찰병들이 돌아오길 기다렸다.

그런데 잠시 후, 아연실색한 표정의 정찰병들이 들어오는 게 아닌가?

"응? 뭔가?"

"저, 저기… 그게……."

"응?"

"적들이 없습니다."

"뭐?"

칼린도 크라수스도 정찰병의 말을 듣고 어이가 없었다. 얼스터 평야지대와 하이랜드의 사이, 가장 방어하기 좋은 길목에 병력을 배치하지 않다니, 그뿐만 아니라 근처 어디에도 병력이 없다 한다. 이건 대체 뭐하자는 짓일까?

"그렇다고 그냥 왔나? 적을 찾아봐야지?"

"그래서 선두가 지금 앞으로 더 나아가고 있는데 이런 게 왔습니다."

정찰병이 화살에 잰 편지를 보여주었다. 그 편지에는 현재 킬워드군이 하이랜드 사람들의 마을 안쪽에서 포진하고 있다는 사실이 적혀 있었다. 산에 오르는 단 하나의 길, 오랜 옛날부터 하이랜더들이 침략자들을 맞아 싸웠던 산성과 흙벽을 버리고 자기들 마을에 콕 처박혀 있다니 이게 어찌 된 노릇인가? 성을 지켜야 할 병사들이 성을 버려두고 성 뒤쪽 마을에서 포진하고 있는 것이나 다름이 없었다.

"설마 미치기라도 했나?"

크라수스가 진지하게 그렇게 생각할 정도였다. 칼린은 킬워드가 기책을 써서 커뱅 백작을 가지고 논 것을 보았기 때문에 이러한 행동에도 필시 그 속셈이 따로 있을 거라 여겨 경계했지만 크라수스는 더 이상 생각지 않고 병력을 이동시켜 산길을 지나기로 했다.

그러나 이걸 지나는 게 쉽지가 않다. 원래 이 길은 워낙 좁고 험해서 많은 병력이 지나기 쉽지 않은 길이다. 천 명이나 되는 병력이 지나기 위해서는 우선 선발대가 길을 지나가 산길의 입구 공터 부위에 포진을 해서 적의 매복이나 기습에 대비하고 그사이에 병력이 순차적으로 통과해 포진한 곳에 모여야 했다. 이렇게 지나는 틈틈이 원정을 위한 물자도 올려야 했으니 천여 명의 병력이 다 지나려면 많은 시간이 걸렸다.

"역시 바보로군."

킬워드는 산 아래에서 그 모습을 지켜보고 있었다. 칼린은 킬워드의 능력을 알고 있으니 신중할 수밖에 없지만 대군을 끌고 원정 온 크라수스 입장에서는 돈 아까워서 속전속결로 끝내고 싶어할 것이다. 강경한 크라수스와 신중한 칼린, 이들 둘이 합쳐지면 서로를 보완하는 게 아니라 서로를 깎아먹게 된다.

방금 저들이 한 짓거리가 바로 그 최악의 수였다. 뚫고 지나갈 거면 화끈하게 뚫고 질풍처럼 진격해서 지나가든지, 그게 아니면 아예 입구를 막고 지키고 있어야 했다. 저 산길을 강이라고 치면 저들은 지금 적도 없는데 혼자 배수진을 친 것이다.

'뭐, 애초에 병력이 통과할 시간을 잘못 책정한 게 크겠지만… 군인이 그런 걸 못하면 안 되지.'

킬워드는 산 아래에서 그 모습을 보며 위장복을 벗어 던졌다. 나뭇가지와 흙, 풀로 위장복을 만들고 그걸 입은 채 산길을 몰래 돌아서 내려온 그였지만 산 아래에서는 이런 옷이 필요없다.

"아이고, 애써 만든 길리슈트인데……. 음, 근데 내가 만들었지만 참 잘 만들었단 말야. 난 역시 손재주가 끝내줘. 이거 이러다가 지금 시대에 원자폭탄이라도 만드는 거 아닐까?"

킬워드는 숨을 고르고 길을 따라 이동했다. 크라수스와 칼린이 하이랜드를 공격하기보다 먼저 아트릭스를 탈취하고 재무장시켜 상대의 후위 보급 라인을 끊어 교란시키는 게 그의 목적이었다.

물론 아트릭스에는 크라수스가 남겨둔 병력이 있었다. 킬워드는 크라수스를 바보 취급하고 있었지만 사실 세비우스의 아들 크라수스는 결코 바보가 아니다. 라티나어를 할 수 있다는 것만으로도 당대의 지식인이라고 할 수 있는 데다가 그의 전법 자체도 한정된 예산 안에서 전략을 수행하는, 지극히 정상적인 전법이었다.

그런 크라수스다 보니 당연히 아트릭스를 도중에 빼앗기게 되면 보급 기점을 잃게 되어 이후 병력 운용이 어려워질 것을 알고 있었다. 아트릭스에 믿음직한 후위를 남겨 두고 떠난 것도 그 때문이다.

'약 서른 명 정도 되나?'

킬워드는 아트릭스에 도착해 외곽을 돌면서 경비 병력을 헤아려 보았다. 마을 주위를 경비하는 병력이 약 스무 명 정도, 그가 쓰던 영주관을 사령부로 삼고 주둔하고 있는 기사 무리가 있었다. 어림짐작으로 치자면 적의 수는 약 서른 명쯤 되리라.

아트릭스에 남아 진지를 지키고 있던 기사들은 설마 자신들이 공격당하리라고는 상상도 하지 못했다. 하이랜드는 아트릭스 외에도 코노트 영지로 내려올 수 있게 되어 있었지만 그쪽으로 내려오는 것은 전술적으로 의미가 없을 정도로 먼 거리를 우회해야 했다. 게다가 사이엔 커뱅의 영지인 벨파스트가 있었으니 더더욱 그러하다.

그럼에도 불구하고 아트릭스가 공격을 받는다면 그 상대는 커뱅일 것이나 그들을 지원하는 신교의 주교 크라포트가 이미 커뱅 백작과 이야기를 끝마쳤으니 그런 일은 없을 것이다. 그래서 그들은 대충 경계를 서고 있었다. 밖의 적보다는 오히려 아트릭스 영지 내의 영민들의 반란이 더 걱정이었기 때문이다.

크라수스는 킬워드가 아트릭스 자작의 적자가 아니라

위장한 신분이라는 이야기를 들었을 때, 이 사실을 사람들에게 공표하면 사람들의 마음이 킬워드를 떠날 거라고 쉽게 생각하고 있었다. 왜냐면 그뿐만 아니라 그 시대의 사람들은 정통성이란 혈통에서 나온다고 믿고 있었기 때문이다. 그러나 이미 혹독한 기아와 절망을 경험해 본 아트릭스 사람들에게는 그들을 기아에서 구원해 주고 강대한 적인 커뱅을 격파하고 안전을 가져온 킬워드를 믿고 따랐다. 킬워드를 모함하려는 의도가 분명한 크라수스의 주장은 그 진위가 어찌 되었든 간에 영민들에게는 야욕을 치장하는 변명으로밖에는 보이지 않았다.

무엇보다도 칼린 경이 돌변한 것에 대해서 사람들이 두려워하고 있었다. 칼린의 돌변은 사악한 힘의 작용으로밖에는 보이지 않았으니 이 변화를 가져온 크라수스 일당에 대해서 좋게 보려야 볼 수가 없었던 것이다. 그래서 아트릭스의 기사들은 민중의 반란에 대해서 경계하고 있었는데, 설마 민중 반란이 아니라 외부에서, 그것도 킬워드 본인이 그들에게 직접 공격을 가하러 올 줄은 상상도 하지 못했다.

킬워드는 소리를 죽이고 수풀로 이동해 외곽에서 경비를 서고 있는 병사들을 향해 접근했다. 소리를 죽이고 우회한 그는 2인 1조로 이뤄진 경비에게 접근해 가볍게 뛰어든 뒤 목에 수도를 넣어 한 명을 바로 실신시키고 두 번째 인물은 목을 졸라 기절시켰다.

둘 다 아무런 소리도 내지 못하고 바로 쓰러져 버렸다. 게다가 경비간의 간격이 꽤 넓어서 다른 경비들은 이런 일이 벌어지고 있다는 걸 알아차리지 못했다.

'뭐, 모든 경비를 다 때려잡을 필요는 없겠지?'

킬워드는 외곽 경비의 일부를 해치우고 나서 영주관으로 향했다. 그의 거처였던 영주관은 성이 없는 아트릭스에서 그나마 그럴듯한 방어력을 갖추고 있는 곳이었다. 칼린이나 마이아, 카탈린의 영지가 있고, 거기에도 저택이 있긴 하지만 킬워드의 영주관과 별반 다를 바 없는 허름한 건물이었다. 건물이 작은 2층집 정도라 외곽에 병사들이 의자를 두고 앉아 있고 건물 안에는 기사들이 오가는 것으로 보인다.

킬워드는 혹시 평화롭게 침입해서 처리할 수 있을까 주위를 둘러보다가 생각을 고쳐먹었다. 그는 골목길에서 몸을 빼고 대로 한복판으로 당당히 걸어갔다.

"응?"

병사들은 킬워드를 보고도 한동안 알아보지 못했다. 설마 적의 총대장이 혈혈단신으로 아무런 무기도 없이 빈손으로 나타나리라곤 상상도 못했던 것이다.

"뭐지?"

설마 혼자서 싸우러 나타난 건 아닐 테고, 항복하러 온 게 아닐까? 병사들은 그렇게 생각하며 당황하고 있었다.

게다가 킬워드는 웃음을 띤 채로 당당히 걸어오는 게 아닌가?

"일단 안에 알……."

그러나 그 말이 끝나기도 전에 갑자기 바람이 일었다. 순식간에 간격을 좁혀 병사들 사이에 선 킬워드가 양손을 좌우로 펼쳐 손바닥으로 병사들의 몸통을 쳐내자 두 명의 병사가 동시에 옆으로 날아가 바닥을 뒹굴었다.

"아니, 이게 미쳤나?"

"실성했나?"

병사들은 킬워드가 빈손으로 덤벼드는 것을 보며 칼과 손도끼를 빼 들었다. 그러나 그들이 미처 무기를 휘두르기도 전에 킬워드는 그들을 가로질러 들어갔다. 킬워드의 옷자락이 마치 허깨비가 흘리는 그림자처럼 병사들 사이를 스치고 지나가자 놀란 병사들이 몸을 돌렸다.

퍼억!

그 순간 그들 모두가 줄 끊어진 연처럼 날아가 영주관 담벼락과 나무에 충돌해 버렸다. 그렇게 충돌하고 바닥으로 떨어진 병사들은 신음 소리를 내며 바닥을 기어다닐 뿐 다시 일어나지는 못했다.

킬워드는 손을 탁탁 털고 영주관 문 앞에 섰다.

"어라? 잠겨 있네? 난 달랑 혼자인데 빗장을 거는 게 말이 돼?"

빈손의 남자가 혼자 찾아왔는데 무장한 기사들이 겁에

질려서 저택 문을 걸어 잠근다? 있을 수 없는 일이다. 그러나 기사들은 킬워드 혼자가 아니라 혹시 매복이 있을지도 모른다는 생각에서 빗장을 걸었던 것이다.

"흠. 이거 내 집 문이라 부수기도 그렇고……."

킬워드는 문을 향해 접근하면서 한숨을 내쉬었다. 영주관은 그의 집이었으니 이 문을 부수면 고스란히 그의 부담이 될 것이다. 가급적 안 부수고 창문 쪽으로 침입해 볼까? 그런 생각을 하고 있을 때였다.

쉬이익!

갑자기 문짝 너머에서 강력한 바람이 느껴졌다. 깜짝 놀란 킬워드가 뒤로 물러서는 것과 동시에 푸른 섬광이 문을 조각조각 베어버리며 문 너머로 뿜어져 나왔다.

"아!"

섬광이 영주관을 관통하며 뿜어져 나온다.

뒤로 물러나는 킬워드를 향해 검은 무언가가 폭풍처럼 휘몰아쳤다. 회오리바람은 부서진 문짝을, 그 두꺼운 판자 조각들을 쳐내며 표창처럼 쏘아내었다. 뒤로 물러난 킬워드가 몸을 옆으로 틀어 땅을 손으로 짚고 빠져나갔지만 나무 파편 일부가 킬워드의 콧등을 스치고 지나갔다.

투두둑!

흥분한 상태라서 그런지 선혈이 쏟아져 내린다. 킬워드가 착지하는 것과 동시에 검은 회오리바람 역시 멈추어 섰다.

"반응이 느린데, 요타. 불쌍한 인간들만 상대하느라 둔해진 거 아닌가?"

검푸른 머리칼에 한쪽 눈을 안대로 가린 인물이 킬워드 앞에 착지했다. 킬워드보다 좀 작은 체격에 전신을 검은 의복으로 감싼 그는 사람의 팔뚝만 한 길이의 단도 두 자루를 잡고 손아귀에서 빙글 돌렸다.

"크. 역시 내가 하는 일인데 쉽게 풀릴 리가 없지."

킬워드는 자신의 앞을 막아선 적을 보며 한탄했다. 상대가 킬워드보다 좀 작은 체격이긴 하지만 이들 둘은 놀랍도록 닮았다. 킬워드의 맞은편에 선 자는 눈을 빛내며 웃음을 짓고 있었다.

"네가 보고 싶어서 견딜 수 없었다. 요타, 나의 형제여."

그의 손에 들린 단도가 철컥 하고 자루와 도신이 부딪치는 소리를 냈다.

"난 별로 보고 싶지 않았어. 너, 내 스토커냐?"

길게 드리워진 땅거미 사이로 두 명은 서로를 마주 보았다. 검푸른 빛이 감도는 머리칼, 푸른 눈동자, 그리고 조금은 중성적인 용모를 가진 이 둘은 몇 가지 특색을 제외하고는 마치 거울상 같았다.

*　　　*　　　*

"네 코드는 뭐지? 넌 교단 덕분에 내가 요타라는 걸 알 겠지만… 난 중합체(衆合體)에 속한 이들을 분간할 수 없 어. 막 각성한 상태라 정신도 아직 몽롱하고 말이지."

킬워드는 상대를 보며 콧잔등에 손을 대고 눌렀다. 순식 간에 피가 멎고 손을 떼도 멀쩡하다.

상대는 칼을 들고 웃고 있었다. 킬워드를 만난 게 너무 나도 즐겁고 기쁘다는 듯. 아득히 오래전 헤어진 가족을 다시 만나도 저렇게 기뻐할까 의문이 들 정도다.

"나는 시그마. 메시아 코드 시그마다."

킬워드는 바닥에 떨어진 나무판자를 주웠다. 영주관의 문은 참나무를 잘라 만들었는데 아트릭스의 건축물 중 꽤 튼실한 자재를 써서 만든 몇 안 되는 물건이었다. 킬워드 는 그 판자 조각을 양손에 들었다.

"무기가 그거로 괜찮겠어?"

"배려심이 넘치시는군."

킬워드가 빈정대자 시그마는 키득키득 웃더니 킬워드 에게 뛰어들었다. 공중을 훌쩍 도약해서 수십 미터를 한걸 음에 좁혀드는 시그마를 향해 킬워드는 나무판자를 던졌 다. 하지만 시그마는 공중에서 회전하며 발차기로 나무판 자를 차내고 킬워드를 향해 양손의 단도를 내리그었다. 킬 워드가 거리를 벌려 그 공격을 피했지만 시그마의 발차기 가 킬워드의 몸통을 강타했다.

마치 투석기로 던진 돌처럼 쉽게 킬워드의 몸이 뒤로 날아갔다. 보통 사람이라면 지금 일격으로 내장이 터져 즉사했을 것이다.

"윽!"

공중에서 뒤를 힐끔 본 킬워드는 등 뒤쪽에 반은 늪처럼 변한 습지가 있는 걸 보고 심호흡을 했다. 공격 자체는 명중하는 순간 몸을 뒤로 날려서 위력의 대부분을 흘려보냈다. 그러나 이대로 늪으로 떨어지게 되면 시그마의 다음 공격을 받아낼 수가 없다.

"젠장!"

킬워드는 공중에서 자세를 잡은 채로 늪 위에 착지하는 순간 몸을 핑그르르 돌려 양손과 다리로 마치 소금쟁이가 물위를 달리듯 회전하며 늪의 수면 위를 미끄러졌다. 물이 튀어 오르며 물보라가 춤춘다. 킬워드는 수면 위를 미끄러지며 춤을 추듯 회전해 평지에 착지했다. 그 모습을 본 시그마가 휘파람을 불었다.

"제법인데? 수면 위를 미끄러지다니……. 어디!"

시그마는 킬워드를 따라 몸을 날리더니 역시 늪 위를 거미처럼 스르륵 미끄러져 쫓아왔다. 킬워드가 그냥 미끄러져 들어오기만 했지만 그는 미끄러지며 짧은 단검들을 뿌렸다. 킬워드보다 체격이 작은 만큼 민첩성과 정확도는 더 높았다. 킬워드도 단검을 뽑아 날아드는 단검을 쳐내거나 피했지만 그만큼 이동이 늦어져서 다시 시그마의 접근을 허용했다. 시그마는 광기마저 느껴지는 웃음을 지으며 킬워드에게 파고들었다.

"네가 하는 건 역시 나도 할 수 있군!"

"물 위를 걷는 정도가 뭐 대단하다고?!"

"그래?!"

시그마의 양손에서 단도가 번쩍일 때마다 불꽃이 튀었다. 킬워드의 손에 들려 있는 단검은 순식간에 너덜너덜해져 부서져 버렸으나, 시그마의 것은 날이 조금 나갔을 뿐이다.

"뭐야? 중합체(衆合體)에서 멀어져서 정신병이라도 앓고 있나? 아니면 몸의 성능이 떨어지는 거야? 왜 이렇게 약해? 요타, 날 실망시키지 마!"

시그마는 눈을 빛내며 신나게 단도를 휘두른다. 킬워드는 새 단검을 빼 들어 맞섰지만 이것 역시 순식간에 부러지고 말았다. 그 틈을 타서 시그마의 발차기가 다시금 킬워드에게 날아들었다. 킬워드는 다리를 들어서 막았지만 이번에도 몸이 튕겨져 나갔다.

"젠장! 막아도 이……."

킬워드는 이번에도 날아가 나뭇가지들을 등으로 부러뜨리다 간신히 지상에 착지했다. 여기저기 긁혀서 생채기가 나 있는데 그가 상처를 돌볼 틈도 없이 시그마가 쫓아온다.

"…창."

킬워드는 손을 펼치며 창을 불렀다. 그러자 그의 옷소매에서 뱀 한 마리가 스르륵 빠져나와 그의 손아귀 안에서 한 자루 창으로 돌변했다. 기사들이 쓰는 랜스가 아니라 보병들이 쓰는 단창이 갑자기 킬워드의 손에 나타났다.

"네가 상대라면 좀 세게 때려도 되겠지."

킬워드는 창대를 잡고 시계 방향으로 원호를 그리며 그 궤도에 따라 찌르기를 연거푸 날렸다. 창의 잔영이 현란한 빛의 꽃을 그린다. 오른쪽으로 회전하며 뿌려지는 찌르기를 피하기 위해 시그마는 왼쪽으로 파고들며 뛰어들었다. 그러나 그 다음 순간, 킬워드가 발을 바꾸며 비스듬히 아래에서 위로 창대로 상대를 올려쳤다.

"흥!"

시그마는 두 자루의 단도를 교차해 킬워드의 공격을 받아내면서 몸을 빙글 돌려 창대의 방향으로 발을 내밀어 창대 위에 올라앉았다. 그 민첩성과 기민함은 킬워드조차도 상회한다.

'하지만 그렇다는 건 파워에서 내게 못 미친다는 거지.'

킬워드는 시그마를 힘껏 후려쳤다. 시그마는 창대를 통해 전해지는 힘을 받아서 도약해 빠져나가려 했지만 킬워드가 스텝을 바꾸며 원으로 휘둘렀다. 이러면 구심력이 작용해서 시그마가 도약하려고 해도 곱게 빠져나갈 수 없게 된다.

"아니?!"

킬워드가 창대의 방향을 바꾸어 바닥으로 메다꽂자 깜

짝 놀란 시그마가 창대에 매달려 있기를 포기하고 빠져나 갔다. 그러나 전력을 다해 휘두르는 킬워드의 창은 무시무 시한 것이었다.

쿠쿵!

킬워드가 땅을 강타하자 충격파와 흙먼지가 그를 주위 로 사방으로 퍼져 나갔다.

"큭!"

시그마는 킬워드의 창대가 궤도를 바꿀 때 빠져나가는 데는 성공했지만 창대가 무릎과 다리를 스치고 지나는 것 만은 피하지 못했다. 그리고 그것만으로 무릎 관절과 복사 뼈가 부러지는 대참극이 벌어졌다.

물론 케찰코아틀의 창은 땅바닥에 처박히지 않기 위해 킬워드의 손에서 빠져나가 뱀으로 변했다. 시그마의 다리 를 부러뜨렸으면 됐지 그 여세를 몰아서 땅바닥에 처박히 고 싶지는 않았던 것이다. 다만 킬워드가 땅을 강하게 구른 것만으로도 포석이 뒤집어지고 흙먼지가 피어오른 것이다.

"너! 무기가 너무 멋대로다?"

"그래도 주인님, 임무는 완수했잖아요?"

"상대가 이 정도로 죽을 놈이 아니거든."

킬워드는 투덜거리며 양손을 들었다. 케찰코아틀의 창 은 신물이지만 그래도 역시 킬워드의 힘을 완전히 감당하 진 못하는 것 같았다.

"하, 하하하하!"

시그마는 다리 하나가 너덜너덜해진 상황에서도 웃음을 터뜨리고 있었다. 자신이 위험에 처한 이 상황이 우습고 즐거운 것일까? 킬워드는 다시 케찰코아틀의 창을 잡고 휘둘러 시그마를 후려갈겼다. 시그마가 단도를 들어 막았지만 케찰코아틀의 창은 그것을 부숴 버리고 시그마를 휙 내팽개쳤다.

영주관 앞의 광장을 구르다 바닥에 처박힌 시그마가 이런 위험한 상황에서도 킥킥 웃어댔다.

"웃음이 나오냐? 아, 너, 좀 그만 웃어. 미친놈 같다. 나 닮은 얼굴로 그런 짓을 해야겠어?"

"왜 안 웃겠어!"

시그마는 부러진 다리 대신 양손으로 땅을 짚고 물구나무를 서더니 공중으로 도약, 공중에서 회전하며 부러진 다리뼈를 맞추고 지상에 착지했다. 무릎 십자 인대가 다 끊어져서 덜렁거리긴 하지만 마치 의족을 다루듯 다리로 땅에 착지하는 모습을 보니 보는 사람이 더 아프다. 보통 사람이라면 쇼크사 할 정도의 통증이 올 텐데도 시그마는 신음 소리 한 번 내지 않았다.

킬워드는 케찰코아틀의 창을 들고 그에게 다가갔다. 시그마는 자신에게 다가오는 킬워드를 보며 뭔가에 홀린 듯 그를 바라보고 있었다.

"사랑스러워."

"너, 돌았냐? 너랑 나랑 얼마나 닮았는지 알아? 아, 하긴 뭐 네 경우는 좀 더 선이 가늘구나. 혹시 여자인가?"

"중합체에서 벗어나 인류를 '묵시의 궤적'에서 해방시키려 하는 네 모습은 너무나도 아름다워."

"뭐, 과찬의 말씀. 만약 내가 실패하고 중합체로 돌아가게 된다면 언젠가는 네 차례가 올 텐데, 시그마."

킬워드는 쓴웃음을 지으며 창을 머리 위로 치켜들었다.

"네 꿈을 이루게 하기 위해서는 여기서 내가 네게 죽어줘야겠지. 하지만 그러는 건 싫어. 다시 중합체로 돌아가 얼마나 오랜 세월을 기다려야 할지 모르니까. 그러니까 추하게 발버둥 쳐서라도… 이 자리를 모면해 볼까!"

"뭐?"

시그마는 양손을 하복부의 앞으로 모았다. 그의 손가락 사이로 스파크가 번뜩이고 그 안대 밑의 눈동자가 푸른 섬광을 발하기 시작했다.

순간 빛이 세상을 뒤덮었다.

『아더왕과 각탁의 기사』 제2권에 계속…

1권 해설

아더왕 이야기와 각탁의 기사.

아더왕 이야기는 무수히 많은 버전이 존재하는 서양 기사도 설화의 모음집이라고 할 수 있습니다.

그 이야기들을 창작 연대별로 나름대로 분류하자면 크게 다음과 같이 나눌 수 있습니다.

1주기:왕위에 등극하기 전과 왕위 계승 후 브리튼 통일을 위해 모험하는 아더왕과 케이, 베디비어 삼총사의 이야기. 브리타니아를 정복하고 있던 로마의 가상 황제인 루키

우스 히베리우스를 격파하고 브리타니아의 힘을 만방에 떨치는 이야기는 로마에게 정복당했던 그들의 대리 만족용 이야기였음을 보여줍니다(우리나라로 치자면 임진록?).

2주기: 태양신의 화신인 가웨인과 그 형제들이 아더왕을 대신해 모험담의 주역이 됩니다. 태양신을 뜻하는 가웨인과 그에 관련된 설화가 아더왕 이야기에 편입되고, 그 결과 아더왕은 주요 활약에서 밀려나게 됩니다. 가웨인은 아더왕의 조카로 설정되었는데, 모계사회인 켈트에서는 '조카=왕자'였습니다. 가웨인의 신분이 사실상 아더왕의 후계자인 셈이지요. 가웨인을 아더왕 이야기에 편입한 자가 상당히 포지셔닝에 신경 썼습니다.

3주기: 란슬롯이 가웨인을 대신하여 모험담의 주역이 됩니다. 주 역할이 주군의 아내와의 불륜인 것을 보면 훗날 트리스탄과 이졸데의 원형이 되는 것 같기도 합니다. 이 란슬롯의 등장으로 가웨인의 위치가 몰락해서 가웨인은 과거 아더왕의 트러블 메이커였던 케이 경 같은 존재가 되었습니다. 뇌세포 대신 근육이 들어찬 바보로 그려지게 되었지요.

3.5주기:트리스탄과 이졸데 이야기. 이 이야기는 아더왕 이야기와 별개인 티가 너무 나지만 추후 원탁의 이야기에 포함되게 되었습니다. 그러나 본 작에서는 트리스탄과 이졸데는 등장하지 않습니다.

4주기:성배의 기사 퍼시발이 아더왕 이야기에 들어오지만 퍼시발이 성배를 찾는 이야기는 확실한 원전설화가 있는지 큰 혼용은 없습니다. 그러나 란슬롯의 위광이 너무나 대단해서 란슬롯의 사생아인 갤러허드가 성배의 기사가 되고 퍼시발은 성배를 수호하는 은둔자가 됩니다.

5주기:아더왕의 죽음. 아더왕은 자신의 조카이자 사생아인 모드레드의 반란으로 죽거나 중상을 입고 은신하게 됩니다. 이 죽음에서 엑스칼리버를 던지는 이야기는 이란 고원의 사르마트 기병들에게 전해져 내려오는 이야기의 변형인데, 사르마트 기병들은 로마의 용병으로 브리타니아에 진주하던 용병이었습니다. 거창을 활용한 돌격 전술을 편제화한 이들 기병단은 중세 기사들의 원형이라고 할 수 있으니 기사도 문학의 거두인 아더왕 이야기에 그들의 설화가 녹아들어 간 것은 당연한 일이라고 할 수 있습니다.

즉, 아더왕의 죽음은 도중에 삽입된 다른 어떤 이야기보다 순수한 원전에 가까운 이야기입니다. 그후 많은 이들이 원탁에 합류했지만 엑스칼리버를 받아 드는 인물이 초반에 아더왕과 같이 모험하던 베디비어 경이라는 게 바로 그 증거지요.

킬워드가 등장하는 시대는 4주기의 바로 앞입니다. 퍼시발이 막 등장해 원탁에 합류하는 시대, 아더왕은 이제 황혼을 맞이하고 원탁의 기사들도 파멸을 맞이하는 시대라 할 수 있습니다.

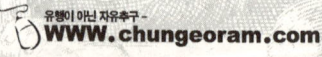

마법사
무림기행
魔法師 武林紀行

김도형 퓨전 판타지 소설

신예 김도형이 그려내는 퓨전 장르의 변혁!
무림을 무대로 펼쳐지는 마법사의 전설!

무림에서 거지 소년으로 되살아난 마법사 브린.
더 이상 떨어질 곳도 없는 깊은 나락에서 마법사의 인생은 새로이 시작된다!

내 비록 시작은 이 꼴이나 그 끝은 창대하리니!

짓밟혀도 되살아나는 잡초 같은 생명력!
고난 속에서 빛을 발하는 날카로운 기재!

무협과 판타지를 넘나드는 마법사 브린의 모험을 기대하라!

Book Publishing CHUNGEORAM

 유행이 아닌 자유추구 -
WWW.chungeoram.com

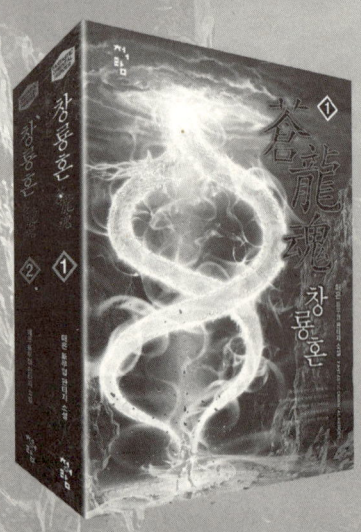
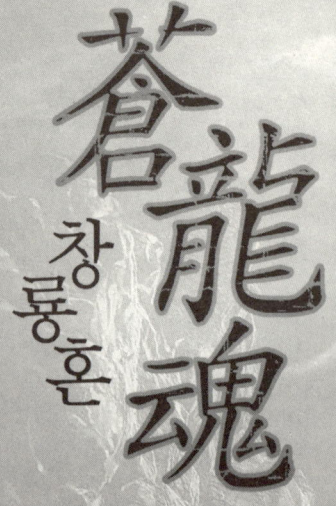
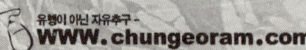